박태원 옮김

三國志

박태원 완역

三國志

난세(亂世), 풍운(風雲)의 영웅들

나관중 지음

2

박태원 삼국지 2
난세(亂世), 풍운(風雲)의 영웅들

1판 1쇄 인쇄   2008년 4월 25일
1판 1쇄 발행   2008년 4월 29일

지은이   나관중
옮긴이   박태원
발행인   박현숙
펴낸곳   도서출판 깊은샘

출 력   으뜸애드래픽
인 쇄   (주)신화프린팅코아퍼레이션

등 록   1980년 2월6일 제2-69
주 소   서울시 종로구 낙원동 58-1 종로오피스텔 606호 우편번호 110-320
전 화   764-3018, 764-3019
팩 스   764-3011

ⓒ 박태원 2008

ISBN 978-89-7416-192-7 04810
ISBN 978-89-7416-190-3(전10권)

조조(曹操)*

위나라 건립. 자는 맹덕(孟德). 황건적 난 평정에 공을 세우고 두각을 나타내어 마침내 헌제를 옹립하고
종횡으로 무략을 휘두르게 되었다. 화북을 거의 평정하고 이어서 남하를 꾀했는데, 적벽에서 손권과 유
비의 연합군에 대패한 이후로 세력이 강남에는 넘지 못하고 북방의 안정을 꾀했다. 그는 실권은 잡았으
나 스스로는 제위에 오르지 않았다. 인재를 사랑하여 그의 휘하에는 용맹한 장수와 지혜로운 모사가 많
이 모였다.

유비(劉備)*

촉한의 초대 황제. 자는 현덕(玄德). 관우, 장비와 의형제를 맺었다. 황건적의 난이 일어나자 동생들과
토벌에 참전 하였다. 원소, 조조의 관도대전에서는 원소와 동맹하고, 이에 패하자 형주의 유표에게로 갔
다. 세력이 미약하여 이곳저곳을 의탁하다 삼고초려해서 제갈량을 맞고 본격적인 기반을 다지기 시작했
다. 이후 촉으로 세력을 확장하여 국호를 촉한이라고 황제의 위에 올랐다. 관우의 죽음에 복수하기 위
해 오를 공격했으나 실패하고 병으로 죽었다.

관우(關羽)*

자는 운장(雲長). 촉한의 오호대장. 유비, 장비와 더불어 의형제를 맺고 평생토록 그 의를 저버리지 않았
다. 조조에게 패하고 사로잡혔을 때 조조가 함께 하기를 종용했으나 원소의 부하 안량과 문추를 베어 조
조의 후대에 보답한 다음 오관을 돌파하여 유비에게로 돌아갔다. 유비의 익주 공략 때에는 형주에 머무
르면서 보인 위풍은 조조와 손권을 두렵게 하였다. 여몽의 계략에 사로잡혀 죽었다.

장비(張飛)*

자는 익덕(翼德). 촉한의 오호대장. 유비, 관우와 함께 의형제를 맺고 평생 그 의를 저버리지 않았다. 수
많은 전투에서 절세의 용맹을 떨쳤다. 특히 형주에 있던 유비가 조조의 대군에 쫓겨 형세가 아주 급박하
게 되었을 때 장판교 위에서 일갈하여 위나라 군대를 물리침으로 해서 그 이름을 날렸다. 관우가 죽은 후
관우의 복수를 위하여 오를 치려는 와중에 부하에게 암살되었다.

조운(趙雲)*

자는 자룡(子龍). 촉한의 오호대장. 처음에는 공손찬 휘하에 있다가 나중에 유비의 신하가 되어 용맹을 떨쳤다. 유비가 장판에서 유비의 아들 선을 필마단기로 조조의 백만대군들 사이에서 구출하여 용명을 떨쳤다. 이후 많은 전투에서 승전고를 울렸다. 유비 사후에도 공명을 보좌하며 촉한의 노장군으로서 선봉에 서서 뒤따르는 많은 장수의 큰 귀감이 되었고 많은 전공을 올렸다.

여포(呂布)*

자는 봉선(奉先). 유비 관우 장비 삼형제와 일대 삼 싸움에서도 밀리지 않는 등 당대 최강 무예를 갖고 있었다. 하지만 자기를 거둔 정원을 배신하고 동탁에게 가고 또 왕윤에 넘어가 동탁을 죽이는 등 신의가 없어서 모두에게 배척당한다. 결국 부하의 배반으로 조조에게 사로잡혀 목숨을 잃는다.

장료(張遼)*

자는 문원(文遠). 조조의 대장. 여포의 부장이었으나 조조가 하비에서 여포를 격파하자 조조에게 항복했다. 이후 여러 차례 조조를 따르며 용기와 지략으로 많은 전공을 세웠다. 조비를 따라 오를 토벌할 때 같이 원정을 했는데 조비를 구하려다 오장 정봉의 화살에 죽었다.

손책(孫策)

자는 백부(伯符). 손권의 형. 손권을 따라 유표를 공격하다가 아버지 손견이 죽자 원술에게 잠시 의탁하였다. 원술을 떠나 오(吳), 예장(豫章), 여강(廬江) 등 육군(六君)을 평정하여 오의 기틀을 마련하니 사람들은 소패왕(小霸王)이라 불렀다. 조조는 손책과 화친을 도모하기위해 오후(吳侯)에 봉했다. 도사 우길(于吉)을 죽이고 환영에 시달리다 젊은 나이로 요절했다.

태사자(太史慈)*

손권 휘하의 맹장. 자는 자의(子義). 북해태수 공융이 포위되었을 때 단신으로 포위를 뚫고 나와 유비에게 구원을 요청했을 정도로 용맹하다. 손책이 유요를 공격하자 저항하다 손책에 잡혔으나 깍듯한 예의로 대하는 손책에 이끌려 그를 따르게 되었다. 합비성을 치다가 장료에게 반격당하여 죽었다.

동승(董承)

동귀비의 오라비. 허전의 사냥에서 조조의 외람된 행동을 보고 분기를 품었다가 헌제의 밀조를 하사 받았다. 이를 계기로 유비, 마등, 길평(吉平), 오자란, 충즙, 왕자복 등과 연판장의 혈서를 쓰고 조조 암살을 시도했다가 발각되어 죽었다

원소(袁紹)

자는 본초(本初). 동탁 토벌전에 17로의 제후들이 군대를 일으켰을 때 조조에 의해 군웅들 가운데 맹주로 추대가 됐다. 공손찬과 싸워 이긴 후에는 기주와 병주 일대를 통치했다. 관도대전에서 조조와 싸워 크게 패했다.

유표(劉表)

형주의 자사. 자는 경승(景升). 한실의 종친으로 외모는 우아하나 의심이 많고 학식이 풍부하나 결단성이 없었다. 조조, 원소의 관도 싸움 때 우유부단한 성격으로 망설이다가 천하 웅비의 기회를 놓쳤다. 유비가 패하여 의지해 왔을 때 보호하고 많은 도움을 주었다.

순욱(筍彧)*

자는 문약(文若). 원소에게 몸을 의탁하지만 그가 큰 재목이 아님을 알고, 조조에게 가 뛰어난 계책으로 조조의 신임을 얻었다. 유비에게 관직을 주고 그 담보로 여포를 치게 하는 것이나 유비와 원술을 다투게 해 서주를 지키고 있는 여포의 변심을 꾀어내는 것같은 모사로서의 면모를 잘 보여준다.

순유(筍攸)*

자는 공달(公達). 순욱의 조카지만 나이는 여섯 살 위다. 처음에는 하진의 부름을 받아 황문시랑으로 임명되었지만, 그후 조조가 헌제를 맞아 도읍을 허창으로 옮겼을 때 부름을 받고 여남태수를 시작하면서 조조의 사람이 되었다.

《 삼국지 일러두기 》

1. 이 책은 1959년~1964년 평양 국립문학예술서적출판사와 조선문학예술총동맹출판사에서 간행된 박태원 역 『삼국연의(전 6권)』를 저본으로 삼았다.

2. 저본의 용어나 표현은 모두 그대로 살렸으나, 두음법칙에 따라 그리고 우리말 맞춤법에 따라 일부 용어를 바꾸었다. 예) 령도→영도, 렬혈→열혈

3. 저본에는 한자가 병기되어 있으나, 이 책에서는 맨 처음에 나올 때는 한자를 병기하고 이후에는 생략했다.

4. 저본의 주는 가능하면 유지하였으나 독자의 편의를 위해 약간의 수정을 가하였다.

5. 저본에 충실하게 하는 것을 원칙으로 하였으나 매회 끝에 반복해 나오는 "하회를 분해하라"와 같은 말은 삭제했다.

6. 본서에 이용된 삽화는 청대초기 모종강 본에 나오는 등장 인물도를 썼으며 인물에 대한 한시 해석은 한성대학교 국문과 정후수 교수의 도움을 받았다.

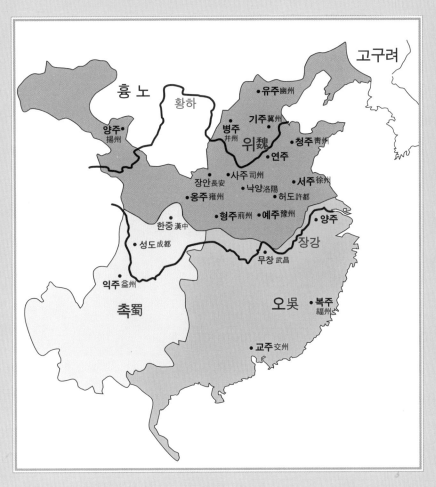

삼국정립도

도 공조는 서주를 세 번 사양하고
조맹덕은 여포와 크게 싸웠다

| *12* |

조조가 한창 당황해서 살길을 찾아 달아날 때 남쪽으로부터 한 떼의 군사가 달아드니, 앞장선 장수가 하후돈이다. 그가 군사를 거느리고 조조를 구원하러 온 것이다.

여포를 막고 한바탕 크게 싸우는 중에 황혼녘이 되어 문득 큰 비가 퍼붓듯이 쏟아져서 양편이 다 각기 군사를 거두어 물러갔다.

조조는 영채로 돌아오자 전위에게 상을 후하게 내리고 또 그의 벼슬을 더해서 영군도위(領軍都尉)를 삼았다.

한편 여포는 영채로 돌아가서 진궁을 보고 의논하니 진궁이 계교를 드리되

"복양 성중에 부호(富戶) 전씨(田氏)가 있으니 가동(家僮)이 천여 명이라 일군의 거가대족(巨家大族)입니다. 이제 그에게 분부를 내리셔서, 가만히 사람을 조조의 영채로 보내어 편지를 전하라고

하시되 그 편지 사연인즉 대개 '여 온후가 사람이 잔학해서 백성이 모두 원망하고 있는 터인데 이번에 군사를 여양(黎陽)으로 옮기려고 해서 성중에는 다만 고순이 있을 뿐이니 밤을 도와 진병해 오시면 제가 내응을 하겠습니다' 해서, 만약에 조조가 오거든 성내로 꾀여 들여 사대문에 불을 놓고 밖에다가는 또 군사를 매복해 두면 조조가 제아무리 경천위지지재(經天緯地之才)[1]를 가졌다 하더라도 이에 이르러서야 무슨 수로 빠져나갈 수 있으리까."

한다.

여포는 곧 그 계책을 좇아서 가만히 전씨에게 분부하여 즉시 사람을 조조의 영채로 보내게 하였다.

이때 조조는 갓 패하고 난 뒤라 계교를 정하지 못하여 바야흐로 주저하고 있는데 뜻밖에도 전씨에게서 사람이 와서 밀서를 바친다.

조조가 그 사연을 보니

"여포는 이미 여양으로 떠났고 지금 성중이 비어 있으니 빨리 오시면 제가 내응하겠습니다. 성 위에 의(義) 자를 크게 쓴 백기를 꽂아 놓은 것이 곧 암호입니다."

라고 하였다.

조조는

"하늘이 나로 하여금 복양을 얻게 하시는군"

하고 은근히 좋아하며 심부름 온 사람에게 상금을 후하게 주어 돌려보낸 다음 곧 군사를 일으켜 나갈 채비를 하였다.

---

1) 가히 천지를 경륜할 만한 지극히 큰 재주.

이때 모사 유엽(劉曄)이 나서서

"비록 여포는 꾀가 없는 자이지만 진궁으로 말하면 지모가 많은 사람이라 혹시 그 가운데 궤사(詭詐)나 있지 않을까 두려우니 불가불 방비는 있으셔야 하겠습니다. 만약 명공께서 가시겠으면 삼군을 삼대로 나누어 이대는 성 밖에 매복해 두었다가 접응하게 하시고 일대만 성중에 들어가게 하시는 것이 좋을까 보이다."
하고 말한다.

조조는 그 말을 좇아서 군사를 삼대로 나누어서 거느리고 복양성 아래로 나아갔다.

조조가 먼저 가서 가만히 살펴보니 성 위에 기들이 두루 꽂혀 있는데 서문각(西門角) 위에 과연 '의'자를 쓴 백기 하나가 서 있다. 조조는 속으로 은근히 좋아하였다.

이날 낮 때 성문이 열리며 장수들이 군사를 거느리고 싸우러 나오니 전군은 후성이요 후군은 고순이다.

조조는 곧 전위를 시켜서 나가 후성과 싸우게 하였다. 후성이 당해 내지 못하고 말머리를 돌려 성을 바라고 달아난다. 전위가 뒤를 쫓아서 조교(弔橋)[2] 가까이 들어가니 고순이 또한 막아내지 못하고 다 함께 군사를 물려서 성중으로 들어가 버리고 말았다.

이때 군사 하나가 혼란한 틈을 타서 조조를 와 보고 전씨의 심부름을 왔노라고 하며 밀서를 올리는데

"오늘밤 초경 때쯤 성 위에서 징소리 나는 것을 군호 삼아 곧 진병하시면 제가 성문을 열어 드리겠습니다."

---

2) 성문 밖 해자 위에 걸어 놓은 개폐식(開閉式) 다리. 적이 오면 다리를 들어 건너지 못하게 하였다.

난세, 풍운의 영웅들

라는 약속이 씌어 있다.

조조는 하후돈을 시켜 군사를 거느리고 좌편에 있게 하고 조홍을 시켜 군사를 거느리고 우편에 있게 한 다음 자기는 하후연·이전·악진·전위 네 장수와 군사를 영솔하고 성내로 들어가기로 하였다.

이전이 있다가

"주공께서는 아직 성 밖에 계십시오. 저희들이 먼저 성 안으로 들어가 보겠습니다."

하고 말하였으나, 조조는

"내가 몸소 가지 않으면 누가 즐겨 앞으로 나가려 들겠느냐."

라고 한마디 꾸짖고 드디어 몸소 앞을 서서 군사를 거느리고 바로 들어가는데, 때는 거의 초경이었으나 달은 아직 올라오지 않았다.

그러자 서문 위로부터 소라 부는 소리가 들리며 홀연 함성이 진동하였다. 그와 함께 성문 위에 횃불이 요란히 일어나며 성문이 활짝 열리더니 조교가 탁 내려진다.

조조는 앞을 다투어 말을 몰아 성내로 뛰어 들어갔다. 그러나 곧장 주아(州衙) 앞까지 들어가도록 노상에 사람 하나를 구경 못하겠다.

조조는 적의 계교에 떨어진 줄 깨닫고 황망히 말머리를 돌리며

"군사를 뒤로 물려라."

하고 크게 외쳤다.

바로 이때 관가 안으로부터 포성이 한 번 울리더니 사문에서 맹렬한 불길이 하늘을 찔러 일어나며 징소리·북소리가 일시에 울

리고 함성은 마치 강이 뒤집히고 바다가 들끓듯 하는 중에 동항(東巷)으로부터 장료가 뛰어나오고 서항(西巷)으로부터 장패가 뛰어나와 앞뒤로 끼고 친다.

조조가 황망히 북문으로 달아나는데 길가로부터 학맹·조성이 뛰어나와 또 들이쳤다. 조조는 급히 몸을 돌쳐 남문으로 달아났다. 고순·후성이 또 내달아 앞길을 가로막는데 전위가 눈을 부릅뜨고 이를 갈며 달려드니 고순과 후성이 도리어 쫓겨서 성 밖으로 도망해 나간다.

전위가 그 뒤를 몰아치며 조교까지 나가서 그제야 고개를 돌려 보니 조조가 보이지 않는다. 몸을 돌쳐 다시 성 안으로 들어오는데 성문 앞에서 이전과 마주쳤다.

"주공이 어디 계신가."

하고 물으니, 이전이

"나도 찾는 중인데 안 보이네."

하여, 전위가

"자네는 성 밖에서 구원군을 빨리 나오도록 재촉하게. 나는 들어가 주공을 찾아볼게."

하였다.

이전이 가자 전위는 성중으로 쳐들어갔다. 한동안 찾다가 찾지 못하여 다시 성 밖으로 뛰어나왔는데, 해자 가에 이르러 이번에는 악진과 마주쳤다.

악진이

"주공께서 어디 계신가."

하고 물어서, 전위가

"내가 성 안을 두 번이나 드나들며 찾았는데 아니 보이시네."

하니까,

"우리 함께 쳐들어가 주공을 구해 내세."

하고 악진도 같이 나섰다.

두 사람은 함께 말을 달려 성문 가로 갔는데, 마침 성 위로부터 화포가 떨어져 내려와 악진의 말은 들어가지 못하고 전위만 연기를 무릅쓰고 불 속을 뚫고 다시 성내로 뛰어 들어가 도처로 조조를 찾아 다녔다.

한편 조조는 전위가 성 밖으로 짓쳐 나가는 것을 보면서도 사면에서 적병이 길을 막고 몰려드는 통에 남문으로 나가지 못하고 다시 몸을 돌쳐 북문으로 향하였던 것인데, 화광 속에 문득 보니 바로 여포가 맞은편에서 화극을 꼬나 잡고 말을 달려 저를 향하여 오고 있는 게 아닌가.

조조가 급히 손으로 낯을 가리고 닫는 말에 채찍질해서 그 곁을 빨리 지나가는데, 여포가 뒤에서 말을 급히 몰아 따라오면서 화극을 들어 조조의 투구를 한 번 탁 치고

"조조는 어디 있느냐."

하고 묻는다.

조조가 슬쩍 손을 들어 가리키며

"저 앞에 황마(黃馬) 타고 가는 것이 그올시다."

하였다.

여포가 그 말을 듣자 조조를 버려두고 말을 놓아 앞으로 달려가 버렸다. 조조는 그 즉시 말머리를 돌려 동문을 바라고 도망하다가 마침 전위를 만났다.

전위는 조조를 보호해서 혈로를 뚫고 성문 앞까지 왔다. 둘러 보니 화염이 한창 성한데 성 위로부터 시초(柴草)를 어지러이 떨어 뜨려서 땅바닥이 온통 불천지다.

　전위는 화극으로 불을 헤치고 말을 달려 화염과 연기 속을 뚫고 먼저 성문으로 빠져나갔다.

　조조가 부지런히 그 뒤를 따라 나가는데 막 성문 아래 이르렀을 때 공교롭게도 성문 위로부터 불이 붙은 들보 하나가 무너져 내려오며 바로 조조가 타고 있는 말 궁둥이를 냅다 때려서 말이 그만 쿵하고 쓰러진다.

　조조는 얼떨결에 두 손으로 그 들보를 땅에 밀어붙였는데 그 통에 손이며 팔에 화상을 입고 수염과 머리털이 모두 그슬렸다.

　전위가 급히 말을 돌려 조조를 구하러 와서 그를 붙들어 일으킬 때 마침 하후연이 달려와서 두 사람이 함께 조조를 구해 가지고 불길을 뚫고 나오는데, 조조는 하후연의 말을 타고 전위가 큰 길로 짓치며 나가서 그대로 여포의 군사와 뒤죽박죽이 되어 싸우다가 날이 밝을 녘에야 이들은 성을 나와 겨우 영채로 돌아왔다.

　모든 장수들이 들어와서 배복하고 문안하니, 조조는 얼굴을 제키고 껄껄 웃으면서

　"어쩌다 적의 간계에 속았는데 내 꼭 원수를 갚고야 말지."

하였다. 곽가가 있다가

　"계책을 빨리 쓰셔야 합니다."

하니, 조조가 계책을 내는데

　"이제 장계취계(將計就計)[3]하기로 하자. 내가 화상을 입어 이미

난세, 풍운의 영웅들

죽었노라고 거짓 소문을 내면 여포가 반드시 군사를 거느리고 치러 올 것이니 우리는 군사를 마릉산(馬陵山)에 매복해 놓았다가 적의 군사가 반쯤 지나가기를 기다려서 내달아 치면 여포를 사로잡을 수 있을 것이오."

하고 말하니, 곽가는

"참으로 좋은 계책이십니다."

하였다.

이리하여 군사들은 다 복을 입히고 발상해서 거짓으로 조조가 죽었다고 하니, 소식을 알아 가지고 사람이 복양으로 가서 여포에게 보하되

"조조가 온 몸에 화상을 입고 영채로 돌아가자 바로 죽었답니다."

하였다.

여포는 곧 군사를 거느리고 마릉산으로 짓쳐 들어왔다. 그러나 막 조조의 영채 가까이 이르렀을 때 북소리가 크게 울리며 복병이 사면에서 일어났다.

여포가 죽기로 싸워 겨우 벗어났으나 적지 않은 인마를 잃고 크게 패해서 복양으로 돌아가자 성문을 굳이 닫고 싸우러 나오지 않았다.

조조는 기어코 여포를 쳐 복양성을 수중에 거두려 하였으나, 이 해에 난데없이 황충(蝗蟲)의 떼가 날아들어 논밭의 곡식을 다 먹어 버렸다. 관동 일경에서 곡식 한 곡(斛)에 돈 오십 관씩이라 사람이

---

3) 적의 계책을 내 편에서 이용하여 도리어 적을 계책에 빠뜨리는 것.

사람을 서로 잡아먹는 지경이라, 조조 군중에도 양식이 떨어져 군사를 거느리고 잠시 인성으로 돌아가 있기로 하고, 여포도 복양에서 나와 군사를 산양에 둔쳐 놓고 먹이기로 하였다. 이로 인해 양편은 일시 싸움을 파하게 되었다.

이때 도겸은 서주에서 육십삼 세의 노령으로 홀연 병이 들어 나날이 증세가 중해지매, 미축과 진등을 청해다가 일을 의논하니, 미축이 있다가

"조조의 군사가 물러간 것은 오로지 여포가 연주를 엄습했기 때문이라, 이제 흉년이 들어 일시 군사를 파하였으나 내년 봄에는 반드시 다시 오고야 말 것입니다. 부군(府君)께서는 앞서 두 차례나 현덕에게 서주를 물려주려 하셨는데 그때만 하여도 부군께서 오히려 강건하시던 때라 그래 현덕은 받으려고 하지 않았지만 지금은 병환이 이미 중하시니 바로 이때에 물려주시기로 하면 현덕도 더는 사양하지 않을 것입니다."

하고 말한다.

도겸은 적이 안심하는 기색이 되어 곧 사람을 소패로 보내 군무(軍務)를 상의하자고 현덕을 청하였다.

현덕은 관우·장비와 더불어 수십 기를 거느리고 서주로 왔다. 도겸이 그를 침방으로 청해 들게 하여 현덕이 문안을 드리니, 그는 입을 열어

"현덕공을 오시라 한 것은 다름이 아니라 이 늙은 사람이 병이 이미 위중해서 조석을 보전하기 어렵기 때문입니다. 부디 명공은 한나라 성지를 중히 여기시어 서주 패인을 받아 주시면 이 늙은

사람이 죽어 눈을 감겠습니다."

하고 말하였다.

현덕이

"사군께서는 자제를 두 분이나 두셨는데 어째서 자제한테 물려 주시려고 아니 하십니까."

하고 물으니, 도겸은

"큰아이 상(商)과 작은아이 응(應)이 다들 이 소임을 감당할 만한 재목이 못 됩니다. 이 사람 죽은 뒤에 명공은 부디 그것들을 가르치시고 타일러 주시되 행여나 고을 일을 조금이라도 맡아 보게는 하지 마십시오."

하고 당부한다.

현덕이 다시

"그러나 유비 혼자서 이렇듯이 중한 소임을 어찌 감당해 내겠습니까."

하니, 도겸은

"내가 공을 보좌할 만한 사람 하나를 천거해 드리겠습니다. 그는 곧 북해 사람으로서 성은 손(孫)이요 이름은 건(乾)이요 자는 공우(公祐)이니 이 사람을 종사(從事)로 쓰시면 좋을 것입니다."

라고 한 다음, 미축을 돌아보며

"유공은 당세의 인걸이시니 자네는 부디 잘 섬기도록 하게."

하고 당부하였다.

그러나 현덕은 종시 사양할 뿐이다.

도겸은 손으로 자기 가슴을 가리키면서 마침내 세상을 떠났다.

발상하고 나자 여러 사람이 곧 패인을 현덕에게 드렸으나 그는 굳이 사양하고 받지 않았다.

그 소문이 서주성 내에 한 번 돌자 서주 백성은 모두 관가로 몰려들 와서 땅에 엎드려 울면서

"유 사군께서 만약 이 고을을 맡아 주시지 않는다면 저희들이 모두 하루라 편안하게 살 수 없습니다."

하고 간청한다. 관우와 장비도 또한 재삼 권하였다.

현덕은 마침내 서주를 일시 맡아 다스릴 것을 허락하고, 손건과 미축으로 좌우에서 자기를 돕게 하고 진등으로 막관(幕官)을 삼으며 소패성에 둔쳐 두었던 군마를 모조리 서주로 옮겨 왔다.

그리고 일변 방을 내붙여 백성을 안무하고 일변 상사를 준비하는데, 현덕 이하로 대소 군사가 다 함께 복을 입고 크게 전(奠)을 올려 제사지내고, 또 도겸의 유표(遺表)를 올려 보내 조정에 주문(奏聞)하였다.

이때 조조는 인성에서 도겸이 이미 세상을 떠나고 그 대(代)로 현덕이 서주를 거느리게 되었다는 말을 듣고 크게 노하여

"정작 내 원수는 아직 갚지도 못했는데 네놈은 화살 한 개를 허비하지 않고 그대로 편히 앉아서 서주를 얻었단 말이지. 내 맹세코 유비부터 먼저 죽여 버린 다음에 도겸의 시체를 베어 우리 선친의 원한을 풀고 말리라."

하고 즉시 호령을 전해 군사를 일으켜 서주를 치러 가려 하였다.

이것을 보고 순욱이 들어와서, 조조를 대하여 하는 말이

"옛적에 고조께서는 관중을 보전하시고 또 광무께서는 하내에 웅거하시어 먼저 근본을 굳게 다지신 연후에 비로소 천하를 바로

잡으셨으니, 나아가면 족히 적을 이기고 물러나서도 족히 굳게 지킬 수 있었던 까닭에 비록 여러 차례 곤란한 지경에 빠지셨으면서도 마침내는 대업을 이루시고야 말았던 것입니다. 명공께서는 어디보다도 연주를 중히 아셔야 합니다. 황하와 제수(濟水)는 천하의 요지이니 또한 옛날의 관중이나 하내에 견줄 만한 곳입니다. 이제 만약 명공께서 서주를 치러 가시면서 이곳 연주에 군사를 많이 남겨 두신다면 쓸 군사가 넉넉지 않을 것이요 그렇다고 조금 남겨 두신다면 여포가 그 틈을 타서 침노할 것이라 이리 되면 연주는 그만입니다. 그리고도 만약에 서주를 얻지 못하신다면 대체 명공께서는 어디로 돌아가시렵니까. 이제 도겸은 비록 죽었으나 유비가 그 뒤를 물려받아 서주를 지키고 있으며 또한 그곳 백성이 이미 유비에게 심복(心腹)한 터이라 반드시 유비를 도와서 죽기로 싸우려 들 것이 아니겠습니까. 이제 명공께서 연주를 버리시고 서주를 취하시는 것은 이를 비유하면 큰 것을 버리고 작은 것을 취하며 근본을 떠나서 말단을 구하고 편안한 것을 가지고 위태한 것과 바꾸시는 격이라, 명공께서는 다시 한 번 깊이 생각해 보십시오."

하고 간한다.

들고 나자 조조가

"말은 그러하나 이제 흉년이 들어 군량이 없는 터에 군사들을 데리고 멀거니 앉아서 이곳을 지키고 있는 것이 아무래도 득책(得策)은 아닐 성 싶은데 어찌 생각하오."

하고 말하니, 순욱이 다시

"그러니까 동으로 진(陳) 지방을 치고 거기서 군량을 마련해 내도록 하는 것이 상책입니다. 여남과 영천에 있는 황건적의 여당 하의(何儀)·황소(黃劭)의 무리가 여러 주군을 겁략해서 금백(金帛)과 양식을 많이 가지고 있는데 이런 적당들은 파하기도 또한 용이합니다. 이것들을 가서 치고 그 양식을 뺏어 군사들을 먹이도록 하시면 조정에서도 기뻐하시고 백성도 좋아할 것이니 이는 바로 천의(天意)에 순종하는 일이라 할 수 있지 않습니까."

하고 말한다.

조조는 마음에 좋아서 그리하기로 작정을 하고 하후돈과 조인을 남겨 두어 인성 이하 고을들을 지키게 한 다음 자기는 몸소 대군을 거느리고 나서서 먼저 진 지방을 치고 다시 여남과 영천으로 나아갔다.

황건 적괴(賊魁) 하의와 황소는 조조의 군사가 당도한 것을 알자 수하 무리를 거느리고 나와서 양산(羊山)에 모였다.

이때 적병들은 그 수효가 비록 많았으나 도시 오합지졸이라 도무지 대오나 행렬이라는 것이 없었다.

조조는 먼저 강궁(强弓)과 경노(硬弩)로 먼장질을 시키고 전위를 내보냈다. 하의가 부원수(副元帥)를 시켜 나가 싸우게 하였으나 삼합이 미처 못 되어 전위의 철극에 찔려 말 아래 떨어지고 말았다. 조조는 승세해서 군사를 거느리고 양산까지 쫓아 들어가서 하채하였다.

이튿날 황소가 몸소 군사를 이끌고 왔다. 진을 치고 나자 한 장수가 걸어 나오는데 노랑 수건으로 머리를 싸매고 몸에는 녹포(綠袍)를 입고 손에는 철봉을 들었다.

"나는 절천야차(截天夜叉) 하만(何曼)이다. 누가 감히 나하고 한 번 겨뤄 보겠느냐."

하며 큰 소리로 외칠 때 조홍이 보고 한 소리 크게 꾸짖으며 말에서 뛰어내리자, 칼을 들고 자기도 걸어 나갔다.

두 사람은 진전에서 서로 치고 싸웠다. 사오십 합에 이르러서도 승부가 나뉘지 않자 조홍이 거짓 패하여 달아나니 하만이 뒤를 쫓아온다. 조홍은 타도배감계(拖刀背砍計)를 써서 몸을 돌치자 한 번 껑충 뛰어 하만을 찍고 다시 한 번 칼로 쳐서 죽여 버렸다.

이전이 승세해서 말을 달려 바로 적진으로 쳐들어갔다. 황소는 미처 방비할 새 없이 이전에게 사로잡히고 말았다. 조조의 군사들은 적의 무리를 엄살하여 그 금백과 양식을 무수히 빼앗았다.

하의는 형세가 고단해서 수백 기를 이끌고 갈파(葛陂)로 달아난다. 그러나 한창 달아나는 중에 산 뒤로부터 한 떼의 군사가 달아나오니 앞을 선 장사는 신장이 팔 척이요 허리통이 십 위(圍)나 되는데 손에 한 자루 대도(大刀)를 들고 있다.

하의가 창을 꼬나 잡고 나가서 맞아 싸웠으나 단 일 합에 그 장사에게 생금되고 마니 수하의 무리들은 착급(着急)해서 모두 말에서 내려 결박을 받았다. 그 장사는 의기양양하여 이들을 모조리 갈파 성채 안으로 개 몰듯 몰고 들어가 버렸다.

한편 전위가 하의의 뒤를 쫓아 갈파까지 오니 장사가 군사를 거느리고 마주 나온다.

"너도 황건적이냐."

하고 전위가 물으니, 그 장사가

"황건적 수백 명을 내가 모조리 잡아서 성채 안에다 가두어 놓았다."

하고 대답하고,

"그럼 어째서 내다가 바치지 않는고."

하니,

"네가 만약 내 수중의 보도(寶刀)를 뺏는다면 곧 내주마."

한다.

전위는 대로해서 쌍극을 꼬나 잡고 앞으로 나가 그와 싸웠다. 두 사람이 싸우기를 대체 얼마 동안인지 진시로부터 사시, 사시로부터 오시에 이르기까지 싸워도 도무지 승부가 나뉘지 않자 각기 물러나 얼마 동안 숨을 돌린다.

얼마 있다 장사가 다시 말을 몰고 나와서 싸움을 돋우니 전위는 또 나갔다. 그대로 황혼녘까지 싸우다가 각기 말들이 지쳐서 다시 잠깐 쉬는데 전위의 수하 군사가 조조에게 나는 듯이 보하여, 조조는 크게 놀라 황망히 여러 장수들을 거느리고 갈파로 달려오니 날은 이미 저물어 두 장수는 승부 없이 군사를 거두었다.

이튿날 장사가 또 나와서 싸움을 돋운다. 조조는 그 사람의 위풍이 늠름한 것을 보고 마음에 은근히 기뻐하여 전위더러 오늘은 짐짓 패하는 체하라고 분부하였다.

전위는 분부를 받고 나가서 서로 싸워 삼십 합에 이르자 거짓 패해서 진으로 도망해 들어왔다. 장사가 진문 안까지 쫓아 들어오는 것을 궁노를 쏘아서 물리치고, 조조는 급히 군사를 오 리 밖으로 물린 다음 가만히 사람을 시켜서 함정을 파고 구수(鉤手)들을 매복해 놓았다.

이튿날 전위는 영을 받고 다시 백여 기를 거느리고 나갔다. 장사가 웃으며

"패장이 어딜 감히 다시 왔느냐."

하고 곧 말을 달려 나와서 전위를 취한다.

전위는 두어 합 싸우다가 문득 말을 돌려 달아나니, 장사는 칼을 춤추며 그대로 앞만 바라고 쫓아오다가 그만 말을 탄 채 함정 속에 빠지고 말았다.

구수들이 득달같이 그를 묶어 조조에게로 오니, 조조는 장상에서 내려와 군사들을 꾸짖어 물리치고 친히 그 결박 지은 것을 풀어 주고 곧 옷을 갖다 입히고는 자리에 앉게 한 다음 그의 향관과 성명을 묻는다.

장사가 말한다.

"나는 초국(譙國) 초현(譙縣) 사람으로 성은 허(許)요 이름은 저(褚)요 자는 중강(仲康)입니다. 앞서 황건의 난리를 만나 종족 수백 명을 모아 언덕에 성채를 쌓고 막는데 어느 날 도적 떼가 왔습니다. 여러 사람더러 팔매 칠 돌을 많이 준비해 놓으라 하고 내가 나서서 팔매질로 도적을 치는데 백발백중이라 도적 떼는 물러가고 말았습니다. 하루는 또 도적 떼가 왔는데 성채 안에 양식이 떨어졌기에 도적들과 화해하고 우리 농우와 저의 쌀을 서로 바꾸기로 약조했습니다. 그래 쌀을 날라다 놓고 도적들이 소를 몰고 성채 밖으로 나갔는데 소들이 도망해서 도로 돌아온 것을 내가 한 손에 하나씩 쇠꼬리들을 잡아끌면서 뒷걸음질 쳐서 백여 보를 나갔더니 도적들이 그만 깜짝 놀라 감히 소를 찾을 생각도 못하고 뺑소니를 쳐 버리더군요. 그래서 이곳을 무사히 보전해 오는 터입니다."

조조가

"나도 대명(大名)을 들은 지는 오래요. 그래 내 수하에 들지 않겠소."

하고 물으니, 허저는

"그것은 내가 원하는 바입니다."

하고 드디어 종족 수백 명을 거느리고 와서 함께 항복하였다.

조조는 허저로 도위를 삼고 상을 후히 내리며 하의와 황소를 내어다 목을 베니 이로써 여남과 영천이 모두 평정되었다.

조조가 군사를 거두어 돌아가니, 조인과 하후돈이 나와서 영접하고 하는 말이

"근자에 세작이 보하는데 연주의 설란과 이봉의 군사들이 모두 노략질을 하러 나가서 성 안이 텅 비었다고 하니, 승전하고 온 군사들로 들이친다면 쉽사리 함몰할 수 있을까 합니다."

한다.

조조는 그 길로 다시 군사를 거느리고 바로 연주를 향하여 쳐들어갔다. 설란과 이봉은 불의의 엄습을 받자 하는 수 없이 군사를 거느리고 성 밖으로 나왔다.

허저가 나서며

"제가 저 두 사람을 베어 진현(進見)하는 예를 삼을까 합니다."

하여, 조조는 크게 기뻐하고 곧 나가서 싸우게 하였다.

이봉이 화극을 들고 앞으로 나와서 맞는다. 그러나 말을 서로 어우르기 두 합에 허저는 이봉을 베어 말 아래 떨어뜨렸다.

설란이 급히 말을 달려 진으로 돌아가는 것을 이전이 조교 가에서 가로막으니 설란은 감히 성으로 돌아가지 못하고 군사를 이끌

고 거야(鉅野)를 향하여 도망하려 하였다. 그러나 여건이 나는 듯이 말을 달려 뒤를 쫓으며 활을 쏘아 한 대에 말 아래 거꾸러뜨리니 수하 군사들은 다 뿔뿔이 흩어지고 말았다.

이리하여 조조가 다시 연주를 수중에 거두자 정욱은 그에게 곧 진병해서 복양을 취하라고 권하였다.

조조는 허저와 전위로 선봉을 삼고, 하후돈·하후연으로 좌군을 삼고, 이전·악진으로 우군을 삼고, 자기는 몸소 중군을 거느리고, 우금과 여건으로 후군을 삼아 복양을 바라고 나아갔다.

조조의 군사가 복양에 이르자 여포가 곧 친히 나가서 싸우려 하니, 진궁이

"나가 싸워서는 아니 됩니다. 나가도 장수들이 다들 돌아와 모인 뒤 나가시도록 하십시오."

하고 간하였다.

그러나 여포는

"누가 온들 내가 두려워하겠소."

하고 드디어 진궁의 말을 듣지 않고 바로 군사를 거느리고 나가서 방천화극을 비껴들고 큰 소리로 욕설을 퍼부었다.

조조의 진중으로부터 허저가 내달아서 이십 합을 서로 싸워 미처 승부를 나누지 못할 때, 조조가

"여포는 한 사람 가지고는 못 이겨."

하고 바로 전위를 내보내서 싸움을 돕게 하여 두 장수가 여포를 앞뒤로 끼고 치는데, 좌편의 하후돈·하후연과 우편의 이전·악진이 일제히 나와서 여섯 장수가 힘을 합해 여포를 둘러싸고 친다.

여포는 혼자서 막아 내다 못하여 마침내 말을 달려 성을 바라

고 돌아갔다.

이때 전씨가 성 위에 있다가 여포가 싸움에 패해 도망해 오는 것을 보자 급히 사람을 시켜 조교를 끌어올려 버리게 하였다.

여포는 큰 소리로

"문을 열어라."

하고 외쳤다.

그러나 성 위에서 전씨는

"나는 이미 조 장군에게 항복을 했다."

하고 응수할 뿐이다.

여포는 노하여 한바탕 크게 꾸짖고 곧 군사를 수습해서 정도(定 陶)로 도망을 갔다. 형세가 이렇게 된 것을 보고 진궁은 급히 동 문을 열고 여포의 가권을 보호하여 성에서 나가 버렸다.

조조는 드디어 복양을 수중에 거두고 전날 전씨가 지은 죄를 용서해 주었는데, 이때 유엽이

"여포는 사나운 호랑이입니다. 오늘 형세가 한창 곤한데 조금 이라도 늦추셔서는 아니 되옵니다."

하고 말하여, 조조는 유엽의 무리더러 복양을 지키고 있으라 분 부하고 자기는 군사를 거느리고 다시 뒤를 쫓아 정도로 갔다.

이때 여포와 장막·장초가 다들 성중에 있었으나, 고순·장료· 장패·후성 등 여러 장수들은 군량을 마련하느라고 해변 지방으 로 나가서 아직 돌아오지 않았다.

조조의 군사는 정도에 이른 뒤로 연일 싸우지 않고 있다가 다 시 사십 리 밖으로 물러나가 하채하였다.

때마침 제군(濟郡)에 보리가 익어서 조조는 군사들을 시켜 보리

를 베어다 먹게 하였다.

세작이 이것을 여포에게 보하여 여포는 군사를 이끌고 쫓아 나왔다. 그러나 조조의 영채 가까이 와서 문득 보니 왼편에 큰 숲이 있는데 수목이 매우 울창하다. 여포는 혹시 그 안에 복병이나 있지 않을까 마음에 두려워서 그대로 돌아가 버렸다.

조조는 여포의 군사가 돌아가 버린 것을 알고 즉시 여러 장수들을 불러

"여포가 수림 속에 복병이 있지 않을까 의심하고 있으니 숲 속에다 정기(旌旗)를 많이 꽂아 더욱 의심이 들게 하고, 그 반대편에 있는 긴 둑에는 물이 없으니 거기다 쫙 정병들을 깔아 놓도록 해라. 내일 여포가 반드시 와서 숲에다 불을 지를 것이니 그때 둑 아래 매복했던 군사들이 내달아 그 뒤를 끊고 보면 여포를 생금할 수 있을 게다."

하고, 그는 단지 고수(鼓手) 오십 명만 영채 안에 남겨 두어 북을 치게 하고 또 촌 남녀들을 붙잡아다 영해 안에서 고함을 지르게 한 다음 정병들은 모조리 둑 아래에 매복시켜 놓았다.

한편 여포가 그대로 돌아가서 진궁에게 이야기하니 진궁이

"조조는 궤계가 많아 경솔하게 대해서는 아니 됩니다."

하고 말하는데, 여포는

"내가 화공(火攻)을 쓰면 복병을 깨뜨릴 수 있을 게요."

하고 진궁과 고순을 남겨 두어 성을 지키게 하였다.

그 이튿날 여포는 대군을 거느리고 나왔다. 멀리 바라보니 수림 속에 기들이 보인다. 그대로 군사를 몰고 나아가 사면으로 불을 놓았다. 그러나 필경 사람은 하나도 구경을 못하겠다.

그는 영채로 뛰어들까 하였다. 그러나 그 안으로부터 북소리가 크게 진동하는 것을 보고는 의혹이 또 나서 생각을 정하지 못하고 있는데 홀연 영채 뒤로부터 한 떼의 군사가 내닫는다.

여포가 말을 놓아 그 편으로 쫓아 나올 때 포성이 한 번 울리더니 둑 밑에 숨었던 복병들이 한꺼번에 뛰어나오고, 하후돈·하후연·허저·전위·이전·악진이 풍우같이 말을 몰아서 짓쳐 들어온다.

여포는 도저히 이들을 대적할 길이 없어 군사를 돌려 달아날 뿐이다. 그 와중에 그를 따르던 장수 성렴은 악진의 화살을 맞고 죽었다. 여포는 수하 군사의 삼분의 이를 잃었다.

패한 군사가 돌아와서 진궁에게 보하니, 진궁은

"빈 성을 지키고 있을 수 없으니 빨리 피하는 것이 상책이오."

하고, 드디어 고순과 함께 여포의 가권을 보호하여 정도를 버리고 달아났다.

조조는 승전한 군사를 휘몰아 성중으로 뛰어 들어왔다. 형세가 파죽지세로 마치 대를 쪼개는 것 같다.

장초는 제 손으로 목을 찔러 죽고 장막은 용하게도 성을 빠져나와 원술에게로 가 버렸다.

이리하여 산동 지방이 모조리 조조의 수중으로 돌아갔다. 그가 백성을 안무하며 성을 수축한 일은 더 이야기 안 하겠다.

한편 여포는 달아나다가 길에서 여러 장수들이 돌아오는 것과 만났다. 또한 진궁이 그를 찾아서 이르렀다.

여포는

"내가 군사는 적지만 아직도 오히려 조조를 깨뜨릴 만하다."

하고, 드디어 다시 군사를 끌고 나갔다.

　　　승패는 진실로 병가(兵家)의 상사(常事)이니
　　　권토중래하면 그 일을 누가 알리.

　　　필경 여포의 승부가 어찌 되려는고.

이각과 곽사가 크게 싸우고
양봉과 동승이 함께 거가를 보호하다

| *13* |

여포가 정도에서 조조에게 크게 패하고 해변으로 가서 패잔한 군마를 수습하고 있던 차에 여러 장수들이 모여들어 그는 다시 한 번 조조와 승패를 결해 보려 하였던 것이나, 이때 진궁이 나서서

"지금 조조의 형세가 크니 그와 다투어서는 아니 되고 우선 어디 안신(安身)할 곳부터 구해 놓은 다음 다시 오더라도 늦지 않을 것이외다."

하고 간하여, 여포가

"그도 근리한 말이오. 안신할 땅이라면 어디가 좋을꼬. 별로 마땅한 곳도 없고 해서 내 다시 원소를 찾아갈까 하는데 그대의 생각은 어떻소."

하고 물으니, 진궁의 말이

"먼저 사람을 기주로 보내 소식을 알아보신 다음에 결정하시지요."

한다. 여포는 그의 말을 좇아 세작을 기주로 보냈다.

이때 기주에서 원소는 조조가 여포와 상지(相持)하고 있다는 소식을 들었는데, 모사 심배(審配)가 나서서

"여포는 시랑(豺狼) 같은 자니 만약 연주를 얻으면 반드시 기주를 도모할 것입니다. 그러니 조조를 도와 여포를 쳐야만 후환이 없을까 보이다."

하고 말하여, 원소는 드디어 안량(顔良)에게 군사 오만을 주어서 조조를 도우러 가게 하였다.

세작이 이 소식을 탐지했다가 나는 듯이 여포에게 보하였다. 여포가 깜짝 놀라 진궁과 의논하니, 진궁은

"들으매 유현덕이 새로 서주를 거느리게 되었다고 하니 가서 의탁해 보도록 하시지요."

하고 말한다. 여포는 그 말을 좇아서 마침내 서주를 바라고 출발하였다.

이 소식이 현덕에게도 들어갔다. 현덕이

"여포는 영용한 장수니 나가서 영접해 들이는 것이 좋을까 하오."

하니, 미축이 있다가

"여포는 범 같고 이리 같은 무리이니 받아들여서는 아니 됩니다. 받아들였다가는 사람을 반드시 해칩니다."

한다. 그러나 현덕이

"전자에 여포가 만약 연주를 엄습하지 않았다면 어떻게 이 고을의 환난을 풀 수가 있었겠나. 이제 제가 궁해서 나를 바라고 오는 터에 무슨 딴 마음이 있을라고."

하여, 장비는

"형님 인심은 어찌 그리 좋소. 아무려나 경계는 해야 합니다."
하고 한마디 하였다.

현덕은 여러 사람을 데리고 성에서 삼십 리를 나가 여포를 맞고, 그와 말머리를 가지런히 하여 성내로 들어왔다.

함께 주아 청상(廳上)에 이르러 피차 인사를 마치고 좌정하자 여포는 입을 열어 말하였다.

"이 사람이 왕 사도와 함께 계책을 써서 동탁을 죽인 뒤 다시 이각ㆍ곽사의 변을 만나 관동으로 정처 없이 떠돌아다니는 신세가 되어 버렸는데 제후들이 대개는 이 사람을 용납해 주질 않습디다. 근자에 조조 도적놈이 불인(不仁)해서 서주를 침범하자 사군은 극력 도겸을 구원하셨고 내 또한 연주를 엄습해서 적의 형세를 나누어 놓았던 것인데, 이번에 뜻밖에도 그놈의 간사한 계교에 떨어져서 적지 않은 군사를 잃고 장수를 죽였소이다. 이제 내 사군에게 몸을 의탁하고서 함께 대사를 도모할까 하여 찾아왔는데 존의(尊意)는 어떠십니까."

현덕은 그 말에 대답하여

"요 앞서 도 사군께서 돌아가시고 당장 서주를 도맡아서 다스릴 사람이 없기로 제가 일시 권도로서 고을 일을 보아 온 것인데, 이제 다행히 장군께서 이곳에 오셨으니 곧 장군께 이 서주를 넘겨 드리도록 하겠습니다."
하고, 드디어 패인을 여포 앞에 내놓았다.

여포는 곧 그것을 받으려고 하였다. 그러나 문득 보니 현덕 배후의 관우ㆍ장비 두 사람이 다 각기 얼굴에 노기를 띠고 장승처럼 서서들 있다.

여포는 겸연쩍은 웃음을 띠고

"여포 같은 일개 용부(勇夫)에게 태수자사가 당한 일입니까."

하였다. 그래도 현덕이 다시 한 번 여포에게 권할 때 진궁이 있다가

"강빈불압주(强賓不壓主)[1]라니 유 사군께서는 부디 우리를 의심치 마십시오."

하고 말하여, 현덕은 더 권하지 않고 곧 연석을 베풀어 여포를 대접하고 거처할 곳을 마련해 주었다.

그 이튿날 여포는 답례하는 뜻으로 잔치를 차리고 현덕을 청하였다. 현덕은 곧 관우와 장비를 데리고 그에게로 갔다.

술이 어느 덧 반감에 이르자 여포는 현덕을 후당으로 청해 들였다. 관우와 장비도 함께 따라갔는데 여포는 자기 아내를 불러내 현덕에게 인사를 드리게 하였다.

현덕이 재삼 겸사하자 여포가

"현제(賢弟)는 너무 사양 마오."

하고 한마디 하자, 장비는 금시에 고리눈을 부릅뜨고

"우리 형님으로 말하면 금지옥엽(金枝玉葉)[2]이시다. 네가 대체 어떤 사람이기에 언감생심 우리 형님을 보고 아우님이라는 게냐. 나오너라, 내 너하고 삼백 합만 싸워 보겠다."

하고 꾸짖었다. 현덕은 깜짝 놀라 장비를 보고

"네 그게 무슨 소리냐. 예절을 몰라도 분수가 있지."

---

1) 위력이 강한 손은 주인을 위압하지 않는다는 뜻.
2) 황족(皇族)을 가리켜서 하는 말.

하니, 관공은 장비를 권해서 밖으로 내보냈다.

현덕이 여포에게

"미련한 아우가 취중에 함부로 지껄인 소리를 부디 형장께서는 어찌 아시지 마십시오."

하였건만, 여포는 종시 잠잠하니 말이 없었다.

그로써 얼마 있다가 잔치가 파해 여포가 문 밖까지 현덕을 배웅해 나왔는데 바로 이때 장비가 창을 비껴 잡고 말을 달려 들어오며

"여포야, 내 너와 삼백 합만 싸워 보겠다."

하고 크게 외친다. 현덕은 황망히 관공을 시켜 못하게 막았다.

그 이튿날 여포가 와서 현덕을 보고

"사군은 모처럼 이 사람을 받아 주시려고 하나 다만 계씨들이 용납해 주지 않으시니 내 어디 다른 곳으로나 가 볼까 보이다."

하고 하직을 고한다.

현덕은

"장군께서 만약 떠나시고 보면 저의 죄가 너무 큽니다. 미련한 아우가 장군께 모범(冒犯)한 데 대해서는 일간 다시 사과의 말씀을 드리겠습니다마는, 근처에 있는 소패성은 제가 전일에 둔병하고 있던 곳인데 장군께서 그 협착한 것을 탓하지 않으신다면 그리 가셔서 우선 지내 보시는 것이 어떠십니까. 양식이며 군수 따위는 다 제가 보내 드리도록 하겠습니다."

하고 간곡히 권하였다.

여포는 현덕에게 사례하고 수하 군사들을 거느리고 소패로 갔다. 그 뒤에 현덕이 장비를 크게 나무란 것은 구태여 말할 나위도

없는 일이겠다.

한편 조조는 산동 일대를 평정하고 나자 표문을 닦아서 조정에 주달하였다. 위에서는 그의 벼슬을 더해서 건덕장군(建德將軍) 비정후(費亭侯)를 봉하였다.

이때 이각은 제 마음대로 대사마가 되고 곽사는 대장군이 되어 저희 멋대로들 놀며 조금도 기탄하는 바가 없었는데, 조정에서는 누구라 한 사람 감히 나서서 그들을 탓하는 이가 없었다.

태위 양표와 대사농 주준이 은근히 헌제에게 아뢰기를

"지금 조조가 군사 이십여 만을 거느리고 있사오며 수하에 모신(謀臣)과 무장이 수십 명이 되오니, 만약에 이 사람을 얻어 사직을 붙들고 간사한 무리들을 모조리 초멸할 수 있으면 천하에 이만 다행이 없을까 하나이다."

하니, 헌제는 눈물을 흘리며

"짐이 두 놈 도적에게 무수히 능모(陵侮)를 받아 온 지 이미 오래요. 만약에 이놈들을 주살할 수만 있다면 그만한 다행이 어디 또 있겠소."

한다.

양표가 다시 아뢰어

"신에게 한 계교가 있사오니 우선 두 도적으로 하여금 서로 모해하게 하옵고, 그 뒤에 조조에게 조서를 내리시어 군사를 거느리고 올라와서 적당들을 소탕하여 조정을 편안케 하게 하옵소서."

하니, 헌제가

"어떤 계교요."

하고 묻는다.

양표가 다시 아뢰었다.

"신이 듣자오매 곽사의 처가 투기가 심하다고 하니 사람을 곽사의 처에게 보내 반간계(反間計)를 쓰게 하오면 두 도적이 자연 서로 모해하게 되오리다."

헌제는 곧 밀조(密詔)를 초해서 양표에게 주었다.

양표는 물러나와 자기 부인에게 계교를 일러 주어 다른 일을 빙자하고 곽사 부중으로 들어가 기회를 보아 곽사의 처에게

"들으니 곽 장군께서 이 사마 부인과 관계를 맺으셔서 그 사이가 아주 은밀하다고 하시던데, 만약에 이 사마께서 아시는 날에는 큰 화를 당하고 마실 게 아닙니까. 부인께서 앞으로는 왕래를 못하시게 하는 것이 좋겠어요."

하고 한마디 넣게 하였다.

곽사의 처가 과연 단번에 의혹이 들어

"오호라, 근자에 밖에 나가 자고 들어오는 날이 많아 이상하다 했더니 뒷구멍으로 그 따위 짓을 하고 다녔구먼. 부인께서 일러 주시지 않았다면 그만 모르고 지낼 뻔 했어요. 다시는 그 따위 짓을 못하게 해야죠."

한다. 양표의 부인이 그만 돌아가겠다고 하니 곽사의 처는 그에게 재삼 칭사하였다.

그 후 수일이 지나서다.

곽사가 이날 또 이각 부중의 연석에 참여하려고 하니, 그의 처가 있다가

"이 사마가 원래 성품이 음험한 데다가 또한 두 영웅이 양립할

수 없는 형편 아니에요. 만약에 이 사마가 음식에 독약이라도 쓴
다면 내 신세는 어떻게 되겠습니까."
하고 말한다. 곽사는 그 말을 무시하려 하였으나, 처가 굳이 붙들
고 가지 말라는 통에 마침내 참석지 않았다.

　그러자 그날 저녁 이각이 사람을 시켜 잔치 음식을 보내 왔다.
곽사의 처는 아무도 모르게 음식에 독약을 친 다음 비로소 상을
드리게 하고, 곽사가 바로 수저를 들려고 하자
　"밖에서 들어온 음식을 어떻게 그냥 자신단 말이에요."
하고 고기 한 점을 집어 먼저 개에게 던져 주니 아나나 다를까 개
가 먹고 그 자리에서 쓰러져 죽는다. 이 일이 있은 뒤로 곽사는
은근히 마음에 의심을 품게 되었다.

　하루는 조회가 파하고 이각이 굳이 자기 집으로 끄는 바람에
곽사는 따라가서 함께 술을 마셨다. 밤이 되어서야 술자리가 끝
나서 곽사는 취해 집으로 돌아왔는데 공교롭게도 복통이 났다.
그의 처가 이를 보고
　"필시 독약이 들었던 게요."
하고 급히 똥물을 퍼다 먹여서, 곽사는 한바탕 토하고 나서야 비
로소 진정이 되었다.

　곽사는 그만 대로하였다.
　"내가 이각과 대사를 함께 도모하는 터에 이제 제 놈이 무단히
나를 모해하려고 하니 만약에 내가 먼저 치지 않는다면 반드시
그놈의 독수에 걸리고 말겠다."
하고, 드디어 은밀하게 자기 수하의 갑병(甲兵)들을 정돈해 이각을
치려고 하였다.

그러나 이 소식을 누가 알아다가 이각에게 보하였다. 이각이 또한 대로하여

"곽아다(郭阿多, 곽사를 말함)가 어찌 감히 내게 이럴 수가 있단 말이냐."

하고, 그는 마침내 본부 갑병을 거느리고 곽사를 치러 나섰다.

이리하여 양편 군사 도합 수만 명이 바로 장안성 아래서 어우러져 싸우는데, 이 무리들은 또 그 기세를 타서 닥치는 대로 백성을 노략하였다.

이때 이각의 조카 이섬(李暹)은 군사를 끌고 가서 대궐을 에워싸고 수레 두 채를 내어 한 채에는 천자를 태우고 또 한 채에는 복황후를 태운 다음에 가후와 좌령(左靈)을 시켜 거가를 호송하게 하고 그 밖의 궁인과 내시들은 다 걸어서 뒤를 따르게 하였다.

이들이 거가를 옹위하고 바로 후재문(後宰門)을 나설 때 곽사의 군사가 달려와서 다짜고짜 화살을 어지러이 쏘았다. 이 통에 궁인들로서 화살에 맞아 죽은 자가 부지기수였는데 이각이 군사를 끌고 뒤쫓아 달려들어서 곽사의 군사를 물리치고는 천자와 황후를 겁박하여 위험을 무릅쓰고 성 밖으로 나가 불문곡직하고 제 영채로 거가를 몰고 들어가 버렸다.

한편 곽사는 그 길로 군사를 거느리고 바로 대궐로 쳐들어가서 후궁인 빈들과 궁녀들을 모조리 붙잡아다가 제 영채에 데려다 두고 궁전에는 불을 질러 버렸다.

곽사는 이튿날에야 이각이 천자를 겁박해서 모셔내 간 것을 알고 즉시 군사를 몰아 이각의 영채로 쳐들어갔다. 이 통에 천자와 복 황후가 모두 놀라서 송구해하기를 마지않았다. 후세 사람이

이를 탄식해서 지은 시가 있다.

광무 중흥으로 한나라가 다시 일어   光武中興興漢世
상하 열두 황제 계계승승해 오더니   上下相承十二帝
환제·영제 무도하여 사직이 기울어져   桓靈無道宗社墮
환관들이 농권(弄權)하매 말세가 된단 말가.   閹臣擅權爲叔季

무모한 국구 하진 삼공 위에 있어   無謀何進作三公
환관을 없애려고 간웅을 불러왔네.   欲除社鼠招奸雄
승냥이 떼 몰아내고 범을 대신 들였으니   豺獺雖驅虎狼入
서량 땅의 역적놈이 음흉하기 짝이 없다.   西州逆堅生淫凶

왕윤의 일편단심 미녀에게 계교 주어   王允赤心托紅粉
여포와 동탁을 이간 붙였구나.   致令董呂成矛盾
적괴가 쓰러지매 천하가 편안하더니   渠魁殄滅天下寧
이각·곽사가 대 이을 줄 그 뉘 알리.   誰知李郭心懷憤

가시덤불 둘린 속에 천자는 한숨짓고   神州荊棘爭奈何
육궁의 비빈들이 모두 주려 수심이라.   六宮饑饉愁干戈
인심이 떠나가니 천명도 사라지고   人心旣離天命去
영웅들이 할거하여 강산을 나누었다.   英雄割據分山河

후대의 제왕들은 이 일을 거울삼아   後王規此存兢業
내 나라 내 강토를 튼튼히 지킬세라.   莫把金甌等閒缺
천하의 생령들이 다 죽어 남지 않고   生靈糜爛肝腦塗
산하를 물들인 피는 원한의 흔적이라.   剩水殘山多怨血

사기를 들추어 보매 서럽기 그지없다   我觀遺史不勝悲

지난 날 궁터에는 잡초만 우거졌네.   今古茫茫歎黍離

만백성의 임금 된 자 부디 삼가고 또 삼가라 人君當守苞桑戒

무력만 믿고서는 나라 보전 못하리라.   太阿誰持全網維

이때 곽사가 군사를 거느리고 쳐들어와서 이각은 영채에서 나가 맞아 싸웠다. 곽사는 형세가 저희에게 이롭지 못한 것을 보자 일시 퇴군해 돌아갔다.

이각은 다시 천자와 황후를 겁박해서 거가를 미오로 옮겨 가고 저의 조카 이섬을 시켜 지키게 하는데, 황제 좌우에 내시들은 얼씬 못하게 하고 음식이 끼니를 잇지 못하니 가까이 모시는 신하들이 모두 얼굴에 주린 빛이 역력하다.

헌제는 사람을 이각에게 보내 쌀 오 곡(斛)과 쇠갈비 다섯 짝을 얻어다가 시신들에게 내리려 하였다. 그러나 이각은 성을 더럭 내며

"조석으로 밥 먹여 주었으면 그만이지 무얼 또 달란 말이냐."

하고 썩은 고기와 바구미가 난 쌀을 내주었다.

헌제는 이를 좌우에 나누어 한 끼 요기라도 시킬 요량이었으나 음식을 만들어 놓고 보니 냄새가 나서 모두들 먹지를 못하겠다.

헌제가 진노해서

"역적놈이 어찌 이렇듯 짐을 능멸하느냐."

하고 꾸짖으니, 시중 양기(楊琦)가 급히 아뢴다.

"이각은 성질이 심히 잔포(殘暴)합니다. 사세가 이에 이르렀으니 폐하께서는 은인자중하시어 행여나 그 성미를 덧내지 마시옵소서."

헌제는 머리를 숙인 채 다시 아무 말이 없었다. 오직 눈물이 용포 소매를 적셔 놓을 뿐이다.

그러자 문득 좌우가 보한다.

"지금 한 떼의 군마가 들어오고 있사온데 창검은 햇빛에 번쩍이고 금고(金鼓)는 천지를 진동하오며 거가를 구해 모시려고 온다 하옵니다."

헌제가 곧 그것이 누군가 알아보라 하였더니 곽사라고 한다. 황제는 행여나 하던 마음이 있어 더욱 깊은 수심에 잠겼다.

이때 홀연 성 밖으로부터 함성이 크게 들려왔다. 이각이 군사를 거느리고 곽사와 싸우러 나간 것이었다. 이각이 채찍을 들어 곽사를 가리키며

"내가 너를 그리 박대는 안 했는데 네가 어째서 나를 모해하려 하느냐."

하니, 곽사가 응수한다.

"너는 곧 역적인데 내가 어찌 너를 죽이지 않고 그냥 두랴."

"내가 예서 거가를 호위하고 있다. 그런데 어째서 내가 역적이란 말이냐."

"네가 거가를 겁박하고 있는 게지 어떻게 호위하고 있다고 할 수 있단 말이냐."

"여러 말 할 것 없다. 우리는 다 각기 군사는 쓰지 말고 둘이서만 승부를 겨루어 보자. 그래서 누구든 이긴 편이 황제를 맡기로 하자꾸나."

두 사람은 그 길로 바로 진전에서 어우러져 싸웠다. 십 합에 이르도록 피차에 승부를 나누지 못할 때 문득 양표가 말을 달려 들

어오며

"두 분 장군은 잠깐 멈추시오. 이 사람이 공경들을 청해 두 분께 화해를 권하려고 왔소이다."

하고 크게 외쳤다. 그 말을 듣고 이각과 곽사는 각기 군사를 거두어 자기 영채로 돌아갔다.

양표는 곧 주준과 함께 조정 관료 육십여 인을 모아 가지고 먼저 곽사의 영채로 가서 화해를 권하려 하였다. 그러나 곽사는 다짜고짜 그들을 모조리 잡아서 가두어 버리고 말았다.

"우리는 모처럼 화해를 시켜 보려고 왔는데 대체 이렇게 대하는 법이 어디 있단 말이오."

하니까, 곽사는 한다는 수작이

"이각은 천자도 겁박하는데 내가 그래 공경쯤 겁박하는 게 무어 그리 대수냐 말이다."

하고 말한다.

양표가 있다가

"하나는 천자를 겁박하고 하나는 공경을 겁박하니 대체 어찌들 할 작정으로 이러오."

하니, 곽사는 대로해서 곧 칼을 빼어 양표를 죽이려 하였다. 그러나 이때 중랑장 양밀(楊密)이 극력 만류하여 곽사는 양표와 주준을 놓아 주고 나머지 사람들은 모두 영채 안에 가두어 놓았다.

양표는 주준에게

"우리가 나라의 중신으로서 능히 임금의 근심을 덜어 드리지 못하고 천지간에 부질없이 살아 있소그려."

하고 말을 마치자 서로 얼싸안고 통곡하다가 땅에 혼도하여 버렸다. 주준은 집으로 돌아가자 그대로 병이 되어 마침내 죽고 말았다.

이 뒤로 이각과 곽사는 매일 서로 치고 받고 싸우기를 오십여 일을 계속하니 그로 하여 죽는 자의 수가 이루 알 수 없게 많았다.

그런데 이각은 평소에 무당·판수 따위의 요사한 것들을 몹시 섬겨서 매양 무당을 데려다가 군중에서 굿판을 벌이기 일쑤였다. 가후가 이것을 간한 적이 한두 번이 아니건만 그는 종시 들으려고 하지 않았다.

어느 날 시종 양기가 헌제에게

"신이 보오매 가후가 비록 이각의 심복이기는 하오나 미상불 주상을 아주 잊지는 않고 있는 듯싶사오니 폐하께서는 그에게 계책을 하문하여 보심이 어떠하올는지요."

하고 가만히 아뢰는데, 이때 마침 가후가 들어왔다.

헌제는 곧 좌우를 물리치고 울면서

"경이 능히 한나라 사직을 어여삐 생각하여 짐의 목숨을 구해 주겠는가."

하고 물으니, 가후는 그 자리에 엎드려 절하며

"이는 진실로 소신의 원하는 바이오니 폐하께서는 다시 두 번 말씀 마옵소서. 소신이 스스로 요량해서 하오리다."

하고 아뢴다. 헌제는 눈물을 거두고 그에게 사례하였다.

그러자 조금 있다가 이각이 와서 보이는데 칼을 차고 들어온다. 헌제는 얼굴이 흙빛이 되는데, 이각은 황제를 향하여

"곽사가 불신지심(不臣之心)을 품어 공경들을 감금하고 폐하를

겁박하려 하니 만약 신이 아니면 거가는 그놈 손에 떨어지고 말
았사오리다."

한다. 헌제가 공수하고 사의를 표하자 이각은 곧 도로 나갔다.

그때 마침 황보력(皇甫酈)이 들어와서 알현을 청한다. 헌제는 그
가 언변이 좋고 또한 이각과 동향인 것을 알고 있었으므로 그에
게 분부하여 양편에 가서 화해를 시키게 하였다.

황보력은 칙지를 받들고 그 길로 곽사의 영채로 가서 그를 달
래었다. 곽사가

"만약에 이각이 천자를 내놓는다면 나도 곧 공경들을 놓아 주
겠소."

한다.

황보력이 바로 이각을 가서 보고

"이제 천자께서는 내가 서량 사람으로 공과 동향이라 특히 나더
러 두 분에게 가서 화해를 권하라 윤음(綸音)을 내리신 것이오. 곽
장군은 이미 칙지를 받들겠다고 하였는데 공의 의향은 어떠하오."

하니, 이각의 말이

"내게는 여포를 쳐서 깨친 크나큰 공로가 있을뿐더러 조정에서
정사를 보살펴 온 지 사 년에 가지가지 공적이 많았던 것은 천하
가 다 아는 바요. 곽아다로 말하면 일개 말 도적놈에 지나지 않는
데 그래 제놈이 감히 공경들을 감금해 놓고서 나하고 겨루어 보
려 들다니, 나는 맹세코 이놈을 죽여 버리고야 말겠소. 공이 보기
에 내 방략으로나 또는 군사가 많은 것으로나 그래 곽아다를 이
기지 못할 것 같소."

한다.

황보력은 그의 말에 대답하여

"그것은 그렇지 않소이다. 옛적에 유궁국(有窮國)의 후예(后羿)[3]가 저의 활 재주 하나만 믿고 환난이 일어날 것은 생각도 않고 있다가 마침내는 멸망하고 말았소이다. 근자에 저 동 태사의 권세가 얼마나 중했던가 하는 것은 공도 친히 눈으로 보신 바요. 여포가 그의 은혜를 그처럼이나 입었으면서도 도리어 그를 도모해서 눈 깜짝할 사이에 그 머리가 성문 위에 걸리게 하고야 말았던 것이니 이로써 본다면 강한 것도 실상 믿을 것이 못 되는 것이오. 장군은 몸이 상장(上將)의 지위에 있어 천하의 병마를 거느리며 자손과 종족들이 모두 현직(顯職)에 올랐으니 국은이 미상불 망극하다고 하겠는데, 이제 곽아다는 공경을 겁박하고 장군은 지존을 겁박하고 있으니 과연 누가 경하고 누가 중하다 하리까."

하니, 이각은 크게 노해서 칼을 빼들며

"천자가 나를 가서 욕하라고 너를 보냈구나. 내가 네 머리부터 베야겠다."

하고 소리쳤다.

그러나 이때 기도위(騎都尉) 양봉(楊奉)이 나서서

"곽사를 아직 없애지 못했는데 천사(天使)를 먼저 죽이고 보면 곽사에게 군사를 일으킬 구실을 주게 되고 제후들도 모두 나서서 그를 도울 것이 아닙니까."

하고 간할 뿐 아니라, 가후가 또한 극력 만류해서 이각의 노여움이 얼마쯤 가라앉았다. 가후는 드디어 황보력을 밖으로 밀어내었다.

---

3) 중국 고대 전설에, 하대(夏代) 유궁국왕 후예가 활을 잘 쏘았으나 백성을 잘 다스리지 않아서 마침내는 자기 신하의 손에 죽음을 받았다고 한다.

황보력은 밖으로 나오자 큰 소리로

"이각이 칙지를 받들려고 하지 않으니 마침내는 주상을 시해하고 제가 찬립(纂立)할 작정이로구나."

하고 부르짖었다.

시중 호막(胡邈)이 있다가 급히 막으며

"아예 그런 말 마오, 큰일나리다."

하니, 황보력은 더욱 노하여

"너 호경재(胡敬才, 호막을 말함)야, 너도 조정 대신의 명색인데 어째서 도적놈에게 아부한단 말이냐. 군욕신사(君辱臣死)[4]라 하였으니 내가 이각이놈 손에 죽는다면 바로 신하 된 도리에 알맞은 일이다."

하고 연하여 소리쳐 꾸짖기를 마지않는다.

헌제는 이것을 알고 급히 황보력에게 분부해서 서량으로 빨리 돌아가게 하였다.

원래 이각이 거느리는 군사는 태반이 서량 사람들이요, 또한 강족(羌族)의 군사들이 많이 섞여 있었다.

이때 황보력이 서량 군사들을 보고

"이각이 모반을 하니 그를 붙좇는 자는 다 역적이라 후환이 적지 않으리라."

하고 말하여, 마침내 많은 사람들이 그의 말을 들어 군심(軍心)이 점차로 요동하였다.

---

4) 임금이 욕을 보면 신하는 죽어야 한다고 유교에서 내세우는 봉건 도덕.

이각은 이 말을 듣고 크게 노하여 호분(虎賁) 왕창(王昌)을 보내 황보력을 쫓아가 잡아오게 하였다. 그러나 왕창은 황보력이 충의 지사임을 알고 있는 터라 마침내 쫓아가지 않고 그대로 돌아와서

"황보력은 벌써 어디로 가 버렸는지 보이지 않습니다."

하고 보해 버렸다.

이때 가후가 또 가만히 강병(羌兵)들을 보고

"천자께서는 너희들의 충성이며 또 오래 싸우느라 고생들 하는 것을 다 통촉하셔서 이번에 밀조를 내리시어 너희들더러 고향으로 돌아가라고 하시니, 일후에 반드시 후하신 상사(賞賜)가 있으실 것이다."

하고 타일렀다.

그러지 않아도 강병들은 이각이 도무지 벼슬도 주려고 아니 하고 상급도 내리지 않는 통에 은근히 원망들을 하고 있던 차라 마침내 가후의 말을 들어 모두들 자기 고장으로 돌아가 버리고 말았다.

가후는 다시 헌제에게 가만히

"이각은 탐심이 많고 꾀는 없는 자이오라 이제 군사들이 이산해서 불안 중에 있사올 것이매 중작(重爵)을 내리시어 그 마음을 달래심이 가할까 하옵니다."

하고 아뢰었다.

헌제가 곧 조서를 내려서 이각으로 대사마를 봉하니, 이각은 기뻐하며

"이게 다 무당들이 그간 치성을 드린 덕이로구나."

하고, 드디어 무당들에게 상급을 후하게 내렸는데, 수하의 군사

나 장수들에게는 아무것도 준 것이 없었다.

기도위 양봉은 대로하였다. 그래 송과(宋果)를 보고

"우리가 그간 죽음을 가리지 않고 친히 시석(矢石)을 무릅쓰고 싸워 왔건만 그래 그 공로가 도리어 무당 년들만도 못하단 말인가."

하고 말하니, 송과가 대뜸

"우리 이 도적놈을 죽여 버리고 천자를 구해 드리세그려."

한다.

양봉은 그에게

"그럼 자네는 중군(中軍)에 불을 질러 군호를 삼게. 그러면 나는 군사를 휘동해서 외응(外應)할 테니."

하고, 두 사람은 그날 밤 이경에 거사하기로 약조를 하였다.

그러나 뜻밖에도 일을 은밀히 하지 못해서 누가 이 소식을 알아다가 이각에게 보하여 이각은 대로해서 곧 사람을 시켜 송과를 잡아다가 먼저 죽여 버렸다.

이런 줄도 모르고 양봉은 군사를 거느리고 밖에서 기다리는데 종시 군호로 쓰자던 불길이 아니 오른다.

이제나 저제나 조바심을 치며 기다리는데 이각이 제가 군사를 거느리고 나와 양봉을 만나자 그대로 어우러져 사경이 되기까지 싸웠다. 이 싸움에서 양봉은 이기지 못하고 마침내 군사를 이끌고 서안으로 가 버렸다.

이각은 이로 말미암아 병세(兵勢)가 점점 쇠해 갔는데 거기다가 또 곽사가 무시로 와서 들이치는 바람에 죽는 자가 심히 많았다.

그러자 홀연 사람이 와서 보하는데

"장제(張濟)가 대군을 거느리고 섬서에서 올라와 두 분 장군을 화해시키겠다고 하는데, 만약에 듣지 않는 사람이 있으면 군사를 들어 치겠다고 합니다."

한다.

이각은 생색이나 내려고 제 편에서 먼저 장제의 군중으로 사람을 보내 화해할 것에 쾌히 응하겠음을 알렸다. 일이 이렇게 되매 곽사도 하는 수 없이 허락하고 만다.

장제는 표문을 올려 천자에게 홍농으로 거동하기를 주청하였다.

헌제는 기뻐하여

"짐이 동도(東都)를 그리워한 지 오래더니 이제 돌아갈 수 있다면 실로 만행(萬幸)이로다."

하고, 장제를 봉해서 표기장군을 삼았다.

장제는 양식과 주육(酒肉)을 내어 백관에게 제공하고, 곽사는 감금하였던 공경들을 다 놓아 주었다.

이각이 거가를 수습해서 동도로 향하는데 본래 거느리던 어림군(御林軍) 수백 명으로 극(戟)을 잡고 호위하게 하였다.

천자가 탄 난여(鑾輿)가 신풍(新豊)을 지나 패릉(霸陵)에 이르니 때는 마침 가을이라 금풍(金風)이 소슬한데, 문득 함성이 크게 일어나며 수백 명 군사가 다리 위로 나서서 거가를 막아서더니 대뜸 소리를 가다듬어

"오는 자가 누구냐."

하고 묻는다.

시중 양기가 말을 몰아 다리 위로 올라서며

"거가가 이곳을 지나시는데 뉘 감히 길을 막으며 이리 소란이냐."

하고 외치니, 두 장수가 앞으로 나서면서

"우리는 곽 장군의 명을 받들고 이 다리를 파수하며 간세배(奸細輩)들을 기찰(譏察)하는 무리요. 이미 거가라고 할진댄 우리 눈으로 친히 천자를 뵈어야만 믿겠소."

한다.

양기는 황제가 탄 수레의 주렴을 걷어 올렸다. 헌제가 그들을 내다보며

"짐이 여기 있는데 경들은 어찌하여 물러가지 않는고."

하니, 여러 장수들이 모두 만세를 부르며 양편으로 쭉 갈라선다. 거가는 이리하여 그곳을 무사히 지났다.

두 장수가 돌아가서 곽사를 보고

"거가는 벌써 지나갔소이다."

하고 보하니, 곽사는 노하여

"내가 지금 바로 장제를 속인 다음 거가를 겁박해 다시 미오로 돌아갈 작정을 하고 있는데, 너희가 어째서 함부로 놓아 보냈단 말이냐."

하고, 드디어 두 장수의 목을 베어 버린 다음에 곧 기병해서 뒤를 쫓았다.

거가가 화음현에 이르렀을 때 등 뒤로부터 함성이 하늘을 진동하며

"거가는 게 멈추어라."

하고 외치는 소리가 들려온다.

헌제가 울며 대신들을 돌아보고

"겨우 이리의 굴을 벗어났다 했는데 또 범의 아가리를 만났으니 이 일을 어찌하면 좋겠소."

하니, 여러 사람이 모두 낯빛이 변해서 어찌할 바를 모른다.

적병이 점점 가까이 몰려들어 오는데 이때 문득 북소리가 울리며 산 뒤에서 한 장수가 군사 천여 명을 거느리고 짓쳐 나오니 앞에 휘날리는 큰 기폭에 뚜렷이 씌어 있는 것은 '대한양봉(大漢楊奉)' 네 글자다.

원래 양봉이 이각에게 패한 뒤로 군사를 거느리고 종남산(終南山) 아래 둔치고 있던 중에 거가가 그곳을 지난다는 소문을 듣고 특히 호가(護駕)하러 온 것이었다.

양봉이 즉시 진세를 벌리고 나자, 곽사 수하의 최용(崔勇)이 앞으로 말을 몰고 나와

"반적(反賊) 양봉아."

하고 욕을 한다.

양봉이 대로하여 진중을 돌아보며

"공명(公明)이 어디 있는고."

라고 한마디 외치니, 한 장수가 손에 큰 도끼를 들고 화류마(驊騮馬)를 몰고 나는 듯이 나가 바로 최용에게 달려들어 두 필 말이 서로 어울리자 단지 한 합에 최용을 베어 말 아래 거꾸러뜨린다.

양봉이 승세해서 뒤를 몰아치니 곽사의 군사가 크게 패하여 이십여 리를 물러갔다.

양봉이 군사를 거두어 돌아와 천자께 뵈오니, 헌제가

"경이 짐을 구해 주니 그 공이 적지 않도다."

하는 말로 그를 위유(慰諭)하고, 양봉이 머리를 조아려 배사(拜謝)하자 헌제는 다시

"아까 적장을 벤 사람이 누군고."

하고 물었다.

양봉은 곧 그 장수를 데리고 와서 수레 앞에서 알현하게 하고 말하였다.

"이 사람은 하동(河東) 양군(楊郡) 태생으로 성은 서(徐)요 이름은 황(晃)요 자는 공명이라 하옵니다."

헌제는 그에게 위로하는 말을 내렸다.

양봉이 거가를 호위하여 화음에 이르러 주필(駐蹕)[5]하니 장군 단외(段煨)가 의복과 음식을 갖추어 바친다. 이날 밤 천자는 양봉의 영채에서 쉬었다.

곽사는 한 번 싸움에 패하고 이튿날 다시 군사를 거느리고 양봉의 영채 앞으로 쳐들어왔다.

서황이 앞서서 나서는데 곽사의 대군이 사면팔방으로 에워싸서 천자와 양봉은 겹겹이 에운 포위 속에 들고 말았다.

한창 위급한 중에 있을 때 홀연 동남쪽으로부터 함성이 크게 진동하며 한 장수가 군사를 거느리고 말을 놓아 짓쳐 들어오자, 좌충우돌 적병이 여지없이 무너져 달아난다. 서황이 승세하여 뒤를 몰아쳐 곽사의 군사를 크게 깨뜨렸다.

그 장수가 천자를 와서 뵙는데, 그는 곧 국척(國戚) 동승(董承)이었다. 헌제가 울면서 급박했던 지난 일을 호소하고 치하하자, 동승은

"폐하는 과도히 근심 마옵소서. 신이 양 장군과 더불어 맹세코 두 도적을 베어 폐하의 심려를 덜어 드리옵고 천하를 다시 편안

---

5) 임금이 탄 수레가 머무는 것.

케 하오리다."

하고 아뢰었다.

헌제는 빨리 동도로 가자고 분부를 내렸다. 이리하여 그 밤으로 거가는 그곳을 떠나 홍농으로 향하였다.

한편 곽사는 패군을 거느리고 돌아가다가 기약하지 않은 이각과 만났다.

곽사가 곧 그를 보고

"양봉과 동승이 거가를 호위하고 홍농으로 가 버렸소. 만약에 저들이 산동에 이르러 자리를 정하고 나면 필연 천하에 포고하고 제후들에게 영을 내려 우리를 함께 치게 할 것이니 그렇게 되면 우리가 삼족을 보전할 수 없을 것이 아닌가."

하니, 이각의 말이

"지금 장제의 군사는 장안을 점거하고 있어 제가 경솔히 동하지는 못할 것이니, 우리 둘이 이 틈을 타서 군사를 한데 모아 가지고 홍농으로 가서 황제를 죽인 다음에 천하를 둘이 반분해 가진다면 이에서 더 좋은 일이 어디 있겠나."

한다. 곽사는 마음에 좋아 그 자리에서 응낙하였다.

이에 이각과 곽사는 군사를 한데 합쳐 가지고 홍농을 바라고 올라가며 중도에서 노략질을 마음대로 하게 하니 그들이 한 번 지나는 마을이고 촌락마다 싹쓸이를 해서 도무지 무엇 하나 남는 것이 없었다.

양봉과 동승은 적병이 멀리서 쫓아오는 것을 알고 드디어 군사를 돌이켜 도적들과 동간(東澗)에서 크게 싸웠다.

이각·곽사 둘은

"우리 군사는 많고 저희 군사는 적으니 한바탕 혼전을 해야만 이길 것일세."

하고 의논을 정한 뒤, 이각은 좌편에 있고 곽사는 우편에서 산과 들을 새까맣게 덮고 들어왔다.

양봉과 동승이 양편에서 목숨을 내놓고 싸워서 겨우 천자와 황후가 타고 있는 수레를 모셔 내왔을 뿐이고, 백관과 궁인이며 부책전적(符冊典籍)과 온갖 어용지물(御用之物)은 이루 돌볼 경황이 없어 다 버리고 말았다.

곽사가 군사를 몰고 홍농으로 들어와서 또 노략질을 했다. 동승과 양봉은 거가를 호위하고 섬북(陝北) 지방으로 달아났다.

이각과 곽사는 다시 군사를 나누어 가지고 뒤를 쫓는다.

동승과 양봉은 일변 사람을 이각과 곽사에게 보내 강화를 하며 일변 사자를 하동으로 보내서 백파수(白波帥) 한섬(韓暹)과 이락(李樂)·호재(胡才) 등에게 가만히 칙지를 전하고 세 곳의 군마로 하여금 급히 와서 거가를 구응하게 하였다.

이중 이락이란 자는 역시 산적패의 괴수였으나 이제 사세가 부득이해서 부르게 된 것이다.

세 곳의 군사들이 천자가 저희들의 죄를 사하고 관작을 내리겠다는 말을 듣고 어찌 오지 않을 리가 있으랴. 다들 본영 군사들을 거느리고 달려와서 동승과 함께 모여 서로 약속을 정한 다음 다시 홍농을 적에게서 탈환하기로 하였다.

이때 이각과 곽사는 이르는 곳마다 백성을 노략하며 늙고 허약한 자들은 다 죽여 버리고 젊고 건장한 자들은 다 군중에 충당해서 적과 싸울 때면 민병을 앞세우고 몰고 나가며 이를 감사군(敢

死軍)이라고 부르니 적의 형세가 심히 컸다.

이락의 군사가 당도해서 위양(渭陽)에 모이자 곽사는 군사들에게 영을 내려서 의복 등속을 길에다 버려두게 하였다.

이락의 군사들이 땅바닥에 온통 옷들이 널려 있는 것을 보고 서로 다투어서 이것들을 줍느라 대오가 다 흩어져 버리자, 이각·곽사 양군은 사면에서 달려들어 이들을 들이치니 이락의 군사는 마침내 크게 패하고 말았다.

양봉과 동승은 적을 막아 내다 힘이 부쳐 다시 거가를 호위하고서 북쪽을 향하여 달아났다. 뒤로부터 적군이 쫓아온다.

이락이

"지금 사세가 급박하니 천자께 아뢰어 말에 오르시어 앞서 가시게 하십시다."

하고 말하는데, 헌제가 이 말을 듣고

"짐이 백관을 버려두고 어찌 혼자 가리."

하고 말하여, 모든 사람이 다 울면서 배행하였다.

이때 호재는 난군 손에 죽고 없었다.

동승과 양봉은 적병의 추격이 급한 것을 보자 천자에게 주청해서 수레를 버리고 보행하게 하였다. 얼마 못 가서 황하(黃河) 강변에 이르렀다.

이락의 무리가 어디서 작은 배 한 척을 찾아내어 그것을 타고 강을 건너기로 하였다.

이때 날씨가 심히 찼다. 황제와 황후가 서로 붙들고 간신히 강언덕까지 나왔으나, 물가까지 언덕이 너무 가팔라 배로 내려갈 수 없는데 뒤에서는 추병이 곧 닥쳐들 형편이다.

양봉이 동승을 돌아보며

"말고삐를 풀어 이어 가지고 천자의 허리를 매어 배로 모시는 길밖에 다른 도리가 없을까 보이."

하고 의사를 내는데, 인총 중에서 국구 복덕(伏德)이 흰 비단 십여 필을 옆에 끼고 나서며

"내가 난군 속에서 이 비단을 주웠는데 이것을 이어서 쓰기로 합시다."

하였다.

행군교위 상홍(尙弘)이 비단으로 황제와 황후의 몸을 감싸 놓은 다음 군사들을 시켜 말고삐로 황제의 허리를 동여서 언덕 아래로 늘어뜨려 먼저 배 위에 내려놓고, 이락이 칼을 짚고 뱃머리에 선 뒤 황후의 오라버니 복덕이 황후를 업고 배로 내려왔다.

이때 언덕 위에서 미처 배로 내려오지 못한 자들이 서로 다투어 벼릿줄을 잡고 놓지 않아 이락은 이들을 모조리 칼로 쳐서 물속에 처박아 버렸다.

황제와 황후를 먼저 건네 놓고 다시 배가 돌아와 여러 사람들을 건너게 하는데 먼저 건너려고 다투던 자들은 모두 손가락들을 칼로 잘려서 통곡하는 소리가 하늘을 진동하였다.

건너편 언덕에 이르러 보니 헌제 좌우에 모시는 자는 단지 십여 인이 남아 있을 뿐이다. 양봉이 어디서 달구지 한 채를 얻어다가 황제를 태워 대양(大陽)으로 갔다.

양식이 떨어져서 굶은 채 어느 기와집에 들어 그 밤을 지내는데 촌 늙은이가 조밥을 갖다가 바쳐서 헌제는 황후와 함께 수저를 들었으나 평생 먹어 보지 않던 잡곡밥이라 목에 넘어가지 않았다.

이튿날 칙지로써 이락을 봉해서 정북장군을 삼고 한섬으로 정동장군을 삼은 다음 거가는 다시 앞으로 나아가는데 대신 둘이 뒤를 쫓아와서 거가 앞에 엎드려 운다. 보니 태위 양표와 태복 한융(韓融)이다. 헌제와 황후가 다 함께 울었다.

한융은 헌제에게

"이각·곽사 두 도적이 매우 신의 말을 믿는 터이오니, 이제 신이 죽음을 무릅쓰고 두 도적에게 가서 군사를 파하도록 타일러 볼까 하옵니다. 폐하께서는 부디 옥체를 보중하옵소서."
하며 하직을 고하고 다시 떠나갔다.

이락이 헌제를 양봉의 영채로 청해서 잠시 쉬는데, 양표가 헌제에게 안읍현(安邑縣)에 일시 도읍하기를 주청하였다.

거가가 안읍에 당도하였다. 이르러 보니 난리 통에 이곳도 백성이 집을 비워 열에 예닐곱은 빈 집인데다 칸수가 큰 집이라고는 없어 천자와 황후가 모두 옹색한 띠집에 거처하게 되었는데 여닫을 문조차 없어 사면으로 가시를 두루 꽂아 울을 삼았다.

이리하여 헌제는 대신들과 띠집에 앉아 국가 대사를 의논하고, 여러 장수들은 군사를 거느리고 울 밖에서 경호하였다.

이때 이락의 무리가 권력을 제 마음대로 해서 백관들에게 조금만 제 비위에 거슬리는 일이 있어도 천자 앞에서 기탄없이 때리고 욕질하고 하였다. 그리고 고의로 탁주와 악식(惡食)을 천자에게 자시라고 보냈다. 헌제는 마음에 괘씸하기 짝이 없었지만 꾹 참고 이것들을 받았다.

이락과 한섬은 또 연명으로 무도(無徒)·부곡(部曲)·무의(巫醫)·주졸(走卒) 등 이백여 명에게 관직을 내리도록 천자에게 주청해서 이들에게 모두 교위나 어사 등의 벼슬을 주었다. 그러나 미처 인(印)을 새기지 못하고 송곳 끝으로 획을 그어서 주니 도무지 천자로서의 체통이 말이 아니었다.

이때 태복 한융이 이각·곽사를 찾아보고 좋은 말로 달래서 두 도적이 마침내 그 말을 듣고 그간 붙들어 두었던 백관과 궁인들을 다 놓아 돌려보내 주었다.

이해에 흉년이 크게 들었다. 백성이 모두 나물을 캐어 먹으며 굶어죽은 송장이 들에 깔렸다. 그래도 하내태수 장양이 쌀과 고기를 드리고 하동태수 왕읍(王邑)이 비단과 피륙을 바쳐서 천자는 겨우 군색함을 면하였다.

동승과 양봉은 서로 의논한 다음 한편으로 사람을 보내서 낙양의 궁원(宮院)을 수축하게 하고 거가를 모시고 동도로 돌아가려 하였다.

그러나 이락이 들으려 하지 않았다.

동승은 이락을 보고 말하였다.

"낙양은 본래 천자께서 도읍으로 정하신 곳이오. 이 안읍 같은 작은 고을에 어떻게 거가가 오래 머물러 계신단 말이오. 이제 거가를 받들어 낙양으로 돌아가는 것이 정리(正理)외다."

그러나 이락은

"공들은 그럼 거가를 모시고 가우. 나는 그대로 여기 있겠소."
한다.

동승과 양봉은 곧 거가를 모시고 발정(發程)할 채비를 하였다.

이때 이락은 몰래 사람을 보내 이각·곽사와 연계를 맺고 함께 거가를 겁박하려 하였다.

동승 · 양봉 · 한섬은 이 흉계가 있는 것을 미리 알고 그 밤으로 군사들을 배치하고 거가를 호송하여 기관(箕關)을 바라고 길을 재촉해 나섰다.

　이락이 이를 알고 이각 · 곽사의 군사가 이르기를 미처 기다리지 않고 혼자 본부 인마를 영솔하여 뒤를 쫓아왔다. 사경이 지나 기산(箕山) 아래 이르러 뒤를 바짝 따라 서게 되자 이락이

　"거가는 게 세워라. 이각 · 곽사가 예 있다."

하고 크게 외치니, 그 소리에 헌제는 가슴이 놀라고 담이 떨린다. 이때 산 위에서는 또 일시에 화광이 일어났다.

　　전번에는 두 도적이 두 패로 갈렸더니
　　이번에는 세 도적이 한패가 되었구나.

　한나라 천자가 어떻게 이 환난을 벗어날꼬.

조조는 거가를 허도로 옮기고
여포는 밤을 타서 서주를 엄습하다

| *14* |

이때 이락이 이각·곽사라고 사칭하며 군사를 휘몰아 거가의 뒤를 쫓아오는 통에 천자는 소스라쳐 놀랐다.

그러나 양봉은

"이것은 이락올시다."

하고, 드디어 서황에게 분부하여 나아가서 적을 맞게 하였다.

이락이 싸우러 나왔다. 그러나 두 필 말이 서로 어우러지자 단지 한 합에 서황은 이락을 도끼로 내리찍어 말 아래로 거꾸러뜨렸다. 그리고 그 수하의 무리들을 깡그리 쳐 물리친 다음 그들은 거가를 호위하고 기관을 지나갔다.

태수 장양이 양식과 피륙 등속을 갖추어 가지고 지도(軹道)에 나와서 거가를 영접한다. 헌제는 장양으로 대사마를 봉하였다. 장양은 천자께 하직을 고하고 야왕(野王)으로 군사를 둔치러 떠났다.

헌제가 낙양으로 들어와 보니 궁전은 모두 타 버리고 거리는 황무지로 변하여 어디를 둘러보나 쑥대밭이다. 대궐 안에 남은 것이라고는 오직 허물어진 담벼락뿐 돌아온 낙양은 예전의 모습이 아니었다.

헌제는 양봉에게 분부를 내려서 우선 작은 궁전 하나를 짓게 하고 임시 거접하는데, 백관들이 조하(朝賀)를 드릴 때면 신하들은 모두들 가시덤불 속에 섰다.

조서를 내려서 흥평(興平)을 건안(建安) 원년으로 고쳤다. 이해에 또 흉년이 크게 들었다.

낙양에 사는 백성은 겨우 수백 호뿐인데 먹을 것들이 없어 모두들 성 밖으로 나가 나무껍질을 벗기고 풀뿌리를 캐 먹었다. 조정에서도 상서랑 이하는 다들 성에서 나가 몸소 나무를 해야만 하는 형편이라 허물어진 담벼락 사이에 쓰러져 죽는 사람이 허다하였으니, 한나라 말년에 기운이 쇠잔하기가 실로 이때보다 심한 적이 없었다.

후세 사람이 이를 탄식해서 지은 시가 있다.

망탕산에 피 흘리고 백사(白蛇)가 죽은 뒤로	血流芒碭白蛇亡
적제 아들 한 패공이 천하를 종횡하며	赤幟縱橫遊四方
진나라 사슴을 잡아 사직을 일으키고	秦鹿逐飜興社稷
초(楚)나라 추마(騅馬)를 죽여 천하를 정했더니	楚騅推倒立封疆

천자가 나약하매 간신들이 일어나고	天子懦弱姦邪起
기수가 쇠해 가매 도적들이 날뛰누나.	气色凋零盗贼狂
서도·동도 두 서울의 난리 자취 더듬으면	看到兩京遭難處

철석심장인들 마음 아니 동할쏘냐.   鐵人無淚也恓惶

태위 양표가 헌제에게

"전자에 조서를 내리신 바 있삽건만 아직 보내지 못하였사온데, 지금 조조가 산동에 있어 병위(兵威)가 자못 장하다 하오니 그를 입조하게 하시어 왕실을 보좌케 하심이 마땅할까 하옵니다."

하고 아뢰니, 헌제는

"짐이 이미 앞서 조서를 내린 터에 경이 구태여 다시 말할 것이 있소. 이제 바로 사람을 보내도록 하오."

하여, 양표는 칙지를 받들고 즉시 사신을 산동으로 보내서 조조를 불러오게 하였다.

한편 조조는 산동에 앉아서 거가가 이미 낙양으로 돌아왔다는 소식을 듣고 즉시 모사들을 모아 놓고 상의하였다.

이때 순욱이 나서며

"옛날에 진(晉) 문공(文公)[1]이 주(周) 양왕(襄王)을 받들매 제후들이 다 복종하였고, 한 고조께옵서 의제(義帝)[2]를 위해 발상(發喪)하매

---

1) 춘추시대 오패(五覇)의 한 사람. 헌공(獻公)의 아들로 이름은 중이(重耳)다. 헌공이 여희(驪姬)를 편애해서 태자 신생(申生)을 죽이자 중이는 국외로 망명하여 십구 년을 보낸 끝에 진(秦) 목공(穆公)의 힘을 빌려 진(晉)으로 돌아와 주양왕(周襄王)을 받들며 송(宋)나라를 구하고 초(楚)나라를 깨뜨려 드디어 제후 사이에서 맹주(盟主)가 되었다.

2) 진(秦) 나라 말년에 항량(項梁. 항우의 삼촌)이 세운 초회왕(楚懷王) 손심(孫心). 진나라를 칠 때 그는 모든 장수들과 약속하기를 먼저 함곡관(函谷關)을 들어서는 사람이 왕이 되리라 하였는데 패공 유방이 남보다 먼저 들어갔다. 항우가 뒤늦게 와서 관을 깨뜨리고 사람을 보내서 초회왕에게 물으니 초회왕은 앞서 정한 약속대로 하자고 한다. 항우는 노하여 겉으로 그를 높여 의제(義帝)라 하고 장사(長沙)로

천하가 심복하였습니다. 이제 천자께서 몽진(蒙塵)[3]하셨으니 장군께서 바로 이때를 타서 남 먼저 창의하시고 천자를 받들어 중망(衆望)에 응하신다면 이는 실로 비상한 공적이니 만약에 빨리 도모하시지 않으면 남이 우리보다 앞서 하고 말 것이외다."

하고 말한다.

조조가 크게 기뻐하여 바야흐로 기병할 준비를 하려고 할 때 문득 천자의 사자가 조서를 받들고 그에게 소명을 전하러 내려 왔다고 보한다.

조조는 칙지를 받고 날을 정해서 군사를 일으켰다.

한편 헌제는 낙양에서 백 가지 일이 모두 미비해서, 성곽이 허물어졌건만 이것을 수축하려 해도 아무 도리가 없는 그러한 형편에 문득 이각과 곽사가 또 군사를 거느리고 쳐들어온다는 첩보를 받았다.

헌제가 깜짝 놀라

"산동에 보낸 사자는 아직도 돌아오지 않는데 이제 이각·곽사의 군사가 또 온다고 하니 이를 어찌하면 좋을꼬."

하고 물으니, 양봉과 한섬이

"바라옵건대 신 등이 한 번 적과 죽기로써 싸워 폐하를 보호해 모시오리다."

하고 아뢴다.

그러나 동승이 있다가

가게 한 다음 사람을 시켜서 쳐 죽이고 시체를 강 속에 던져 버렸다.

3) 임금이 난리를 만나 서울을 버리고 지방으로 피해 가는 것.

70

"지금 성곽은 든든하지 못하고 군사 또한 많지 못한 형편에 만약에 적과 싸웠다가 이기지 못하면 그때는 어찌하겠소. 아무래도 거가를 모시고 우선 산동으로 가서 난을 피하느니만 못할까 보이다."

하고 말하여, 헌제는 동승의 말을 좇아서 그날로 곧 채비를 차려 산동을 바라고 길을 나섰다. 호종하는 백관들은 탈 말들이 없어서 모두 걸어서 거가의 뒤를 따른다.

그러나 낙양을 나서서 거가가 활 한 바탕 거리도 못 왔을 때다. 문득 바라보니 자욱하게 일어나는 티끌이 해를 가리고 징소리 · 북소리가 하늘을 찌르며 무수한 인마가 앞에서 짓쳐 들어오고 있다.

헌제와 황후가 몸이 떨려서 말도 못하는데 이때 홀연 웬 사람 하나가 급히 말을 몰아 나는 듯 달려오니 그는 바로 앞서 산동에 보냈던 사자다.

그는 수레 앞에 이르자 배복하고 아뢰는 말이

"조 장군이 조서를 받들어 산동 지방의 군사를 모조리 거느리고 올라오던 중에 이각과 곽사가 낙양을 범하려 한다는 소식을 듣사옵고 곧 하후돈으로 선봉을 삼아 상장(上將) 열 명과 정병 오만을 영솔하여 먼저 와서 거가를 보호해 모시게 하였사옵니다."

한다.

듣고 나자 헌제는 비로소 마음을 놓았다.

그로부터 얼마 지나지 않아 하후돈이 허저와 전위의 무리를 거느리고 거가 앞으로 와서 임금을 뵙는데 다들 군례로써 알현한다.

헌제가 그들을 위유하고 났을 때 홀연 동쪽으로부터 또 한 떼의 군사가 들어오고 있다고 보한다.

헌제가 곧 하후돈에게 분부하여 가서 알아보게 하였더니 곧 돌아와서 보하는 말이

"이는 조조의 보군이외다."

한다.

조금 있더니 조홍·이전·악진의 무리가 와서 천자를 뵙고 차례로 성명을 고하고 나자 조홍이

"신의 형이 적병이 가까이 이르렀다는 말을 듣사옵고 혹시나 하후돈 혼자서 적을 당하지 못할까 염려하와 다시 신 등을 보내서 배도(倍道)하여 달려와서 협조하게 한 것이옵니다."

하고 아뢴다.

헌제는 듣고 나서

"조 장군은 참으로 사직지신이로다."

하고, 즉시 조홍에게 명하여 거가를 호위하게 하고 다시 앞으로 나아갔다.

그러자 탐마가 들어와서

"이각과 곽사가 군사를 거느리고 장구(長驅)해 들어옵니다."

하고 보한다.

헌제는 하후돈에게 분부하여 두 길로 나누어 나아가 적병을 맞게 하였다.

하후돈은 즉시 조홍과 더불어 좌우익으로 나누어 마군은 앞을 서 나가고 보군은 그 뒤를 따라 힘을 다하여 적을 들이쳐서 이각·곽사의 군사를 크게 깨치고 적의 머리 만여 급을 베었다.

이리하여 헌제에게 주청해서 도로 낙양 옛 궁으로 어가를 모시

게 하고 하후돈은 군사들을 성 밖에다 둔쳐 놓았다.

그 이튿날 조조의 대대인마(大隊人馬)가 당도하였다.

영채를 세우고 난 다음 조조가 성으로 들어와서 천자에게 알현하는데, 계하에 엎드려 절하니 헌제는 그에게 평신(平身)[4]하라 이르고 좋은 말로 위로하였다.

조조는 헌제에게 아뢰되

"신이 일찍이 국은을 입사와 매양 이에 보답하기를 도모해 오는 터이옵니다. 지금 이각과 곽사 두 도적의 죄악은 천지에 가득 차 있사옵니다. 그러나 신에게 정병 이십여 만이 있사오니 이순토역(以順討逆)하온다면 이기지 못할 법이 없사옵니다. 엎드려 바라옵건대 폐하께서는 부디 옥체를 보중하시어 사직을 중히 여기옵소서."

하였다.

헌제는 곧 조조로 영사예교위(領司隷校尉) 가절월(假節鉞) 녹상서사(錄尚書事)를 봉하였다.

한편 이각과 곽사는 조조가 멀리서 온 것을 알고 속히 싸우는 것이 유리하리라 의논들을 하고 있었다.

이때 가후가

"불가합니다. 조조 수하의 장병들이 극히 영용하니 차라리 항복을 드려서 자신들의 죄나 용서를 받으시도록 하느니만 못할 것 같소이다."

하고 말하니, 이각은 노하여

---

4) 땅에 엎드려서 절을 한 뒤에 도로 일어서서 몸을 펴는 것.

"네가 감히 내 예기를 꺾느냐."

하고 즉시 칼을 빼어 들며 가후를 참하려고 하였다.

그러나 여러 장수들이 만류해서 가후는 죽음을 면했는데, 이날 밤 그는 혼자서 말을 달려 자기 고향으로 돌아가 버렸다.

그 이튿날 이각은 군마를 거느리고서 조조의 군사와 싸우러 왔다.

조조는 우선 허저·조인·전위에게 영을 내려 삼백 철기를 거느리고 나가서 이각의 진을 세 차례나 들이치게 한 다음 비로소 진을 벌려 놓았다.

양진이 서로 대하자 이각의 조카 이섬과 이별(李別)이 말 타고 진전에 나섰다.

그러나 그들이 미처 입을 열어 수작을 걸어 볼 사이도 없이 허저가 나는 듯이 말을 달려 나가서 먼저 한 칼에 이섬의 목을 베어 버리니 이별이 깜짝 놀라 그대로 말에서 거꾸로 떨어진다. 허저는 그의 목을 베어 머리 한 쌍을 손에 들고 진으로 돌아왔다.

조조는 허저의 등을 어루만지며

"자네는 참으로 내 번쾌(樊噲)[5]로세."

하고 칭찬한 다음, 영을 내려서 하후돈은 군사를 거느려 좌편에서 나가고 조인은 군사를 거느려 우편에서 나가며 조조는 몸소 중군을 영솔하여 적진을 치기로 하였다.

북소리가 한 번 크게 울리며 삼군은 일제히 나아갔다. 적이 그

---

5) 한 고조 수하의 맹장. 처음에 개를 잡는 것으로 업을 삼았는데 한 고조를 따라 풍(豊) 땅에서 몸을 일으킨 뒤 유명한 홍문연(鴻門宴)에서 용맹을 뽐내어 한 고조의 목숨을 구하였고 싸움에서 여러 번 공을 세워 무양후(舞陽侯)가 되었다.

형세를 당해 내지 못하고 그만 대패하여 달아난다.

조조는 친히 보검을 빼어 손에 잡고 대열 뒤에서 군사들을 지휘하여 밤을 도와 적을 추격해서 죽이기를 무수히 하니 항복하는 자가 이루 그 수효를 셀 수 없게 많았다.

이각과 곽사는 서쪽을 바라고 목숨을 도망하였다. 급해서들 쩔쩔 매는 꼴이 바로 초상집 개와 흡사하였다. 이자들은 어디를 가든 저의 일신을 용납할 곳이 없음을 스스로 깨닫고 마침내 산중으로 들어가서 산적 떼가 되어 버렸다.

조조는 회군하자 그대로 눌러 낙양성 밖에 군사를 둔쳤다. 이때 양봉과 한섬 두 사람은

"이제 조조가 대공(大功)을 세웠으니 반드시 조정의 중한 권세를 잡을 것이라 제가 어찌 우리를 용납해 주겠나."

하고 곧 궐내로 들어가서 이각과 곽사를 쫓아가서 죽이고 오겠노라는 뜻을 천자에게 상주한 다음, 수하 군사들을 거느리고서 대량(大梁)으로 가 버렸다.

하루는 헌제가 국사를 의논하려고 근신(近臣)을 조조의 영채로 보내 그에게 소명을 전하게 하였다.

조조는 천자의 사자가 왔다는 말을 듣고 곧 안으로 들였다. 만나 보니 그 사람이 미목이 청수하고 정기가 왕성해 보인다.

조조는 속으로 '지금 동도가 흉년으로 해서 관료와 군민이 모두 얼굴에 주린 빛이 가득한 터에 이 사람은 어찌해서 이처럼 피둥피둥 살이 쪘노' 하고 괴이하게 생각하여

"공의 존안에 썩 윤기가 흐르고 화기가 도니 대체 무슨 법을 써

서 조리하시기에 이에 이르신 게요."

하고 물으니, 그는

"별다른 법이 있는 게 아니고, 다만 삼십 년 동안 육식을 안 했을 뿐입니다."

하고 대답한다.

조조가 고개를 끄덕이고 다시

"공은 지금 무슨 벼슬에 계시오."

하고 물으니, 그는 대답하여

"일찍이 효렴에 올랐고 뒤에 원소와 장양 수하에서 종사 노릇을 하였는데 이번에 천자께서 환도하셨다는 말씀을 듣고 조현(朝見)하러 올라왔다가 정의랑(正議郎)에 제수되었습니다. 본래 제음(濟陰) 정도(定陶) 태생으로 성은 동(董)이요 이름은 소(昭)요 자는 공인(公仁)입니다."

한다.

조조가 자리에 앉으며

"성화를 들은 지 오랜데 이렇듯 만나 뵈니 이만 다행이 없소이다."

하고, 술을 내어 장중에서 대접하며 순욱을 청해 서로 보게 하였다.

그러자 누가 보하는데

"한 떼의 군사가 동쪽을 바라고 갔사온데 어디 군사인지를 모르겠소이다."

한다.

조조가 급히 사람을 보내 알아보게 하려니, 동소가 있다가

"그것은 이각의 수하에 있던 양봉과 백파수 한섬입니다. 명공께서 오셨으니까 대량으로나 가 보려 군사들을 거느리고 떠난 것입니다."

하고 일러 준다.

"나를 의심해서 그러는 것들이나 아니오."

하고 조조가 물으니, 동소는

"다 하잘것없는 자들인데 구태여 염려하실 것이 무엇입니까."

하고 대답하였다.

조조가 다시

"이각 · 곽사 두 도적이 도망들을 쳤는데 앞으로 어떻겠소."

하고 묻자, 그는

"범이 발톱이 없고 새가 날개가 없는 격입니다. 머지않아서 다 명공께 사로잡히고 말 것이니 족히 개의하실 것이 없소이다."

하고 말한다.

조조는 동소의 말이 자기 마음에 꼭 맞아 마침내 조정 대사에 관해 물어 보니, 동소의 말이

"명공께서 의병을 일으켜 적당을 소탕하시며 입조하여 천자를 보좌하시니 이는 곧 오패(五覇)[6]의 공입니다. 다만 여러 장수가 사람이 다르니 마음도 각각이라 명공께 반드시 복종하리라고는 못하오리다. 이제 만약 여기 머물러 계시다가는 여러 가지로 불편한 일이 있을 것이니 천자를 모시고 허도(許都)로 가시는 것이 상

---

6) 춘추시대에 가장 세력이 있었던 다섯 명의 제후로 제(齊) 환공(桓公), 진(晉) 문공(文公), 진(秦) 목공(穆公), 송(宋) 양공(襄公), 초(楚) 장왕(莊王). 그들은 주나라 천자를 존숭한다고 표방함으로써 자기들의 세력을 확장했다.

난세, 풍운의 영웅들

책입니다. 그야 조정에서 파월(播越)[7]하셨다가 갓 환도하신 터이라 모두들 우러러 그만 안정되시기만 바라고들 있으니, 이제 거가가 다시 동하신다면 여러 사람이 다 불복일 것입니다. 그러나 비상한 일을 행해야 비상한 공을 세울 수 있는 것이니 장군은 한 번 결단해서 해 보시지요."

한다.

조조는 동소의 손을 잡고 웃으면서

"그는 내 본래의 뜻이오. 그러나 다만 양봉이 대량에 있고 대신들이 조정에 있으니 혹시 다른 변이나 없을지 모르겠소."

하니, 동소는

"그는 용이한 일입니다. 양봉에게는 서찰을 보내셔서 우선 그 마음을 편안하게 해 주시고 대신들에게는 지금 낙양에 양식이 없어 천자를 모시고 허도로 가려 하는데 그곳은 노양(魯陽)이 가까워 양식을 전운(轉運)하기에 아무런 부족함이나 불편함이 없다는 뜻을 뚜렷이 내세우셔서 말씀하십시오. 대신들이 그 말씀을 들으면 반드시 흔연하게 순종할 것입니다."

하고 대답한다.

조조는 크게 기뻐하며 동소가 하직을 고하자, 그의 손을 잡고

"앞으로도 내가 도모하는 일에 공은 부디 도와주셔야겠소."

하였다. 동소는 그에게 칭사하고 돌아갔다.

이리하여 조조는 날마다 여러 모사들과 허도로 천도할 일을 은밀히 의논하는데, 이때 시중태사령(侍中太史令) 왕립(王立)이 종정(宗

---

7) 파천(播遷)과 같다. 즉, 임금이 도성을 떠나서 난을 피하는 것.

正) 유애(劉艾)를 보고 가만히 말하기를

"내가 천문을 우러러보니 지난 봄부터 태백(太白)[8]이 진성(鎭星)[9]을 두우(斗牛)[10]에 범해서 천진(天津)[11]을 지내고, 형혹(熒惑)[12]이 또한 역행해서 태백과 천관(天關)[13]에서 만나 금화(金火)가 교회(交會)했으니 반드시 새 천자가 나실 것이오. 내가 보기에 대한(大漢)의 기수가 장차 다하려 하니 진(晉)과 위(魏) 땅에 반드시 일어나는 이가 있을 것이오."

하였다.

그리고 그는 헌제에게도 가만히

"천명(天命)은 오고 가는 것이며 오행(五行)[14]은 언제나 성(盛)하는 것은 아니니 화(火)를 대신할 자는 토(土)라 한조(漢朝)를 대신해서 천하를 가질 자는 마땅히 위 땅에 있사오리다."

하고 아뢰었다.

조조는 이 말을 전해 듣자 곧 사람을 왕립에게로 보내서

"공이 조정에 충성하려 하는 줄은 나도 알지만 다만 천도(天道)란 심원한 것이니 여러 말을 마시는 것이 좋겠소."

하고 이른 다음, 순욱에게 이 말을 전하니 그는

---

8) 금성(金星)의 다른 이름

9) 토성(土星)의 다른 이름.

10) 이십팔수(二十八宿) 중 두성(斗星)과 우성(牛星).

11) 은하(銀河)의 다른 이름.

12) 화성(火星)의 다른 이름.

13) 이십팔수 중 각성(角星). 금성과 화성이 동시에 나타난 것을 큰 이변으로 알고 말한 것인데, 옛사람들은 대자연에 대한 인식의 부족으로 말미암아 천체의 운행을 일체의 세상사와 깊은 관련이 있는 줄로만 알고 있었다. 뒤에도 이와 유사한 이야기가 많이 나온다.

14) 천지 만물의 근간이 된다는 목(木), 화(火), 토(土), 금(金), 수(水)의 다섯 가지 원기.

"한나라는 화덕(火德)으로 왕이 되었고 명공은 토명(土命)이신데, 허도는 토에 속해 있으니 그리로 가시면 반드시 흥하실 것입니다. 화는 능히 토를 낳고 토는 능히 목(木)을 왕성케 하는 터이니 바로 동소·왕립의 말과 부합됩니다. 앞날에 반드시 흥할 이가 있사오리다."

한다.

조조는 마침내 뜻을 결단하고 그 이튿날 궐내로 들어가서 헌제에게 알현하고

"동도는 황폐한 지 오래라 이루 수축할 수 없을 뿐더러 양식을 전운하기가 지극히 곤란합니다. 허도로 말씀하오면 노양이 가깝고 성곽과 궁실이며 전량과 민물(民物)이 다 갖추어 있어 족히 쓸 만합니다. 이러므로 신이 감히 허도로 천도하시라 주청하는 바이오니 폐하께서는 부디 신의 말대로 하소서."

하고 아뢰었다.

헌제는 윤종(允從)하지 않을 수 없었다. 또한 모든 신하들도 다 조조의 위세를 두려워하여 감히 다른 의논을 내는 자가 없었다.

이리하여 마침내 날을 택해서 거가는 낙양을 떠났다. 조조는 군사를 거느리고 거가를 호위하며 백관들이 다 호종한다.

그러나 일행이 며칠 길을 못 가서 어느 높은 언덕 아래 이르렀을 때 홀연 함성이 크게 일어나며 양봉과 한섬이 군사를 거느리고 나와 길을 막더니 서황이 앞으로 말을 달려 나오며

"조조는 거가를 겁박해 모시고 어디로 가려느냐."

하고 크게 외친다.

조조가 말을 앞으로 내어 바라보니 서황의 위풍이 정히 늠름하

다. 속으로 은근히 칭찬하며 조조는 곧 허저에게 영을 내려 나가서 서황을 취하게 하였다. 그러나 승부가 나지 않는다.

조조는 즉시 징을 쳐서 군사를 거둔 다음 모사들을 모아 놓고

"양봉과 한섬은 족히 이를 것이 못 되지만 서황은 참으로 훌륭한 장수야. 내가 차마 저를 힘으로 꺾고 싶지 않으니 계책을 써서 항복을 받도록 해야만 하겠소."

하고 발론하니, 행군종사 만총(滿寵)이 나서며

"주공께서는 염려 마십시오. 제가 서황과 일면지교가 있으니 오늘밤 군사로 변복하고 몰래 그의 영채로 들어가 좋은 말로 달래서 저로 하여금 진심에서 주공을 와 뵙고 항복을 드리게 하겠습니다."

한다. 조조는 흔연히 그를 보냈다.

이날 밤 만총은 군사 복색을 하고 적의 군사들 속으로 섞여 들어가서 몰래 서황의 장전(帳前)으로 갔다.

가만히 살펴보니 서황이 갑옷을 입은 채 촛불을 밝혀 놓고 앉아 있다. 만총은 쭈르르 그 앞으로 가서 읍하고

"고인(故人)은 그간 안녕하셨소."

하고 말을 건네었다.

서황이 놀라 일어나며 익히 그를 살펴보더니

"공은 산양(山陽) 만백녕(滿伯寧)이 아니시오. 대체 어떻게 여기는 오셨소."

하고 묻는다.

만총이 그 말에 대답하여

"내가 지금 조 장군의 종사로 있는데 오늘 진전에서 공을 뵈었

기에 한 말씀 드리려고 이렇듯 죽음을 무릅쓰고 찾아온 것이오."
하니, 서황이 곧 그에게 자리를 권하고 온 뜻을 묻는다.

만총은 그를 보고 말하였다.

"공의 용략은 세상에 드문 바인데 어찌하여 양봉·한섬 같은 무리를 섬기고 계시오. 조 장군으로 말하면 당세의 영웅이라 그가 어진 사람을 좋아하며 선비들을 예로써 대접하는 것은 천하가 다 아는 바요. 오늘 진전에서 공의 무예를 보시고 마음에 심히 흠모하시어 차마 맹장을 내보내 사생을 결단해서 싸우게 못하시고 이렇듯 나를 보내셔서 공을 청해 오라고 하신 것이오. 그러니 공은 이번에 어두운 주인을 버리고 밝은 주인에게 몸을 의탁해서 한가지로 대업을 이루어 보지 않으시겠소."

서황은 한동안 생각에 잠겼다가 위연(喟然)히 탄식하며

"나도 양봉과 한섬이 대업을 이룰 사람이 못 되는 줄은 알고 있소. 그러나 오래 함께 지내 온 터에 어떻게 차마 버리고 가겠소."
한다.

만총은 다시 한마디 하였다.

"약은 새는 나무를 가려서 깃들이고 어진 신하는 주인을 택해서 섬긴다는 말을 듣지 못하셨소. 모처럼 섬길 만한 주인을 만나고도 그 좋은 기회를 놓치고 만다면 이는 대장부가 아니외다."

서황이 일어나서 사례하며

"내 공의 말씀대로 하오리다."
한다.

만총은 다시 또 한마디 하였다.

"그러면 아주 양봉과 한섬을 죽여서 진현하는 예를 삼는 것이 어떻겠소."

그러나 서황은

"남의 신하로서 그 주인을 시살(弑殺)하는 것은 크게 의롭지 않은 일이니 그 일은 결단코 못하겠소."

하고 말한다.

만총은

"참으로 공은 의사(義士)시오."

하였다.

서황은 드디어 그 밤으로 장하의 수십 기를 데리고 만총을 따라 조조의 영채를 바라고 왔다.

그러나 이때 이 일을 알고 양봉에게 보한 사람이 있었다.

양봉은 대로하여 몸소 천여 기를 거느리고 뒤를 급히 쫓아오며

"반적 서황아, 네 달아나려 마라."

하고 크게 외쳤다.

그러나 그가 한창 뒤를 쫓는 중에 난데없는 포성이 크게 울리더니 산상산하(山上山下)에 횃불이 일제히 들리며 복병이 사면에서 나왔다.

조조가 친히 군사를 거느리고 앞으로 내달으며

"내가 예서 기다린 지 오래다. 저놈을 놓치지 마라."

하고 큰 소리로 꾸짖는다.

양봉은 크게 놀라 급히 군사를 돌리려 하였으나 어느 틈엔가 조조 군사에게 포위당하고 말았다.

이때 마침 한섬이 군사를 거느리고 구원하러 와서 양편 군사가 서로 어우러져 싸워 양봉은 포위를 벗어났다.

그러나 조조는 적이 한창 혼란한 틈을 타서 그대로 몰아쳤다. 두 곳의 군사가 태반이나 항복한다.

양봉과 한섬은 그만 형세가 고단해서 패병을 수습해 가지고 원술에게로 가 버렸다.

조조가 군사를 거두어 영채로 돌아가자 만총이 서황을 데리고 들어와서 보인다. 조조는 크게 기뻐 그를 후히 대접하였다.

이리하여 조조는 거가를 호위하고 허도로 가서 궁실전우(宮室殿宇)를 이룩하고 종묘사직과 성대(省臺)·사원(司院)·아문들을 세우며 성곽·부고(府庫)를 수축하였다.

그리고 조조는 동승 등 열세 사람을 다 열후를 봉하니 그로써 공 있는 사람에게 상을 내리고 죄 있는 자에게 벌 주는 것이 모두 조조의 마음대로였다.

또한 조조는 스스로 대장군 무평후(武平候)가 된 다음 수하 문문대신의 벼슬을 모두 높이니, 순욱을 시중상서령(侍中尙書令)으로, 순유를 군사(軍師)로, 곽가를 사마제주(司馬祭酒)로, 유엽을 사공연조(司空掾曹)로 삼았다. 또한 모개와 임준(任峻)은 전농중랑장(典農中郎將)을 삼아 전량(錢糧)을 맡아 보게 하고, 정욱을 동평상(東平相)으로, 범성(范成)과 동소를 낙양령(洛陽令)으로, 만총을 허도령(許都令)으로 삼았다. 하후돈·하후연·조인·조홍은 모두 장군을 봉하고, 여건·이전·악진·우금·서황은 교위를 삼고, 허저·전위는 도위를 삼으며 그 밖의 장수들도 각각 벼슬을 봉했다.

이로써 대권은 모조리 조조의 손아귀에 들어가니 조정의 대무(大務)는 이를 먼저 조조에게 품한 연후에야 비로소 천자께 상주하기에 이르렀다.

대사를 이미 정하고 나자 조조는 후당에 연석을 크게 배설하여 수하의 문관·무관을 모아 놓고

"내 들으니 유비가 군사를 서주에 둔치고 고을 일을 제가 도맡아 보며, 또 근자에 여포가 싸움에 패해서 찾아가자 유비가 그를 소패에 거접시켰다 하니, 만약에 이 두 사람이 마음을 합해 군사를 풀어 허도를 침범해 온다면 이는 실로 심복지환(心服之患)이라, 공들은 어떤 모계를 써서 저들을 도모하는 것이 좋겠소."

하고 물으니, 허저가 대뜸

"제게 정병 오만만 빌려 주시면 유비와 여포의 머리를 베어다가 승상께 바치오리다."

하고 나서는데, 순욱이 있다가

"장군이 용맹은 하오마는 계략을 쓸 줄은 모르시오. 지금 허도를 새로 정한 터에 갑자기 군사를 쓰는 것은 옳지 않소."

라고 한마디 하고, 조조를 대하여

"제게 계책이 하나 있는데 이름은 이호경식지계(二虎競食之計)라 지금 유비가 비록 서주를 거느리고 있으나 아직 조명(詔命)을 받지 못한 터이니 주공께서는 조명을 주청하셔서 유비에게 서주목(徐州牧)을 제수하신 다음 가만히 한 통 밀서를 보내시어 여포를 죽이라고 이르십시오. 그래 일이 제대로 되면 유비는 저를 도와줄 맹장 하나를 잃은 셈이니 우리가 차차 저를 수이 도모할 수 있을 것이요, 만일에 일이 잘 안 되면 이번에는 여포가 반드시 유비를 죽이고 말 것이라 이것이 바로 이호경식지계외다."

하고 계책을 드린다.

조조는 그 말을 좇아서 즉시 조명을 주청하여 사자에게 주고

서주로 가서 유비로 정동장군 의성정후(宜城亭侯) 서주목을 봉하게 하고 그와 함께 일봉 밀서를 전하게 하였다.

이때 현덕은 서주에 앉아 천자가 허도로 천행을 하셨다는 소식을 듣고 바야흐로 표문을 올려 경하하려 하던 차에, 홀연 천자의 사자가 내려왔다고 하여 곧 성에서 나가 영접해 들였다.

현덕이 은명(恩命)을 배수(拜受)하고 나서 연석을 베풀어 사자를 대접하는데, 그의 말이

"군후(君侯)께서 이 은명을 받으시게 된 것이 실상인즉 조 장군이 천자께 보천(保薦)하신 덕이외다."

한다.

현덕이 사례하니 사자는 마침내 조조의 사신(私信)을 내어 그에게 준다. 현덕은 보고 나자

"이 일은 좀 의논을 해 보아야겠소."

하였다.

연석을 파한 뒤에 사자를 관역(舘驛)으로 내보내 편히 쉬게 하고 현덕이 그 밤으로 여러 사람을 모아 놓고 이 일을 의논하니, 장비가 곧

"여포는 본래 의리부동한 놈이니 죽여 버린들 어떻소."

하고 말한다.

현덕이

"그래도 제가 형세가 궁해 나를 바라고 온 것을 내가 만약 죽인다면 이는 역시 의롭지 않은 일이다."

하는 말에, 장비는 다시

"착한 사람은 일을 벌이지를 못한다니까."

하였다. 그러나 현덕은 그의 말을 듣지 않았다.

그 이튿날 여포가 하례차 찾아와서 현덕이 청하여 들이니 여포가

"공이 조정의 은명을 받으셨단 소식을 들었기로 내 특히 하례하러 왔소이다."

한다.

현덕이 겸손하게 답례의 말을 하는데 이때 장비가 문득 칼을 뽑아 들고 청상으로 성큼 올라서더니 바로 여포를 죽이려 든다. 현덕은 황망히 장비를 가로막았다. 여포가 깜짝 놀라서

"익덕은 어째서 나를 꼭 죽이려만 드오."

하니, 장비는

"네가 의리 없는 놈이라서 조조가 우리 형님더러 너를 죽이라고 했단다."

하고 큰 소리로 외친다.

현덕은 연방 호령하여 그를 물리친 다음 여포를 끌고 함께 후당으로 들어가서 사실대로 다 이야기하고 조조에게서 보내 온 밀서까지 여포에게 보여 주었다.

여포는 밀서를 보고 나자 울면서

"이것은 조조가 우리 두 사람을 불화하게 만들자는 계책이오."

하고 말하는데, 현덕이

"형장은 아무 염려 마십시오. 유비는 맹세코 그런 의리 없는 짓은 하지 않으리다."

하고 말하여, 여포는 재삼 배사하였다.

유비는 여포를 붙들어 앉히고 술대접을 한 다음 날이 저문 뒤

에야 돌려보냈다.

관우와 장비가

"형님은 왜 여포를 죽이지 않으십니까."

하고 물으니, 현덕이

"이것은 내가 혹시나 여포와 공모하고 저를 치지나 않을까 겁이 나서 조조가 짜낸 계책일세. 그래서 우리 두 사람을 서로 싸우게 만들어 놓고 저는 중간에서 이를 보자는 겐데 내가 왜 제게 농락을 당한단 말인가."

하고 말하니, 관공은

"옳은 말씀이십니다."

하고 고개를 끄덕이는데, 장비는

"나는 어떻게든 이 도적놈을 죽여서 아주 후환을 없이하고 말겠소."

한다.

현덕은 장비더러

"그것은 대장부의 할 일이 아니니라."

하고 말하였다.

이튿날 현덕은 허도로 돌아가는 사자를 배웅하며 그 편에 표문을 올려서 사은하고 그와 아울러 조조에게 답서를 부치는데 사연은 '차차 보아서 도모하겠노라' 하는 것이었다. 사자는 돌아가서 조조를 보고 현덕이 여포를 죽이려 하지 않더란 말을 하였다.

조조가 순욱을 보고

"이 계책이 틀어진 모양이니 어찌하면 좋소."

하고 물으니, 순욱이

"그러면 이번에는 구호탄랑지계(驅虎呑狼之計)를 써 보시지요."

한다.

"그것은 또 어떤 계책이오."

하고 조조가 묻자, 순욱이 대답하여

"가만히 사람을 보내어 원술에게 일러 주게 하시되, 유비가 은밀히 표문을 올렸는데 남군(南郡)을 치겠다고 했더라 하면, 원술이 듣고 반드시 노하여 제 편에서 유비를 치려 들 것입니다. 명공께서는 한편으로 유비에게 명조를 내리시어 원소를 치라고 하십시오. 그래서 양편이 서로 붙어서 싸우게 되면 여포가 반드시 딴생각을 먹게 될 것이니 이것이 곧 구호탄랑지계라는 것입니다."

한다.

조조는 크게 기뻐하여 먼저 사람을 원술에게로 보낸 다음 천자의 조서를 빌려 사자를 서주로 내려 보냈다.

한편 서주에서 현덕은 천자의 사자가 내려왔다는 말을 듣고 성에서 나가 영접해 들였다. 조서를 받고 보니 그것은 곧 군사를 일으켜서 원술을 치라는 분부다. 현덕은 삼가 칙명을 받고 사자를 돌려보냈다.

미축이 있다가

"이것도 조조의 계책입니다."

한다.

그러나 현덕은

"비록 계책인 줄은 알지만 왕명을 어길 수 없네그려."

하고 드디어 군마를 점고해 가지고 날을 정해 길을 떠나기로 하였다.

이때 손건이

"가시려면 먼저 성을 지킬 사람을 정해 놓으셔야 합니다."

하고 말하여, 현덕이

"두 아우 중 누가 남아 성을 지키겠느냐."

하고 물으니, 관공이 있다가

"제가 성을 지키겠습니다."

한다.

그러나 현덕이

"내 조만간 자네하고 일을 의논해야 할 텐데 어떻게 떨어진단 말인가."

하고 말하니, 이번에는 장비가

"그럼 내가 성을 지키겠소."

하고 나섰다.

그러나 이번에도 현덕은

"너한테는 성을 맡길 수 없다. 첫째는 네가 술만 먹으면 사나워져서 군사들을 매질하기가 일쑤요, 둘째는 일 처리를 경솔히 하며 남이 간하는 말을 듣지 않으니 내가 어디 마음을 놓을 수 있어야지."

하고 말하였다.

그 말에 장비가

"내 이제부터는 술도 먹지 않고 군사도 때리지 않고 또 무슨 일이고 남이 일러 주는 대로만 하겠소."

하는데, 미축이 있다가

"말하고 실지하고 다르니 걱정이죠."

하고 한마디 하여, 장비는

"내가 우리 형님을 오랫동안 모시고 지내 왔으나 이제까지 한 번이라 실신(失信)한 적이 없는데 자네가 어째서 나를 우습게보는가."

하고 성을 더럭 내었다.

현덕은

"네 말은 그러하나 내가 종시 마음을 놓을 수가 없다."

하고, 진등을 향하여

"진원룡이 좀 일을 같이 보아 주어야만 하겠소. 조석으로 보살펴 주어 부디 술을 덜 먹게 해서 행여나 실수가 없도록 해 주오."

하고 당부하니, 진등이 응낙한다.

현덕은 이렇듯 분별하고 나자 마침내 마보군 삼만을 거느리고 서주를 떠나 남양(南陽)을 바라고 나아갔다.

이때 원술은 유비가 표문을 올려 저의 남군을 탄병(呑倂)하려 한다는 말을 듣고 대로하여

"네가 본래 자리나 치고 미투리나 삼던 일개 촌놈으로서 이제 문득 대군(大郡)을 거느려 우리 제후들과 같은 반열에 올랐기로, 내가 바야흐로 네 놈을 치려고 하던 차인데 언감생심 네가 도리어 나를 도모하려 들다니 원 이런 괘씸한 일이 어디 있단 말인고."

하고 마침내 상장 기영(紀靈)으로 하여금 군사 십만을 거느리고 서주로 쳐들어가게 하였다.

양군은 우이(盱眙)에서 만났다. 그러나 현덕은 원체 군사가 적어서 산을 의지하여 물가에 하채하였다.

기영으로 말하면 본래 산동 사람으로 한 자루 삼첨도(三尖刀)를

쓰니 중량이 오십 근이나 된다.

이날 그가 군사를 거느리고 진에서 나와

"이놈 유비 촌부(村夫)야, 네가 어딜 감히 우리 지경을 범하느냐."

하고 욕을 하자, 현덕이

"내가 이제 칙지를 받들어 역신을 치러 온 길인데 네가 감히 항거하니 그 죄가 만 번 죽어 싸구나."

하니, 기영이 크게 노하여 칼을 춤추며 말을 몰아서 바로 현덕에게로 달려들려 한다.

이때 관공이 큰 소리로

"되지 못한 놈이 너무 거센 체 마라."

하고 꾸짖으며 곧 내달아서 기영과 더불어 크게 싸웠다.

두 사람이 연달아 삼십 합을 싸워도 승부가 나뉘지 않는데, 이때 기영이 문득

"잠깐 쉬자."

하고 소리쳐 관공은 곧 말머리를 돌려 진으로 돌아와 말을 진전에 세우고 기다렸다.

그러나 기영은 제가 다시 나오지 않고 제 대신 부장 구정(苟正)을 내보냈다. 관공이

"기영이더러 나오라고 해라. 내가 저와 한 번 자웅을 결해 보겠다."

하니, 구정이

"너는 무명하장(無明下將)이라 기 장군의 적수가 아니니라."

한다. 관공은 대로하여 바로 구정에게 달려들자 단지 한 합에 그를 베어 말 아래 떨어뜨렸다.

현덕은 바로 군사를 휘몰아 적진으로 짓쳐 들어갔다.

기영은 대패하여 군사를 뒤로 물려 회음하구(淮陰河口)를 지키며 감히 다시 교전하려 하지 않고 오직 군사들을 시켜서 현덕의 영채를 엄습하게 하였으나 그때마다 서주 군사에게 패해 쫓겨 오곤 하였다.

이리하여 양군은 한동안 상지(相持)하게 되었는데 그 이야기는 더 안 하기로 한다.

한편 장비는 현덕이 떠난 뒤로 일체 잡무는 모두 진원룡에게 맡겨 관리하게 하고 군기대무(軍機大務)만 자기가 짐작해서 처리하였다.

그러다 하루는 연석을 배설하고 모든 관원들을 청해 여러 사람이 다들 좌정하고 나자, 장비가 입을 열어

"우리 형님이 가실 때 내가 혹시 일에 실수나 있을까 염려하셔서 나더러 술을 적게 마시라고 분부를 하셨소. 그러니 여러분은 오늘 한 번 술을 양껏 마시고 내일부터는 저마다 술을 딱 끊고는 다들 나를 도와서 함께 성을 지키기로 합시다. 그 대신 오늘은 다들 취하도록 마셔야 하오."

한다.

말을 마치자 그는 자리에서 일어나 친히 잔을 잡고 여러 사람에게 술을 권하였다. 그러자 순배가 조표(曹豹)에게 돌아왔는데, 이때 조표는

"나는 하늘에 맹세한 일이 있어서 술을 안 먹소."

하고 잔을 받으려 하지 않았다.

그러자 장비는 화를 내며

"이 죽일 놈이 어째서 술을 안 먹겠는 것이냐. 내 기어이 한 잔 먹이고야 말겠다."

하는 통에 조표는 겁이 나서 마지못해 한 잔을 받아먹었다.

장비는 여러 관원들에게 차례로 잔을 다 돌리고 나자 자기는 큰 잔으로 연달아 수십 배를 기울였다.

이리하여 저도 모르게 술이 잔뜩 취해 가지고 장비는 다시 자리에서 일어나자 또 여러 사람에게 차례로 잔을 돌렸다.

술잔이 다시 조표 앞에 이르자 그가 또

"내 정말이지 못 먹겠소."

하여서, 장비는

"네가 아까는 받아먹었는데 지금은 왜 또 못 먹겠다고 하느냐."

하고 기어코 먹이려 드는데 조표는 재삼 사양하고 잔을 들려 안 했다.

장비는 취중에 주벽이 나왔다. 그는 화를 불끈 내며

"이놈, 네가 내 명령을 어겼으니 곤장을 백 도만 맞아야겠다."

하고 즉시 군사에게 호령해서 조표를 잡아 내리게 하였다.

진원룡이 있다가

"현덕공이 가실 때 장군에게 무엇이라 분부하셨소."

하고 한마디하였으나,

"너의 문관들은 문관 할 일이나 알아서 할 게지 내 하는 일에 아랑곳하려고 마라."

하고 장비는 그의 말을 들으려고 하지 않았다.

조표가 아무래도 매를 면할 도리가 없는 것을 보자, 마침내

"익덕공, 제발 내 사위의 낯을 보아서 한 번만 용서를 해 주시오."
하고 용서를 빌었다.

"네 사위가 대체 누구란 말이냐."

장비가 묻는 말에

"바로 여포요."

하고 조표가 대답하자 장비는 마침내 천둥같이 노했다.

"내가 본래 너를 때리려고 한 게 아니다만 네가 여포를 끌어다가 나를 누르려고 하니 불가불 매를 좀 맞아야겠다. 내가 너를 매질하는 것이 바로 여포를 매질하는 것이다."

여러 사람이 굳이 만류하였으나 장비는 막무가내였다. 기어이 조표를 곤장치기 시작해서 오십 도에 이르자 가죽이 터지고 살이 헤져 상처마다 피가 줄을 지어 흐르니 다시 여러 사람이 모두 나서서 간신히 빌어 용서를 받았다.

연석이 파하자 조표는 곧장 집으로 돌아갔는데 그는 아무리 생각하여도 장비의 소행이 괘씸해서 견딜 수가 없었다.

그는 즉시 편지를 써서 사람에게 주어 그 밤으로 소패로 가서 여포에게 전하게 하였는데, 편지의 사연인즉 장비가 심히 무례하단 말을 장황히 늘어놓고 그 다음에 현덕이 이미 회남으로 가고 지금 없으니 오늘밤 장비가 억병으로 술 취한 틈을 타서 군사를 거느리고 서주를 엄습하러 오되 부디 이 기회를 놓치지 말도록 하라는 내용이었다.

여포가 편지를 받아 보고 즉시 진궁을 청해서 의논하니, 진궁의 말이

"소패는 원래 오래 머물러 있을 곳이 못 됩니다. 지금 서주성을

뺏어 둘 만한 좋은 기회가 왔는데 이것을 놓치고 취하지 않는다
면 후회막급이리다."
한다.

여포는 진궁의 말을 좇아 그 길로 갑옷 입고 투구 쓰고 말에 올
라 오백 기를 거느리고 앞서가며, 진궁으로 하여금 대군을 거느
리고 즉시 뒤따르게 하고 고순으로 또 그 뒤를 이어 접응하게 하
였다.

소패는 서주와 상거가 불과 사오십 리라 여포가 말에 오르자 곧
당도하였다. 여포가 성 아래 이르렀을 때는 겨우 사경이 되었을
까 한데, 달은 휘영청 밝았고 성 위에서는 이를 아는 이가 없었다.

여포가 성문 앞으로 가서

"기밀사(機密事)가 있어 유 사군께서 보내신 사람이오."
하고 외치자, 성 안에 있던 조표의 수하 군사가 이를 조표에게 보
해서 조표는 성 위로 올라와 아래를 한 번 살펴보고는 즉시 군사
에게 분부하여 성문을 열게 하였다.

여포의 암호 한 마디로 군사들은 일제히 성내로 조수처럼 몰려
들며 고함을 지른다.

이때 장비는 술이 억병으로 취해서 부중에서 세상모르게 자고
있었는데, 좌우에 있는 사람들이 황망히 그를 흔들어 깨우며

"여포가 속여서 성문을 열고 쳐들어 왔소이다."
하고 보하였다.

장비가 놀라며

"어떻게."
하고 묻자,

"조표가 내응을 했단 소문입니다."

한다.

장비는 대로하여 부리나케 갑옷과 투구 떨쳐입고 장팔사모 손에 들고 겨우 부문을 나서서 말에 올라타는데, 여포의 군마가 벌써 그곳까지 들어와서 곧바로 마주쳤다.

장비는 앞서 들어오는 여포를 맞아 오륙 합 어우러 보았으나 아직도 술이 깨지 않아서 몸이 말을 잘 듣지 않는다.

장비가 때를 보아 말을 물리니 여포 쪽에서도 장비의 용맹을 아는 터라 역시 끝까지 해 보는 일 없이 놓아 주니, 장비는 수하의 연장(燕將) 십팔 기의 보호를 받으며 동문으로 달려가는데 경황이 없어 부중에 있는 현덕의 가권도 미처 돌보지 못했다.

한편 조표는 장비 수하에 따르는 군졸이 십여 명뿐인데다 더욱이 장비가 술에 취한 것을 넘보아 백여 명 군사를 거느리고 뒤를 쫓아왔다.

장비는 조표를 보자 대로하여 바로 그에게 달려들었다. 서로 싸우기 삼 합에 조표가 패해 달아나자 장비는 그 뒤를 바짝 따라 강변에 이르자 한 창에 조표의 등 한복판을 찔러 조표는 말을 탄 채 물속에 빠져 죽고 말았다.

장비는 성을 빠져나온 군사들을 불러 모아 회남을 바라고 밤길을 달렸다.

한편 칼에 피 묻히지 않고 서주를 취한 여포는 성에 들어가자 곧 백성을 안무하고 따로 군사 백 명을 내어 현덕의 부택(府宅) 문을 지키게 하는데 어느 누구도 함부로 드나들지 못하게 하였다.

장비가 수십 기를 거느리고 밤을 도와 우이로 가서 현덕을 보고, 조표가 여포와 내응외합을 해서 간밤에 서주를 엄습해 들어온 일을 자세히 이야기하니 모든 사람의 낯빛이 변한다.

현덕이 탄식하며

"얻으면 무엇이 기쁘고 잃으면 무엇이 안타까우랴."

하는데, 이때 관공이 곁에 있다가

"그래, 아주머님들은 어디 계시냐."

하고 물으니, 장비가

"그냥 성 안에들 계시오."

하고 대답하니, 현덕은 듣고서 묵묵히 말이 없는데 관공은 발을 구르며

"자네가 당초에 성을 지키겠다고 할 적에 우리 앞에서 무어라고 맹세하였고 형님께서 또 무엇이라고 분부하셨던가. 헌데 오늘 성지도 잃고 아주머님들도 적의 손에 맡긴 꼴이니 그래 이 일을 어떻게 하면 좋단 말인가."

하고 매원(埋怨)하니, 장비가 그 말을 듣자 마음에 황공하기 짝이 없어 곧 칼을 빼어 들고 제 목을 찌르려 하였다.

　　잔 들어 술 마실 제는 호기도 당당하더니
　　칼 뽑아 목을 찔러도 이젠 때가 늦었구나.

그의 목숨이 어찌 되려는고.

소패왕(小霸王)¹⁾ 손책이 태사자와 싸우고
또다시 엄백호와 크게 싸우다

| *15* |

이때 장비가 칼을 빼들고 스스로 목을 찔러 죽으려 하니 현덕은 곧 달려들어 그를 껴안고 칼을 빼앗아 땅에 던진 다음

"옛 어른도 '형제는 수족 같고 처자는 의복 같다'고 하셨다. 의복은 찢어지면 깁기라도 하려니와 수족이 끊어진 것이야 어떻게 다시 잇는단 말이냐. 우리 세 사람이 도원에서 결의할 때 한날한시에 낳기는 구하지 않았으나 다만 한날한시에 죽기를 원한 일을 네 잊었더냐. 이제 비록 성지와 가권을 잃었다고 해서 어찌 차마 동생을 예서 죽으라 할 법이 있겠느냐. 하물며 서주성으로 말하면 본래 내 것이 아니요 또한 가권으로 말하더라도 비록 지금 적

---

1) 진나라 말년 강동에서 일어나 한 패공 유방과 더불어 천하를 다투던 항우의 칭호가 초 패왕이다. 손책이 역시 강동에서 일어났을뿐더러 그의 용맹이 족히 항우의 버금될 만하다 하여 '작은 초패왕'이란 뜻으로 소패왕이라 불렀다.

의 수중에 들었다고는 하지만 여포가 필시 모해하지는 않을 것이니 차차 방도를 차려서 구해 낼 수도 있을 것이다. 그런데 네가 한때 실수를 했다 하여 아까운 목숨까지 버리려 하니 이게 될 말이냐."

한다. 말을 마치고 현덕이 통곡하니 관우와 장비도 따라 운다.

이때 원술은 여포가 서주를 엄습해서 그를 얻었다는 소식을 듣자, 곧 밤을 도와 사람을 여포에게로 보내 군량미 오만 곡과 말 오백 필과 금은 일만 냥과 채단 일천 필을 줄 터이니 유비를 협공하자 하였다.

이(利)를 보면 의(義)를 잊어버리는 여포다. 여포는 그 말에 혹해서 고순에게 영을 내려 군사 오만을 거느리고 가서 현덕의 배후를 엄습하게 하였다.

현덕은 이 소식을 듣자 궂은비 죽죽 내리는 날 군사를 거두어 우이를 버리고 동으로 광릉(廣陵)을 취하려 하였다. 이리하여 고순이 군사를 거느리고 우이에 당도하였을 때는 이미 현덕이 도망한 뒤였다.

고순이 기영을 만나 원술이 여포에게 주마고 언약한 물화들을 내놓으라고 말하니 기영의 말이

"공은 그냥 돌아가오. 내가 우리 주공께 말씀을 올려 보리다."

한다.

고순은 기영과 작별하고 곧 회군하여 여포를 와서 보고 기영의 말을 전하였다.

여포가 듣고서 바야흐로 마음에 의혹이 커지려 할 때 문득 원

술이 글을 보내 왔다. 펴 보니 사연은 대개

"고순이 비록 오기는 하였으나 유비를 아직 멸하지는 못하였으니, 앞으로 유비를 잡으면 그때 허락한 물건들을 보내겠노라."
하는 것이다.

여포는 원술이 실신(失信)한 데 노해서 곧 군사를 일으켜 그를 치려고 하니 진궁이 있다가

"그건 아니 됩니다. 원술이 수춘(壽春)에 자리 잡고 앉아서 군사는 많고 군량은 넉넉하니 결코 우습게 대할 것이 아니외다. 차라리 현덕을 청해다가 소패성에 둔치고 있게 해서 우리의 우익으로 삼는 것이 좋겠습니다. 그래서 뒷날에 현덕으로 선봉을 삼아 먼저 원술을 취하고 다음 원소를 취하고 보면 가히 천하를 종횡할 수 있사오리다."
하고 말한다. 여포는 그 말을 듣고 사람에게 글월을 주면서 가지고 가서 현덕을 맞아 오게 하였다.

한편 현덕은 군사를 이끌고 동으로 가서 광릉을 치던 중 또 원술에게 겁채를 당하여 군사를 태반이나 잃고 다시 돌아오다가 마침 여포가 보낸 사자를 만났다.

현덕은 사자가 올리는 글월을 보고 심히 기뻐하는데, 관우와 장비가

"여포는 의리부동한 사람이라 그 말을 믿을 수가 있겠습니까."
하고 말한다.

그러나 현덕은

"제가 모처럼 호의를 가지고 나를 대하는 터에 다시 무엇을 의심하겠는가."

하고 드디어 서주로 갔다.

여포는 현덕이 혹시 의혹을 품고 있지나 않을까 하여 먼저 사람을 안동해서 현덕의 가권을 돌려보내 주었다.

감(甘)·미(糜) 두 부인은 현덕을 보고 그간 여포가 자기들이 있는 처소에 아무도 들어오지 못하게 하느라고 군사를 보내 대문에 파수를 세워 주었고 또 매양 시첩을 부려서 소용되는 물건들을 보내 주어 아무 부족함을 느끼지 않았노라는 말을 낱낱이 고하였다.

현덕은 관우와 장비를 돌아보며

"여포가 필시 내 가권을 해치지 않을 줄을 내 이미 알고 있었네."

하고 곧 여포에게 치사하러 성으로 들어갔다. 그러나 장비는 여포에게 원한이 있어서 따라 들어가려 아니하고 먼저 두 형수와 함께 소패로 가 버렸다.

현덕이 성에 들어가 여포를 보고 사례를 하니 여포가

"내 본래 성을 뺏으려고 했던 게 아니오. 다만 영제 장비가 취중에 살인을 하기에 혹시 큰일이나 저지르지 않을까 염려가 되어서, 그래 잠시 내가 지켜 드리려고 왔던 것이오."

하고 말한다.

현덕이

"그러지 않아도 저는 이전부터 서주를 형장께 물려 드리려고 했었습니다."

하고 말하니, 여포가 짐짓 패인을 가져오라 하여 현덕에게 내밀며 도로 받으라고 사양을 하는 체한다.

그러나 현덕은 끝끝내 받지 않고 소패로 가서 군사를 둔쳤다.

관우와 장비는 마음에 은근히 불복(不服)인 모양이었다. 그러나

현덕은

"사람이란 몸을 굽히고 제 분수를 지켜서 하늘이 주시는 때를 기다리는 게 순리하네."

하였다.

여포는 그에게 또 군량과 채단 등속을 보내 주었다. 이로부터 얼마 동안 두 집이 서로 화목하게 지냈는데 그 이야기는 더 하지 않는다.

한편 원술이 수춘에다 수하 장수들을 모아 놓고 크게 잔치를 하고 있는데 사람이 들어와서

"여강(廬江)태수 육강(陸康)을 치러 갔던 손책이 승전하고 돌아왔소이다."

하고 보한다.

원술이 그를 곧 불러들이라고 해서 손책이 들어와 당하에서 절을 하니 원술은 좋은 말로 그를 위로하고 곧 자기 곁에 자리를 주어 연석에 참여하게 하였다.

원래 손책은 자기 부친의 상사를 치른 뒤에 강남에 물러앉아 예를 극진히 해서 널리 인재를 구해 들였다.

그러나 그 뒤에 외숙되는 단양(丹陽)태수 오경(吳景)이 서주자사 도겸과 불화하여, 손책은 자기 모친과 가솔을 곡아로 옮겨다가 거접시키고 자기는 원술에게로 와서 몸을 의탁하고 있었다.

원술이 손책을 심히 사랑해서 매양 한탄하여 하는 말이

"내게 손랑(孫郎)과 같은 아들이 있다면 죽는다고 무슨 한이 있으랴."

하고, 그를 회의교위(懷義校尉)를 삼아 군사를 거느리고 가서 경현대수(涇縣大帥) 조랑(祖郞)을 치게 했더니 싸워 이겼다. 원술은 손책이 영용한 것을 알고 다시 육강을 치게 했던 것인데 그는 이번에 또 승전하고 돌아온 것이다.

그날 연석이 파해서 손책은 자기 영채로 돌아왔다.

그는 연석에서 원술이 자기를 대하여 장히 거드름을 부리던 일을 생각하자 마음이 답답하고 괴로웠다.

혼자 뜰에 내려가서 달 아래 거닐며 자기 부친 손견은 그렇듯 영웅이었건만 자기는 이제 윤락(淪落)해서 이 지경에 이르렀는가 하고 생각하니, 손책은 그만 저도 모르게 울음이 터져 나와 통곡을 하였다.

그러자 홀연 한 사람이 밖에서 들어오더니 한 번 크게 웃으며

"백부(伯符, 손책의 자)는 어인 일이시오. 선친께서 생존해 계실 때 나를 많이 쓰셨습니다. 백부가 만약 혼자서 결단 못할 일이 있으면 내게 물어보실 일이지 왜 홀로 울고 계신단 말이오."

한다.

손책이 눈을 들어 보니 그는 곧 단양 고장(故鄣) 사람으로서 성은 주(朱)요 이름은 치(治)요 자는 군리(君理)니 손견 수하의 종사관으로 있던 사람이다.

손책이 눈물을 거두고 그를 자리로 청하여

"내가 달리 우는 것이 아니라 다만 선친의 뜻을 잇지 못하는 게 한이 되어서 그러오."

하고 말하니, 주치가

"그러면 원공로에게 말해서 오경을 구원하러 간다고 핑계하여

군사를 빌린 다음 강동으로 가서 대업을 도모하려 하지 않고, 왜 이렇듯 남의 밑에서 천대만 받고 지낸단 말씀이오."

한다.

이렇듯이 두 사람이 일을 의논하고 있을 때 한 사람이 갑자기 들어오며

"공들이 의논하시는 속을 내가 다 알고 있소. 내 수하에 정병 백 명이 있으니 우선 백부의 한 팔이나마 되어 드릴까 하오."

하고 말한다.

손책이 누군가 하고 보니, 그는 원술 수하의 모사로 여남(汝南) 세양(細陽) 사람이라 성은 여(呂)요 이름은 범(範)이요 자는 자형(子 衡)이다.

손책이 마음에 크게 기뻐하여 그를 곧 한자리에 청해서 함께 일을 의논하는데 여범이 있다가

"다만 원공로가 군사를 잘 빌려 주려고 안 할 테니 그게 걱정 이오."

하는 것을, 손책이

"내게 선친께서 간직하셨던 전국옥새(傳國玉璽)가 있으니까 그것 을 잡히고 군사를 빌려 볼까 하오."

하니, 여범이 듣고

"공로가 전부터 그것을 얻지 못해 절치부심했소. 그걸 잡히면 그가 필시 군사를 내어 드리리다."

한다. 이리하여 세 사람은 의논이 정해졌다.

이튿날 손책은 원술에게 들어가 엎드려 울면서

"제가 선친의 원수도 아직 못 갚았는데 이제 또 제 외숙 오경이

양주자사 유요의 핍박을 받고 있으니 이를 어쩌면 좋겠습니까. 제 노모와 가솔이 다 곡아에 있으니 필시 해를 입고 말 것입니다. 제가 웅병(雄兵) 수천만 빌려 가지고 강을 건너가 식구들의 환난도 구해 주고 근친(覲親)도 하고 싶은데 혹시나 명공께서 믿지 않으실까 하여 선친이 남겨 두신 옥새를 일시 맡아 줍시사고 할까 하옵니다."

하고 말하였다.

원술은 옥새가 있다는 말에 귀가 번쩍 띄었다. 원술이

"네가 과연 옥새를 가지고 있단 말이냐. 어디 보자."

하여, 손책이 옥새를 보이니 원술은

"내가 옥새를 가지고 싶어 그러는 게 아닐세. 이왕 자네가 그렇게 말을 하니 그럼 일시 내가 맡아 두기로 하고 군사 삼천과 말 오백 필을 내 자네에게 빌려 주니 평정한 뒤에는 속히 돌아오도록 하게. 그리고 자네 관직이 낮아서 대권(大權)을 행사하기 어려울 것이라 내가 후에 천자께 표주하기로 하고 자네를 절충교위(折衝校尉) 진구장군(殄寇將軍)을 봉해 줄 터이니 곧 날을 정해 군사를 거느리고 떠나도록 하게."

하였다.

손책은 절하여 사례하고 드디어 군마를 점고하여 주치 · 여범과 구장(舊將) 정보 · 황개 · 한당의 무리를 거느리고 택일해서 수춘성을 떠났다.

손책 일행이 역양(歷陽)에 이르렀을 때 저편에서 한 떼의 군사가 들어왔다. 앞에 선 사람은 용모가 아름답고 의표(儀表)가 단정한데 손책을 보자 말에서 내려 절을 한다.

손책이 자세히 보니 그는 곧 여강 서성(舒城) 태생으로 성은 주(周)요 이름은 유(瑜)요 자는 공근(公瑾)이라는 사람이다.

원래 손견이 동탁을 칠 때 서성으로 이사했는데 주유와 손책이 한동갑이라 정분이 여타자별하여 서로 형제의 의를 맺고 손책이 주유보다 두 달 앞서 낳은 까닭에 주유는 손책을 형으로 섬겼다. 그런데 주유의 삼촌 주상(周尙)이 단양태수가 되어 주유가 이번에 근친하러 갔다가 이곳에 이르러 손책과 만난 것이다.

손책은 주유를 보고 크게 기뻐하여 진정을 털어서 호소하니, 주유는 곧

"제가 견마(犬馬)의 수고를 다해서 형님과 함께 대사를 도모하고 싶습니다."

한다.

손책은 마음이 흡족하여

"내가 공근을 얻었으니 대사는 다 이루어졌군."

하고 즉시 주치·여범과 서로 보게 하였다.

주유는 손책에게 물었다.

"형님이 대사를 이루려고 하시니 드리는 말씀인데, 강동의 '이장(二張)'을 아십니까."

"아니 이장이라니."

하고 손책이 되묻자, 주유는

"한 사람은 팽성 장소(張昭)니 자는 자포(子布)요 다른 또 한 사람은 광릉 장굉(張紘)이니 자는 자강(子綱)입니다. 두 사람 모두 경천위지지재(經天緯地之才)를 가지고 있으며 지금 난리를 피해서 이곳에 은거하고 있는데 형님은 어찌하여 청해 오려고 아니 하십니까."

하고 말한다.

손책은 기뻐하며 곧 사람을 시켜 예물을 가지고 가서 그들을
청해 오게 하였다. 그러나 두 사람이 다 사양하고 오지 않는다.

손책은 친히 그들을 집으로 찾아가서 함께 이야기해 보고 크게
기뻐하며 더욱 간절히 청하니 두 사람은 그제야 허락한다. 손책
은 드디어 장소로 장사(長史) 겸 무군중랑장(撫軍中郞將)을 삼고 장
굉으로 참모정의교위(參謀正議校尉)를 삼아 함께 유요 칠 일을 의
논하였다.

원래 유요의 자는 정례(正禮)로서 동래 모평(牟平) 사람이니 역시
한실 종친이라 태위 유총(劉寵)의 조카요 연주자사 유대(劉岱)의 아
우다. 그는 앞서 양주자사로 수춘에 군사를 둔치고 있다가 원술
에게 쫓겨서 강동으로 건너와 곡아를 점거하게 된 것이다.

이때 유요는 손책의 군사가 온다는 말을 듣고 급히 수하 장수
들을 모아 놓고 의논하였다. 부장 장영(張英)이 나서며

"제가 일군을 영솔하고 우저(牛渚)에 둔치고 있으면 설사 백만
대병이라 할지라도 능히 가까이 오지 못하오리다."

한다.

그러나 그의 말이 미처 끝나기 전에 장하에서 한 사람이

"제가 선봉이 되고 싶소이다."

하고 큰 소리로 외친다.

모든 사람이 보니 그는 곧 동래 황현 사람 태사자였다.

그때 태사자는 북해의 에움을 풀어 공융을 구한 뒤로 곧 유요
를 찾아와서, 유요가 그를 장하에 두었던 것인데 이날 손책이 왔

다는 말을 듣고 선봉이 되기를 자원해 나선 것이었다.

그러나 유요는 그에게 장재(將才)가 있음을 모르고

"자네는 아직 나이가 젊어서 대장 소임은 못할 것이니 내 좌우에서 청령(聽令)이나 하도록 하게."

한다. 태사자는 그만 시무룩해서 물러가 버렸다.

장영은 군사를 거느리고 우저로 가서 군량 십만 곡을 저각(邸閣)에 쌓아 놓았다. 그리고 손책의 군사가 당도하자 장영은 마주 나가서 우저탄(牛渚灘) 가에 진을 지고 대하였다.

손책이 진전에 말을 내자 장영이 큰 소리로 욕설을 퍼붓는데 황개가 바로 내달아서 장영과 더불어 싸웠다.

그러나 어우러져 싸우기 두어 합이 못 되어 갑자기 장영의 군중에 혼란이 일어나며 누군지 영채 안에다 불을 놓은 사람이 있다고 보한다.

장영은 급히 회군하였다. 손책이 군사를 거느리고 내달아 승세해서 그 뒤를 엄습하니, 장영은 마침내 우저를 버리고 깊은 산중으로 도망하고 말았다.

원래 장영의 영채에 불을 놓은 것은 두 명 건장(健將)이니 하나는 구강 수춘 사람으로 성은 장(蔣)이요 이름은 흠(欽)이요 자는 공혁(公奕)이며, 또 하나는 구강 하채(下蔡) 사람으로 성은 주(周)요 이름은 태(泰)요 자는 유평(幼平)이다.

두 사람은 난리를 만나자 도당을 모아 양자강에서 수적질을 하며 지내 왔는데, 손책이 강동의 호걸로서 천하의 인재를 널리 구한다는 말을 익히 들은 터라 이번에 특히 자기들의 도당 삼백여 명을 데리고 그를 찾아온 것이었다. 손책은 크게 기뻐하여 그들을 거전교위(車前校尉)를 삼았다.

　이 싸움에서 손책은 우저 저각에 쌓여 있던 양식과 군기들을 수
중에 거두고 또 적병 사천여 명의 항복을 받았다. 그는 드디어 군
사를 거느리고 신정(神亭)으로 나아갔다.

　한편 장영이 싸움에 패하고 돌아가서 유요를 보자 유요는 노해
서 그를 곧 참하려 하였다. 그러나 모사 착융(窄融)과 설예(薛禮)가
극력 만류해서 유요는 다시 장영으로 하여금 영릉(零陵)에 군사를
둔쳐 놓고 적을 막게 하였다.

　그리고 유요는 몸소 군사를 거느리고 나가서 신정령(神亭嶺) 남
쪽에 하채하였다.

　이때 손책이 고개 북쪽에 하채하고 나서 그곳 사람에게

　"여기 어디 가까운 산에 한 광무제를 모셔 놓은 묘가 있느냐."
하고 물으니,

　"바로 고개 위에 묘가 있습니다."
하고 대답한다.

　"내가 간밤에 광무제께서 부르셔서 만나 뵌 꿈을 꾸었으니 한
번 가서 참배해야겠다."
하고 손책이 말하자, 장소가

　"아니 됩니다. 고개 남쪽은 바로 유요의 영채인데 만약에 복병
이 있으면 어찌하시렵니까."
하고 간한다.

　그러나 손책은

　"신령께서 나를 보우해 주시는 터에 내 무엇이 두렵겠소."
하고 드디어 갑옷 입고 투구 쓰고 창 들고 말에 올라 정보·황

개 · 한당 · 장흠 · 주태 등 열두 명 장수들만 거느리고 영채를 나서서 고개 위로 올라가 광무 묘에 분향하였다.

광무 묘를 참배하면서 손책은 무릎을 꿇고 속으로 '만약에 손책이 능히 강동에서 공을 세우고 죽은 아비의 기업(基業)을 다시 일으킬 수 있사오면 마땅히 묘우(廟宇)를 중수하고 사시로 제사를 드리오리다' 하고 빌었다.

참배를 마치자 묘에서 나와 말에 오르며 손책은 수하 장수들을 돌아보고

"우리 마루터기로 올라가 유요의 채책(寨柵)을 좀 엿보고 갑시다."

하고 말하였다.

여러 장수들은 모두 불가하다고 반대하였다. 그러나 손책은 듣지 않고 드디어 고갯마루로 올라가서 남쪽으로 촌락이 있는 숲을 바라보았다.

이때 복로군(伏路軍)이 어느 틈에 이것을 알아 가지고 나는 듯이 유요에게 보하였다. 그러나 유요는

"이것은 필시 손책이 유적(誘敵)하는 계책일 것이니 나가서는 아니 된다."

하고 동하지 않는데, 태사자가 펄쩍 뛰어 일어나며

"이때에 손책을 잡지 않고 다시 어느 때를 기다리겠습니까."

하고, 드디어 유요의 장령도 기다리지 않고 부랴부랴 갑옷 입고 투구 쓰고 창 들고 말에 뛰어 올라 영채를 나서면서

"담기(膽氣) 있는 자는 모두 나를 따라오너라."

하고 큰 소리로 외쳤다.

모든 장수들이 까딱도 않고 있는데 다만 한 소장(小將)이 있다가

"태사자야말로 맹장이다. 내가 함께 가리다."

하고 곧 말을 몰아서 그를 따라가니 모든 장수들이 다 웃는다.

한편 손책은 유요의 영채를 반나절이나 살펴보다가 그제야 비로소 말머리를 돌려 고개에서 내려오는데 문득 고개 위에서 누가

"손책아, 게 섰거라."

하고 외치는 소리가 들린다.

손책이 고개를 돌려 쳐다보니 장수 두 명이 나는 듯이 말을 몰아 고개를 짓쳐 내려오고 있다.

손책은 수하의 십이 기를 한 옆에 죽 벌려 세운 다음 자기는 창을 비껴 잡고 고개 아래다가 말을 세우고 그들을 기다렸다.

태사자가 큰 소리로 묻는다.

"누가 손책이냐."

손책이 되물었다.

"너는 누구냐."

태사자가 대답한다.

"나는 동래 사람 태사자로서 특히 손책을 잡으러 온 길이다."

손책이 듣고 웃으면서

"내가 바로 손책이다. 너희 둘이 한꺼번에 달려든대도 겁내지 않는다. 내가 만약 너희를 두려워한다면 손백부가 아니니라."

하고 말하니, 태사자도

"너희들이 모조리 덤벼든대도 나 역시 겁 안 낸다."

하고 그는 창을 비껴들고 말을 놓아서 바로 손책에게로 달려들었다. 손책은 창을 꼬나 잡고 그를 맞았다.

두 필 말이 서로 어우러져 연달아 싸우기 오십 합에 이르러도

승부가 나뉘지 않아 곁에서 보고 있던 정보의 무리는 모두 속으로 은근히 감탄하기를 마지않았다.

이때 태사자는 손책의 창 쓰는 법에 반점(半點)의 흐트러짐도 없는 것을 보고 손책을 꾈 양으로 거짓 패해서 달아나는데, 먼저 오던 길로 해서 마루터기로 올라가지 않고 일부러 길을 돌아 산 뒤로 말을 몰았다.

손책은 그 뒤를 따라오며

"달아나는 건 호걸이 아니다."

하고 크게 꾸짖었다.

그러나 태사자는 속으로 '저놈에게는 따르는 무리가 열둘씩이나 있고 나는 단지 혼자이니 내가 저를 사로잡는다 해도 결국 여러 놈 손에 뺏기고 말 것이 아닌가. 아무래도 저놈들이 찾아오지 못할 데로 멀리 끌고 가서 하수(下手)하는 게 좋겠다'라고 생각을 정하고, 일변 싸우며 일변 달아나며 하였다.

손책이 그를 그대로 놓아 보낼 리가 왜 있으랴. 그 뒤를 쫓아서 마침내 넓은 평지로 나갔는데 이때 태사자가 말을 돌려 다시 손책에게로 달려들어서 두 사람은 또 한 번 어우러져 싸웠다.

싸우고 또 싸워 다시 오십 합에 이르렀을 때 손책이 창을 들어 한 번 힘껏 내지르니 태사자는 번개같이 몸을 틀어 피하면서 한 옆으로 흐르는 손책의 창을 손으로 덥석 붙잡고, 이번에는 제 편에서 곧 손책을 겨누어 창을 힘껏 내지르는데 손책이 또한 몸을 틀어 피하며 그의 창대를 꽉 잡으니 두 사람은 서로 제 힘껏 끌어당기면서 일시에 말에서 뛰어내렸다. 말들은 그만 어디로 가는지도 모르게 다 달아나 버리고 말았다.

두 사람이 창들을 버리고 맨손으로 서로 맞붙어서 치고 싸워 전포가 다 갈기갈기 찢어졌는데 손책이 원체 손이 재서 태사자가 등에 꽂고 있는 단극을 어느 결에 쑥 뽑아 드니 태사자는 손책이 머리에 쓰고 있던 투구를 홀떡 벗겨 손에 들었다.

손책은 태사자의 단극으로 연해 그를 찌르려 들고 태사자는 손책의 투구로 연방 그가 내지르는 창끝을 막아내는 판에 홀연 배후로부터 함성이 크게 일어나며 유요가 접응하러 보낸 군사들이 쫓아 들어오니 병력은 대략 천여 명이다.

손책이 한창 착급할 때 정보 등 열두 장수가 짓쳐 들어온다. 두 사람은 그제야 서로 손을 놓았다.

태사자가 유요 군중에서 말 한 필을 얻고 창 한 자루를 빌려서 다시 나오는데, 손책의 말은 정보가 붙잡아 끌고 온 터라 손책도 창을 잡고 말에 올랐다.

유요가 보낸 천여 명 접응군과 정보의 무리 열두 기가 한데 어우러져 어지러이 싸우며 이리 몰리고 저리 몰려서 신정령 아래로 싸움터가 옮겨졌을 때, 함성이 일어나며 주유가 군사를 거느려 달려들고 유요가 또한 몸소 대군을 영솔하여 고개 위로부터 짓쳐 내려왔다.

그러나 이때 날은 이미 저물어 황혼이 가까운데다 바람이 또 크게 불며 비가 갑자기 퍼부어서 양편이 다 함께 군사를 거두고 말았다.

그 이튿날 손책은 군사를 거느리고 유요의 영채 앞으로 나아갔다. 유요가 또한 군사를 거느리고 나와서 맞는다.

양군이 진을 치고 나자 손책은 창끝에 태사자의 단극을 매달아

太史慈　　태사자

處士全忠孝	처사로서 충효를 다한
東萊太史慈	동래땅의 태사자라네
姓名昭遠塞	성명은 먼 변방까지 들렸고
弓馬震雄師	궁마술은 뛰어난 군대도 뒤흔들었네

가지고 진전으로 나와 군사들을 시켜서

"태사자가 재빠르게 뺑소니를 쳤기에 망정이지 그렇지 않았다면 꼭 죽었느니라."

하고 크게 외치게 하였다.

이것을 본 태사자는 또한 손책의 투구를 진전에 내다가 걸고 역시 군사들을 시켜서

"손책의 대가리가 여기 있다."

하고 소리치게 한다.

양군이 일제히 고함을 지르며 이편이 이겼다고 자랑하면 저편에서는 또 제가 세다고 뽐낸다.

이때 태사자가 나서며 손책에게 한 번 승패를 결단하자고 싸움을 돋우어서 손책이 드디어 나가려고 하는데, 정보가 있다가

"구태여 주공께서 나가실 것이 없습니다. 내 나가서 잡아 오리다."

하고 바로 진전에 나섰다.

태사자가

"너는 내 적수가 아니니 어서 손책더러 나오라고 해라."

하고 말하자, 정보는 대로해서 철척모를 꼬나 잡고 말을 몰아 태사자에게 달려들었다.

그러나 두 사람이 서로 어우러져 삼십 합을 싸웠을 때 갑자기 유요는 징을 쳐서 군사를 거두었다. 태사자는 유요를 보고

"내가 바로 적장을 사로잡으려는 판인데 어째서 군사를 거두셨습니까."

하고 물으니, 유요의 대답이

"탐마가 보하는데 주유가 군사를 거느리고 곡아를 엄습하자 여강 송자(松滋) 태생으로 자가 자열(子烈)인 진무(陳武)라고 하는 자가 주유를 접응해 들였다고 하니 나는 이제 기업을 잃었네그려. 여기 오래 머물러 있을 수가 없으니 속히 말릉(秣陵)으로 가서 설예·착·융의 군마와 합세해 접응해야 할까 보이."

한다. 태사자는 유요를 따라서 퇴군하였다.

손책이 그 뒤를 구태여 쫓지 않고 군사를 거두는데, 장소가 있다가

"지금 적병이 주유에게 곡아를 빼앗기고 싸울 생각들이 없을 것이니 오늘밤에 겁채를 하시는 것이 좋겠습니다."

하고 말한다.

손책은 그 말을 좇아서 그날 밤에 군사를 다섯 길로 나누어 멀리 적을 쫓아 들어갔다.

유요의 군사가 그만 여지없이 패해 삼지사방으로 흩어지고 마니 태사자는 자기 혼자 힘으로 당해 낼 길이 없어 수하에 다만 십여 기를 거느리고 밤을 도와 경현(涇縣)으로 달아나 버렸다.

이때 손책은 수하에 진무를 얻었으니 이 사람은 신장이 칠 척에 얼굴빛은 누르고 눈동자는 붉으며 상모가 고괴(古怪)하였다.

손책이 그를 심히 사랑해서 교위 벼슬을 내리고 즉시 선봉을 삼아 설예를 치게 하였다. 진무는 단지 십여 기를 거느리고 적진으로 뛰어 들어가서 적의 머리 오십여 급을 베었으니, 설예는 성문을 굳게 닫고 감히 나오지 못하였다.

손책이 바야흐로 성을 치려고 하는 판에 홀연 탐마가 들어와서 보하는 말이

난세, 풍운의 영웅들

"유요가 착융과 합세해서 우저를 취하러 갔소이다."

한다. 손책은 대로해서 친히 대군을 거느리고 우저로 달려갔다. 유오와 착융 두 사람이 싸우러 나오자, 손책은 유요를 대하여

"내가 이제 여기 왔는데 네가 어찌하여 항복하지 않느냐."

하고 꾸짖었다.

유요의 배후로부터 한 사람이 창을 들고 내달았다. 그는 곧 부장 우미(于麋)다.

손책이 그를 맞아 삼 합도 못 되어 생금해 가지고 말을 돌려 진으로 돌아오는데, 유요의 장수 번능은 우미가 사로잡혀 가는 것을 보자 곧 창을 꼬나 잡고 뒤를 쫓아 거의 따라잡으며 바야흐로 창을 들어 손책의 등 한복판을 겨누고 내지르려 하였다.

그러나 이때 손책의 진에서 군사가 큰 소리로

"등 뒤에 몰래 쫓아오는 놈이 있소."

하고 외쳐서 손책이 부리나케 머리를 돌려보니 번능의 말이 바로 뒤에 쫓아 들어오고 있다. 손책은 곧 목소리를 가다듬어 고함쳤다. 그의 고함 소리는 벼락 치는 소리만 못하지 않았다. 번능은 그만 경겁해서 얼떨결에 말 아래 거꾸로 떨어지며 그대로 머리가 깨어져 죽고 말았다.

손책이 문기(門旗) 아래로 돌아와서 한 팔 겨드랑 밑에 끼고 온 우미를 땅에 내려놓고 보니 그도 이미 목숨이 끊어져 있었다.

이리하여 삽시간에 한 장수를 옆에 껴서 죽이고 한 장수를 고함쳐서 죽이니, 이로부터 사람들은 모두 손책을 '소패왕'(小覇王)이라 불렀다.

이날 유요 군사는 싸움에 크게 패해서 인마의 태반이 손책에게

항복하였다. 손책이 수급을 벤 것만도 만여 급이다. 유요는 착융과 더불어 예장(豫章)으로 달아나 유표에게 몸을 의탁하였다.

손책은 군사를 돌려 다시 말릉을 치러 갔다.

그가 친히 성 아래 해자 가로 다가가서 설예에게 항복을 권하는데 이때 누가 성 위에서 몰래 암전(暗箭)을 쏘아 손책은 왼편 넓적다리에 화살을 맞고 말에서 나가 떨어졌다.

수하 장수들은 급히 그를 구호해서 영채로 떠메고 들어가 화살을 뽑고 상처에 금창약(金瘡藥)을 붙여 주었다.

손책은 군중에 영을 전하여 주장(主將)이 화살에 맞아 죽었다고 헛소문을 내게 한 다음 온 군중이 발상(發喪)하고 영채를 거두어 일제히 퇴군하게 하였다.

설예는 손책이 이미 죽었다는 말을 듣자 그 밤으로 성중의 군사들을 모조리 일으켜 장영·진횡(陳橫)과 함께 성에서 나와 그 뒤를 쫓았다.

그러자 홀연 복병이 사면에서 일어나며 손책이 앞을 서서 말을 몰아 나오더니

"손랑이 예 있다."

하고 큰 소리로 외친다.

군사들이 놀라서 모두 손에 든 창과 칼을 내버리고 땅에 엎드려서 항복을 드린다. 손책은 영을 내려 한 명도 죽이지 못하게 하였다. 이때 장영은 말머리를 돌려 달아나다가 진무 손에 한 창에 찔려 죽고, 진횡은 장흠의 화살에 맞아서 죽었으며, 설예 또한 난군 속에서 마침내 목숨을 잃고 말았다.

손책은 말릉으로 들어가 백성을 안무한 다음 다시 군사를 옮겨

서 경현으로 태사자를 잡으러 갔다.

한편 태사자는 장정 이천여 명을 초모해서 수하 군사들과 함께 거느리고 바야흐로 유요의 원수를 갚으러 오려고 하고 있었다.

손책이 주유와 더불어 태사자를 사로잡을 계책을 의논하니, 주유의 말이 삼면으로 경현을 치고 다만 동문 하나만 남겨 두어 적의 도망할 길을 열어 준 뒤 성에서 이십오 리 떨어진 곳에 세 길로 군사들을 매복해 두면 태사자가 그곳에 이르러 사람과 말이 다 함께 지쳐서 반드시 사로잡히고 말 것이라 하였다.

원래 태사자가 불러 모은 군사라는 것이 태반이나 산에서 나무하고 들에서 밭 갈던 촌사람들이라 도무지 기율을 알지 못하는 무리인데다 경현성이 또 그다지 높지 않았다.

이날 밤 손책은 진무에게 명해서 옷차림을 거든하게 하고 손에 칼 한 자루를 들고 앞을 서서 성 위로 기어 올라가 불을 지르게 하였다.

태사자는 성 위에서 불이 일어나는 것을 보자 말에 뛰어올라 동문으로 달아났다. 등 뒤에서 손책이 군사를 거느리고 쫓아온다. 태사자는 그대로 말을 채쳐 달아났다. 후군이 뒤를 쫓다가 삼십 리까지 와서는 더 쫓지 않는다.

태사자가 쉬지 않고 줄곧 오십 리를 달리고 나니 사람이나 말이나 지칠 대로 지쳐 버렸는데 갈대밭 속으로부터 난데없는 함성이 일어났다. 태사자는 다시 급히 도망하려 들었다. 그러나 이때 좌우편에서 반마삭(絆馬索)²⁾이 일제히 들리며 말 다리를 걸어 쓰

---

2) 고대 전쟁에서 사용하던, 적의 말 다리를 걸어 쓰러뜨리는 줄.

러뜨리고 태사자를 생금해서 대채로 압령해 갔다.

손책은 태사자를 생금해 온 것을 알자 친히 영채에서 나와 군사들을 꾸짖어 물리치고 손수 그 묶은 것을 풀어 주며 자기의 금포를 벗어 그의 몸에 입혀 주었다. 그리고 그는 영채 안으로 태사자를 청해 들여

"나는 자의(子義, 태사자의 자)가 참말 장부임을 아오. 다만 유요가 우준(愚蠢)한 자라 공과 같은 분을 대장으로 쓰지 않아 이런 패를 보시게 했소그려."

하고 위로하였다.

태사자는 손책이 자기를 대접하는 품이 심히 후한 것을 보고 마침내 항복하겠다고 자청해 나섰다.

손책이 그의 손을 잡고 웃으며

"신정령에서 우리가 서로 싸웠을 때 만약 공이 나를 잡았다면 죽이지나 않았겠소."

하니, 태사자도 같이 웃으며

"글쎄 모르지요."

한다.

손책은 껄껄 웃고 함께 장중으로 들어가 그를 상좌에다 앉힌 다음 연석을 베풀어 그를 융숭하게 대접하였다.

태사자는 손책을 보고 말하였다.

"이번에 유군(劉君, 유요)이 새로 패해서 군사들의 마음이 다 그에게서 떠났으니 내가 한 번 가서 남은 무리를 수습해 명공을 돕게 할까 하는데 능히 나를 믿어 주시겠습니까."

그 말을 듣자 손책은 곧 자리에서 일어나 치사하며

"이는 진실로 나의 원하는 바외다. 이제 내 공과 약조를 정하겠는데 부디 내일 정오까지 돌아오시도록 하오."

하였다. 태사자는 이를 응낙하고 갔다.

수하 장수들은 모두

"태사자가 이제 가면 다시 오진 않을 것이외다."

하고 말하였다.

그러나 손책은

"자의로 말하면 신의 있는 사람이라 결코 나를 배반하지 않을 것이오"

하였다. 그러나 여러 사람이 다들 그 말을 믿지 않았다.

그 이튿날 영문 뜰에 장대를 세워 놓고 해 그림자가 옮기는 것을 살피는데, 해가 바로 한가운데 이르렀을 때 태사자가 군사 일천여 명을 데리고 영채로 돌아왔다. 손책은 크게 기뻐하였고, 모든 사람은 다들 손책이 사람을 알아보는 데 감복하였다.

여기서 손책은 수만의 무리를 거느리고 강동으로 내려가 백성을 위로하고 어루만지니 그에게로 찾아오는 자가 무수하다.

본래 강동 백성은 손책을 '손랑'이라 불렀는데, 손랑의 군사가 왔다는 소리만 들으면 모두들 혼쭐이 빠져 도망들을 하곤 하였다. 그러나 손책의 군사가 온 뒤에 보면 원체 손책이 군사들을 단단히 신칙해서 백성에게 노략질을 하지 못하게 하기 때문에 닭이나 개도 놀라는 법이 없으니 백성은 모두 좋아서 고기와 술을 가지고 영채로 찾아와서 군사들을 위로하였다. 그러면 손책은 또 그 답례로 돈이며 피륙을 그들에게 나누어 주곤 하여 환성이 들에 깔렸다.

손책은 또 유요 수하에 있던 군사들 중에서 계속하여 종군하기를 원하는 자는 그대로 받아 주고 군사 되기를 원하지 않는 자는 상급을 주어 각기 고향에 돌아가 농사를 짓게 하였다. 강남 백성이 손책을 높이 우러러 그 덕을 칭송하지 아니하는 이가 없다. 이로 말미암아 그의 병세(兵勢)가 크게 떨쳤다.

손책은 곧 자기의 모친과 숙부와 여러 아우들을 곡아에서 데려왔으며, 큰아우 손권으로 하여금 주태와 더불어 선성(宣城)을 지키고 있게 한 다음 자기는 다시 군사를 거느리고 남쪽으로 오군(吳郡)을 치러 내려갔다.

때에 엄백호(嚴白虎)라는 자가 있어, 자칭 '동오(東吳) 덕왕(德王)'이라고 하며 오군을 점거하고 저의 부장들을 보내서 오정(烏程)과 가흥(嘉興)을 지키게 하고 있었다.

그러자 이날 손책의 군사가 이르렀다는 말을 듣고 엄백호가 저의 아우 엄여(嚴興)를 내보내 풍교(楓橋)에서 싸우게 해서 엄여는 칼을 비껴들고 말을 내어 다리 위에 서 있었다.

군사가 중군(中軍)에 이 소식을 보해서 손책이 곧 나가서 싸우려고 하니, 장굉이 나서서

"대저 주장(主將)이란 삼군의 목숨이 걸려 있는 몸이니 경솔히 나가셔서 조그만 적과 싸우신다는 것은 온당치 않습니다. 바라건대 장군은 자중하십시오."

하고 간한다. 손책은

"선생의 말씀이 실로 지당하나 다만 내가 친히 나서서 시석을 무릅쓰고 싸우지 않으면 장사(將士)들이 영을 듣지 않을까 두려워서 그러는 것이외다."

하고, 드디어 한당에게 영을 내려서 나가 싸우게 하였다.

그러나 한당이 풍교에 이르렀을 때 장흠과 진무가 어느 틈에 작은 배를 몰아 강기슭으로부터 다리를 바라고 쳐들어오며 강 언덕에 있는 적병들을 난전(亂箭)으로 쏘아 쓰러뜨리고 곧 두 사람이 몸을 날려 언덕 위로 뛰어오르자 닥치는 대로 적병을 쳐서 죽이니 엄여가 그만 군사를 물려 달아난다.

한당은 군사를 이끌고 그 뒤를 몰아치며 창문(閶門) 아래까지 쫓아 들어갔다. 적병은 모조리 성 안으로 들어가 버리고 말았다.

손책은 군사를 나누어 수륙병진(水陸並進)해서 오성(吳城)을 에워쌌다. 그리고 사흘을 두고 성을 치는데 한 사람도 싸우러 나오는 자가 없다.

손책은 군사를 거느리고 몸소 창문 아래로 나가 적에게 항복을 권하였다. 이때 성 위에서 비장(裨將) 하나가 왼손으로 문루의 들보를 짚고 서서 오른손으로 성 아래를 가리키며 어지러이 욕설을 퍼붓고 있었다.

이것을 보고 태사자는 마상에서 활에 살을 먹여 들고 장수들을 돌아보며

"내 저놈의 왼손을 맞힐 테다."

하였다.

그의 말이 미처 끝나기 전에 시위 소리 한 번 울리며 화살은 과연 바로 들어가 그의 왼손을 들보에 붙박아 놓았다. 성상성하에서 이것을 보고 갈채를 아니 보내는 자가 없다.

여러 사람이 그 비장을 구원해 가지고 성에서 내려가 보이자 엄백호는 깜짝 놀라서

"적의 군중에 이런 사람이 있으니 어떻게 대적해 보겠느냐."

하고 드디어 화해를 구해 보자고 의논이 되었다.

이튿날 엄백호는 자기 아우 엄여를 시켜서 성에서 나가 손책을 만나 보게 하였다. 손책이 곧 엄여를 장중으로 청해 들여 함께 술을 먹는데 어느덧 술이 취해서 손책이 엄여에게

"백씨 의향은 어떠십디까."

하고 물으니, 엄여가

"장군과 강동을 반분하시겠다고 합디다."

한다.

손책은 대로하여

"쥐 같은 놈이 어딜 감히 나하고 맞서 보겠다느냐."

하고 곧 영을 내려 엄여를 내어다 참하라 하였다.

엄여가 칼을 빼어 들며 자리에서 벌떡 일어났다. 그러나 손책이 그를 바라고 칼을 한 번 날리니 엄여가 그 자리에 나가자빠진다.

손책은 곧 그 머리를 베어 사람에게 들려 성중으로 들여보냈다. 엄백호는 도저히 대적할 수 없는 것을 알자 곧 성을 버리고 도망해 버렸다.

손책이 군사를 몰고 그 뒤를 추격하여, 황개는 가흥을 쳐서 뺏고 태사자는 오정을 쳐서 뺏으니 여러 고을이 이에 다 평정되었다.

이때 엄백호는 여항(餘杭)으로 도망해 가는 길에 노략질을 하다가 그 고장 사람 능조(凌操)가 마을 사람들을 거느리고 나와서 치는 통에 여지없이 패하여 회계(會稽)를 바라고 달아났다.

능조는 자기 아들과 둘이서 손책을 와 보았다. 손책은 능조로 종정교위(從征校尉)를 삼고 드디어 함께 군사를 거느리고 강을 건넜다.

엄백호는 적당들을 모아 가지고 서진(西津) 나루터에 진을 쳤다. 그러나 정보와 싸워서 또 크게 패하여 달아나니 손책의 군사는 그 뒤를 쫓아서 회계까지 들어왔다.

이때 회계태수 왕랑(王朗)이 군사를 거느리고 나가서 엄백호를 구원해 주려고 하니 문득 한 사람이 나서며

"그것은 옳지 않소이다. 손책이 거느리는 것은 인의(仁義)의 군사요, 엄백호가 거느리는 것은 포학한 무리니 차라리 엄백호를 잡아다가 손책에게 바치는 것이 옳을까 보이다."

한다.

왕랑이 보니 그는 회계 여요(餘姚)사람으로서 성은 우(虞)요 이름은 번(翻)이요 자는 중상(仲翔)이니 이때 군리(群吏)로 있었다.

그러나 왕랑은 그의 말을 듣지 않고 도리어 화를 더럭 내며 꾸짖는다. 우번은 깊이 탄식하고 밖으로 물러나왔다.

왕랑은 드디어 군사를 거느리고 나가서 엄백호와 만나, 함께 군사를 산음 들에 벌려 놓았다.

양편에서 진들을 치고 나자 손책이 진전에 나와 왕랑을 향하여

"내가 인의의 군사를 거느리고 절강(浙江)을 안무하러 왔는데 너는 어찌하여 도리어 도적을 돕느냐."

하니, 왕랑이

"네 놈이 탐심도 많구나. 이미 오군을 얻었으면 됐지 또 내 지경을 삼키러 오다니. 오늘 내 엄씨를 위해서 원수를 갚고야 말겠다."

하고 응수한다.

손책이 대로해서 막 그와 싸우려 할 때 태사자가 어느 틈에 말을 달려 먼저 나갔다.

왕랑이 칼을 춤추며 말을 몰아서 태사자와 어울리는데 두어 합이 못 되어 왕랑의 수하 장수 주흔(周昕)이 뛰어나와서 싸움을 도우니 손책의 진중에서 황개가 나는 듯이 말을 달려 나가 주흔을 맞아 싸웠다.

양편에서 북소리가 크게 진동하며 서로 한창 어우러져 싸우고 있을 때, 홀연 왕랑의 진 뒤에서 큰 혼란이 일어나더니 난데없는 한 떼의 군사가 배후로부터 짓쳐 나왔다.

왕랑은 크게 놀라 급히 말을 돌려 그 편을 막아 싸웠다. 원래 이는 주유가 정보와 더불어 군사를 거느리고 적의 배후를 찌른 것이었다.

앞뒤로 협공을 받고 왕랑은 적은 군사로써 많은 적을 당해 낼 수가 없어 엄백호·주흔과 더불어 혈로를 뚫고 성중으로 뛰어 들어가 곧 조교를 끌어올리고 성문을 굳게 닫아 버렸다.

손책은 대군을 거느리고 승세해서 성 아래로 쫓아 들어오자 곧 군사를 나누어 사문(四門)을 들이쳤다.

성중에서 왕랑은 손책이 성을 심히 급히 치는 것을 보고 다시 한 번 군사를 거느리고 나가서 죽기를 결단하고 적과 싸워 보려 하였다.

그러나 엄백호가 있다가

"손책의 병세가 워낙 크니 족하(足下)는 오직 방비를 엄히 해서 굳게 지키고 나가지 마오. 이제 한 달이 못 가서 저희가 군량이 떨어지면 제풀에 물러가고 말 것이니 그때 뒤를 몰아치면 싸우지 않고도 적을 깨뜨릴 수 있으리다."

하고 말하여, 왕랑은 그 말대로 회계성을 굳게 지키고 나가지 않았다.

손책은 수일을 연해서 성을 쳤으나 성공하지 못하고 마침내 여러 장수들과 의논하니 손정(孫靜)이 있다가

"왕랑이 지금 험고(險固)한 것을 믿어 성을 고수하고 있으니 졸연히 뺏지 못할 것일세. 회계의 전량(錢糧)이 태반이나 사독(査瀆)에 있는데 그곳이 예서 상거가 수십 리니 군사를 내어 그곳부터 점령하는 것이 좋겠네. 이것이 이른바 '공기불비(攻其不備)요 출기불의(出其不意)'[3]라는 것일세."

하고 계책을 일러 준다.

손책은 크게 기뻐하며

"작은아버님이 묘책을 내주시니 적을 쉽사리 깨뜨릴 수 있을 것입니다."

하고 즉시 영을 내려 이제나 한 가지로 각 문에 봉화를 들게 하며 기들을 두루 꽂아 의병(疑兵)을 삼게 하고 그 밤으로 성을 에웠던 군사들을 거두어 남쪽으로 내려가는데 주유가

"주공께서 대병을 한 번 움직이시면 필시 왕랑이 성에서 나와 뒤를 쫓을 것이니 기병(奇兵)을 써서 이기도록 하여야겠습니다."

하니, 손책은

"내 이미 준비를 해 놓았네. 성은 오늘밤 안으로 우리 수중에 들어오네."

하고 드디어 군마를 거느리고 떠났다.

한편 왕랑은 손책의 군마가 물러갔다는 말을 듣자 친히 여러

---

3) 적이 미처 방비하지 못하고 있을 때 이를 공격하며 불의에 내달아 엄습한다는 뜻으로, 병서(兵書)에 있는 말이다.

사람을 데리고 적루(敵樓) 위로 올라왔다. 바라보니 봉화는 여전히 오르고 정기(旌旗)는 정연하게 꽂혀 있다.

엄백호가 마음에 의심이 나서 얼른 결단을 못하는데 주흔이 있다가

"손책이 달아나면서 이 계교를 써서 우리를 속이려 든 것이니 곧 군사를 내서 뒤쫓읍시다."

하니, 엄백호가

"손책이 이번에 사독으로 가려고 떠난 것이나 아닐까요. 내 곧 부병(部兵)을 내서 주 장군과 함께 적의 뒤를 쫓게 하겠소."

한다.

그들의 말을 듣고 왕랑은

"사독으로 말하면 내가 군량을 쌓아 둔 곳이니 불가불 방비를 해야겠소. 공은 군사를 거느리고 곧 떠나시오. 내 뒤따라 접응하리다."

하였다.

엄백호는 주흔과 더불어 군사 오천을 거느리고 성을 나가서 손책의 뒤를 쫓았다. 그들은 초경이 가까울 무렵에 성에서 이십여 리 떨어진 곳에 이르렀는데 이때 홀연 울창한 수림 속에서 북소리가 한 번 크게 울리더니 횃불이 일제히 들려서 낮같이 밝다.

엄백호가 깜짝 놀라 말머리를 돌려서 달아나는데 한 장수가 앞을 서서 내닫더니 길을 탁 가로막는다. 화광 속에 자세히 보니 바로 손책이다.

주흔이 칼을 춤추며 그에게 달려들었으나 손책에게 한 창에 찔려서 죽으니 남은 무리들은 다 항복을 하고 만다. 엄백호는 간신

히 혈로를 뚫고 여항을 바라고 달아났다.

한편 왕랑은 전군(前軍)이 이미 패했다는 소식을 듣고는 감히 다시 성으로 돌아가지 못하고 마침내 수하 군사들을 이끌고 해변 지방으로 도망해 버렸다.

손책은 승세해서 그 길로 다시 대군을 돌려 가지고 회계성을 뺏어 들고 백성을 안정시켰다.

그러자 이틀이 채 못 되어 웬 사람 하나가 엄백호의 수급을 가지고 와서 손책의 군전에 바치는데 신장은 팔 척이요 얼굴은 넓적하고 입은 컸다. 손책이 성명을 물으니 그는 회계 여요 사람으로 성은 동(董)이요 이름은 습(襲)이요 자는 원대(元代)라고 한다. 손책은 기뻐하여 그를 별부사마(別部司馬)로 삼았다.

이리하여 동쪽 길을 다 평정하고 나자 손책은 자기 숙부 손정으로 하여금 그곳을 지키게 하고, 주치로 오군태수를 봉한 다음에 자기는 군사를 거느리고 강동으로 돌아갔다.

한편 손권은 주태와 더불어 선성을 지키고 있었는데 갑자기 산적 떼가 일어나서 사면으로 쳐들어왔다.

이때 밤이 깊어서 미처 막아 볼 엄두를 못 내고 주태가 겨우 손권을 안아서 말에 태우는데 수십 명 도적 떼가 칼을 두르며 달려들었다. 주태는 알몸으로 걸으며 칼을 들어 연달아 십여 명을 찍어 넘어뜨렸다.

그러자 뒤로부터 도적 하나가 창을 꼬나 잡고 말을 몰아서 주태에게로 달려드는데 주태는 그가 내지르는 창을 손으로 탁 잡으며 곧 앞으로 홱 낚아채서 그자를 말 아래 거꾸러뜨리고 창과 말을 뺏은 다음 혈로를 뚫고 손권을 구해 내었다. 나머지 도적들은 다 멀리 도망하고 말았다.

이때에 주태는 온 몸에 열두 군데나 창을 맞고 금창(金瘡)이 모두 염증을 일으켜서 목숨이 경각에 달려 있었다.

손책이 듣고 깜짝 놀라는데 이때 장하의 동습이 있다가

"제가 일찍이 해적들과 싸우다가 창에 맞아 여러 곳에 상처를 입었는데 그때 마침 회계의 군리 우번이 의원 하나를 천거해 주어서 그에게 치료를 받고 보름 만에 나은 일이 있습니다."

한다.

"우번이라니 우중상(虞仲翔) 말이오."

하고 손책이 물으니,

"그렇습니다."

하고 동습이 대답한다.

"그는 어진 사람이오. 내가 써야겠소."

하고 손책은 곧 장소더러 동습과 함께 예물을 가지고 가서 우번을 청해 오게 하였다.

우번이 오자 손책은 그를 정중히 대접하며 관직을 주어 공조(功曹)를 삼은 다음 인하여 지금 의원을 구하고 있는 사정을 말하였다. 우번은 듣고 나자

"그는 패국(沛國) 초군(譙郡) 사람으로 성은 화(華)요 이름은 타(佗)요 자는 원화(元化)이니 참으로 당세의 신의(神醫)입니다. 제가 가서 청해 오지요."

하고 가더니 하루가 못 되어 데리고 왔다.

손책이 만나 보니 그 사람이 동안학발(童顔鶴髮)로 표연히 세상

밖에 난 듯한 풍모가 있다. 상빈(上賓)으로 대접하며 주태의 상처를 보게 했더니, 화타는

"이는 쉬운 일이외다."

하고 곧 약을 써서 한 달 만에 고쳐 놓았다.

손책은 크게 기뻐하며 화타에게 사례를 후히 하고 드디어 군사를 거느리고 가서 산적들을 소탕해 버렸다. 이리하여 강남 지방도 다 평정되었다.

손책은 장수들을 보내 모든 요해처(要害處)들을 지키게 한 다음, 한편으로는 표문을 지어 조정에 올리고 한편으로는 조조와 교분을 맺도록 하며 또 한편으로는 사람을 원술에게로 보내서 글월을 전하고 옥새를 도로 찾아오게 하였다.

이때 원술은 은근히 속으로 천자가 되려는 생각을 품고 있었으므로 손책에게 회답을 하되 다른 일로 핑계를 해서 옥새를 돌려보내지 않고, 급히 장사 양대장(楊大將)과 도독 장훈(張勳), 기령(紀靈) 교유(橋蕤)와 상장 뇌박(雷薄), 진란(陳蘭) 등 삼십여 명을 모아 놓고

"손책이 내 군사를 빌려 가지고 가서 일을 시작하여 오늘날 강동 땅을 모조리 수중에 넣었으면서 내게 보답할 생각은 하지도 않고 도리어 옥새를 찾으러 보냈으니 무례하기 짝이 없소. 대체 손책을 어떤 계책으로 도모했으면 좋겠소."

하고 물으니, 장사 양대장이 그 말에 대답하여

"손책은 지금 장강(長江)의 험(險)을 끼고 앉을뿐더러 군사는 정예하고 양식은 많으니 쉽사리 도모할 수 없소이다. 이제 유비를

먼저 쳐서 제가 전일에 까닭 없이 우리를 친 원한부터 갚은 연후에 손책을 도모하기로 하더라도 늦지 않을까 보이다. 내게 계책이 하나 있으니 그대로만 하시면 유비를 당장에 사로잡을 수 있사오리다."
한다.

범을 잡으러 강동으로 가려다가
용하고 싸우러 서주로 오는구나.

대체 그 계책이 어떠한 것인고.

여봉선은 원문에서 화극을 쏘아 맞히고
조맹덕은 육수에서 적과 싸워 패하다

| *16* |

이때 양대장이 계책을 내어 유비를 치겠다고 해서, 원술이
"어떤 계책인고."
하고 물으니, 그의 말이
"지금 유비가 소패에 군사를 둔치고 있으니 이를 취하기는 용
이한 일입니다. 그러나 다만 여포가 서주에 웅거하고 있고 또한
전번에 우리가 금백과 양식 마필을 주마 해 놓고도 지금까지 그
대로 지내 와서, 혹시 제가 유비를 도우려 들지도 모르겠으니 이
번에 양식을 보내 주시고 그 마음을 맺어서 그로 하여금 안병부
동(按兵不動)하게만 해 놓으면 유비는 곧 잡을 수 있습니다. 유비
부터 잡아 놓고 나서 다시 여포를 도모한다면 서주도 얻을 수 있
사오리다."
한다.

원술은 마음에 심히 기뻐 즉시 조 이십만 곡을 서주로 보내는데, 이를 영거하여 가는 한윤(韓胤)에게 따로 밀서를 주어 여포에게 가만히 가 보게 하였다. 여포는 심히 만족하여 한윤을 후대하였다.

한윤이 돌아가 원술에게 이 말을 전하니 원술은 드디어 기령으로 대장을 삼고 뇌박과 진란으로 부장을 삼아 십만 대병을 거느리고 나아가 소패를 치게 하였다.

현덕이 이 소식을 듣고 여러 사람을 모아 의논하니 장비는 곧 나가서 싸우자고 주장하고, 손건은

"지금 우리 소패에 군량도 넉넉지 못하고 군사도 적으니 무슨 수로 대적해 보겠습니까. 아무래도 여포에게 글을 띄워 구원을 청하는 것이 좋겠습니다."

하고 말한다.

장비는

"웬걸, 그놈이 오겠소."

하고 말하였으나, 현덕은

"건의 말이 좋아."

하고 드디어 글월을 닦아서 여포에게 보내니 그 사연은 대강 다음과 같다.

장군께서 근념하여 주시므로 하여 유비가 소패에 와서 용신하고 지내니 그 은덕이 실로 태산 같사온바, 이번에 원술이 사사로운 원수를 갚으려 하고 기령에게 군사를 주어 소패로 들어오게 하니 실로 존망이 조석에 달려 있어, 장군이 아니시고는

이 위급함을 능히 구할 사람이 없는지라 바라옵건대 바삐 군사를 거느리고 오셔서 도현(倒懸)의 위급함을 구하여 주신다면 이만 다행이 다시없을까 하나이다.

글월을 보고 나자 여포는 진궁을 돌아보고 말하기를,

"전자에 원술이 내게 군량을 보내 주고 또 밀서를 전하기는 대개 나더러 현덕을 구하지 말라는 뜻인데, 이제 현덕이 또 구원을 청해 왔구려. 내 생각에는 현덕이 소패에 군사를 둔치고 있다 해서 끝내 내게 해될 일은 없을 성싶으나 만약에 원술이 한 번 유비를 삼키는 날에는 곧 북으로 태산에 있는 여러 장수들과 손잡고 나를 도모하려 들 것이니 내 무슨 수로 잠을 편안히 자 보겠소. 아무래도 현덕을 구해 주느니만 못할 것 같소."

하고, 여포는 마침내 주의를 정하고 군사를 점고하여 서주성을 나갔다.

한편 기령은 대군을 영솔하고 장구대진(長驅大進)[1]해서 패현 동남방에 이르러 영채를 세웠다. 낮에는 겹겹이 늘어선 정기(旌旗)로 해서 산천이 다 가려지고 밤이면 횃불을 들고 북을 치니 천지가 진동하고 밤이 낮처럼 밝았다.

현덕은 성내에 군사라고 다만 오천여 명이 있을 뿐이었으나 하는 수 없이 그나마 거느리고 나와 진을 치고 영채를 세웠다.

그러자 홀연 보하되 여포가 군사를 영솔하고 소패에서 한 마장쯤 떨어진 곳으로 와서 서남방에다 하채하였다고 한다. 기령은 여

---

1) 대부대가 승세해서 거침없이 멀리 들어가는 것.

포가 군사를 거느리고 유비를 구원하러 나온 것을 알자 곧 그에게 글월을 보내서 그 무신(無信)함을 책망하였다.

여포는 웃으며

"원씨와 유씨 두 집에서 다들 나를 원망 안 하게 할 좋은 도리가 내게 있어."

하고 즉시 기령과 유비의 영채로 사자를 보내 두 사람을 잔치에 청하였다.

여포가 청한다는 말을 듣고 현덕이 곧 가 보려고 하니, 관우와 장비가 있다가

"형님, 가셔서는 아니 됩니다. 아무래도 여포가 딴 생각을 품고 있는 것 같습니다."

하고 만류한다.

그러나 현덕은

"내가 저를 그다지 박하게 대접하지 않았으니 저도 나를 해치려 들지는 않을 것이야."

하고, 드디어 말을 타고 나섰다. 관우와 장비는 그를 따라갔다.

여포의 영채에 이르러 현덕이 안으로 들어가 여포를 만나 보니, 여포가

"내 이번에 특히 공의 위급한 것을 풀어 드리려고 온 터이니 후일에 뜻을 얻거든 부디 잊지 마오."

한다. 현덕은 그에게 칭사하였다.

여포가 현덕을 자리로 청해 관우와 장비는 각기 칼을 안고 그의 등 뒤에가 모시고 서 있는데 문득 사람이 들어와 보하는 말이 기령이가 왔다고 한다.

현덕이 깜짝 놀라서 곧 몸을 피하려고 하니 여포가

"내 특히 두 분을 청해 함께 의논하려고 그런 것이니 아무 의심 말고 앉아 계시오."

하고 말한다. 현덕은 그의 속을 알 수가 없어서 종시 마음이 불안 하였다.

이때 기령이 말에서 내려 영채 안으로 들어오다가 뜻밖에도 현 덕이 장상에 앉아 있는 것을 보고는 소스라쳐 놀라 몸을 빼 도로 나가려 하였다. 사람들이 붙잡았으나 듣지 않고 나가는 것을 여 포가 쫓아가서 손을 잡아끌어 들이는데 마치 어린아이 다루듯 하 였다.

"장군은 이 기령을 죽이시려는 겝니까."

하고 기령이 물으니

"아니오."

하고 여포가 대답한다. 기령은

"그럼 저 귀 큰 놈을 죽이시려는 겝니까."

하고 재우쳐 묻는다.

"그도 아니오."

"그럼 어떡하실 작정이신가요."

"현덕으로 말하면 내 형젠데 이번에 장군한테 욕을 보게 되었 다기에 내가 구원하러 온 것이오."

"그러면 바로 나를 죽이시겠다는 말씀 아닙니까."

"그럴 법이 어디 있겠소. 나는 평생에 싸움을 좋아하지 않고 오 직 화해 붙이기를 좋아하는 터라 이번에도 두 댁을 위해 화해를 시켜 드리려 하오."

기령이 다시

"대체 어떤 방법으로 화해를 붙이시려나요."

하고 묻는 것을, 여포는

"내게 한 가지 방법이 있는데 그것은 천의(天意)에 맡겨 결단을 받자는 것이오."

하고, 곧 기령을 끌고 장중으로 들어와서 현덕과 서로 보게 하였다. 그러나 두 사람은 다 각기 의심을 품고 서로 꺼렸다.

여포는 기령을 좌편에 현덕을 우편에 앉히고 자기는 한가운데 앉은 다음 좌우에 분부해서 연석을 배설하고 잔을 돌리게 하였다.

술이 두어 순 돌자 여포는 입을 열어

"두 댁에서 이 사람의 낯을 보아 다들 군사를 거두어 돌아가는 것이 어떻소."

하고 한마디 하였다.

현덕은 아무 말이 없고, 기령은

"내가 우리 주공의 분부를 받아 십만 대병을 거느리고 유비를 잡으러 전위해 왔는데 어떻게 그냥 돌아가란 말씀입니까."

하였다.

그 말을 듣자 장비는 대로해서 칼을 쑥 뽑아 손에 들며

"우리가 군사는 적다마는 너희 따위는 아이들 장난같이 아는 터다. 네가 그래 백만 황건적에게 비해 어떠냐. 어딜 감히 우리 형님을 해쳐 보겠다고."

하고 꾸짖었다.

관공이 급히 나서서

"이제 여 장군이 어떻게 조처하시나 보고 그때 각기 영채로 돌

아가 해 보더라도 늦지는 않을 것일세."

하고 말리는데, 여포가

"나는 두 집에 화해를 붙이자고 청한 것이지 서로 싸우라고 청한 게 아니야."

하고 말하였다.

그러나 이편에서는 기령이 분을 참지 못해 푸푸하고 저편에서는 또 장비가 금방이라도 달려들어 해 내려고 벼른다.

여포는 불끈 노해서 좌우더러

"내 화극을 가져 오너라."

하여 화극을 손에 잡아들었다.

기령과 현덕이 모두 낯빛을 변하는데, 여포는

"내가 두 댁에 화해를 권하는 것이 다 천명에 있는 일이오."

하고, 즉시 좌우로 하여금 화극을 갖다 원문(轅門) 밖에다 멀찍이 꽂아 놓게 하고 기령과 현덕을 돌아보며

"원문이 중군에서 상거가 일백오십 보요. 내가 활을 쏘아 만약에 한 살로 화극 작은 가지를 맞히거든 두 댁에서 다들 군사를 거두고 만약에 맞히지 못하거든 각기 영채로 돌아가서 싸울 준비들을 하오. 내 말을 듣지 않는 사람은 내가 합력해서 치겠소."

하였다.

기령은 속으로 가만히 '화극이 일백오십 보 밖에 있는데 화극의 작은 가지를 맞히기가 어디 쉬운 일인가. 우선 응낙이나 해 놓고 제가 맞히지 못하거든 그때 한 바탕 유비를 치면 그만이다'라고 주의를 정하고 선뜻 허락하였다. 일이 이렇게 되니 현덕은 자연 응낙 아니 할 수 없었다.

여포는 다시 좌정하여 술 한 잔씩 더 들게 한 다음에 좌우에 분부해서 활과 화살을 가져오게 하였다.

'부디 맞게 하여 주소서' 하고 현덕이 속으로 은근히 축원을 하는데, 이때 여포는 전포 소매를 썩 걷어 올리고 시위에 살을 먹여 들더니 한 번 힘껏 다리여

"야."

하고 한 소리 외치며 각지(角指) 낀 손을 뚝 떼었다.

활은 마치 가을 달이 중천에 둥실 뜬 듯, 화살은 흡사 흐르는 별이 땅으로 떨어지는 듯, 시위를 떠난 화살이 겨냥한 대로 화극 작은 가지에 바로 들어가 맞히니 장상장하(帳上帳下)의 모든 장교들이 일제히 갈채한다.

후세 사람이 이를 칭찬해서 지은 시가 있다.

온후의 활 재주는 세상에 짝이 없어
살 한 개로 원문에서 남의 급함 구해 주었네.
해를 쏘아 떨어뜨린 후예(后羿)[2]도 가소롭고
잔나비를 울렸다는 양유기(養由基)[3]도 못 당하리.

호근현(虎觔絃) 시위 소리 한 번 크게 일어나며
조우령(雕羽翎) 저 화살이 별똥처럼 흘러가자
바로 맞은 방천화극 표자미(豹子尾)가 흔들흔들

---

2) 하(夏) 시절에 유궁국(有窮國)의 왕으로 활을 잘 쏘았다는 전설적 인물이다. 어느 때 해가 열이 한꺼번에 나와서 쇠와 돌이 다 녹아 흐르게 된 것을 후예가 활로 해 아홉 개를 맞혀 떨어뜨려 무사함을 얻었다는 이야기가 있다. 제13회 주 3) '유궁국 후예' 참조.
3) 춘추시대 초나라 사람으로 활을 잘 쏘았다.

일조에 십만 웅병(雄兵)이 융복(戎服)을 벗었구나.

이때 여포는 한 살에 화극 작은 가지를 맞히고 나자 껄껄 웃으며 활을 땅에 던지고 기령과 현덕의 손을 잡더니

"이것은 하늘이 두 댁으로 하여금 군사를 파하게 하시는 것이오."

하고, 군사를 불러서

"술 가져오너라. 큰 잔으로 한 잔씩 먹어야겠다."

하고 분부하였다.

현덕이 속으로 은근히 참괴해하는데 이때 기령은 한동안이나 묵묵히 있다가, 여포를 보고

"장군의 말씀을 감히 어기지는 못하겠지만 기령이 이대로 돌아가면 우리 주공께서 믿지 않으실 터이니 그 일이 난처하외다."

하고 말하니, 여포는 곧

"내가 글을 써 드릴 테니 그러면 되지 않소."

하고 다시 술을 두어 순 돌렸다.

기령이 여포에게 글을 써 달래서 먼저 돌아간 뒤에, 여포가 현덕을 보고

"내가 아니었다면 공은 위태했소."

하고 공치사를 해서 현덕은 재삼 치사하고 관우 · 장비와 함께 돌아갔다. 이리하여 이튿날 세 곳 군마가 모두 흩어지고 말았다.

현덕이 소패로 들어가고 여포가 서주로 돌아간 이야기는 더 할 것이 없고……

이때 기령이 회남으로 돌아가서 원술을 보고 여포가 원문에서

呂布　　여포

溫侯神射世間稀　　온후의 귀신 같은 활솜씨 세상에 드물어
曾向轅門射戟時　　일찍이 원문에서 화극 향해 쏘았도다
落日果然欺后羿　　해를 떨어뜨린 후예
號猿直欲勝由基　　잔나비 울린 명궁 유기도 당하지 못하리

화극을 쏘아 맞혀 화해 붙인 일을 이야기한 다음에 여포의 서신을 올리니 원술은 대로해서

"여포가 내게서 허다한 양미를 받아먹고도 도리어 이따위 아이 장난 같은 짓을 해서 유비만 돌보아 주려고 하니 내가 한 번 대병을 거느리고 친히 유비도 치고 겸해서 여포도 쳐야만 하겠다."
하고 말하였다.

그러나 기령은 이를 만류하며

"주공께서는 부디 일을 급히 하려 마십시오. 여포가 용력이 과인하고 겸하여 서주 땅을 점거하고 있으니 만약 여포가 유비와 더불어 수미상련(首尾相連)한다면 도모하기가 용이하지 않사오리다. 제가 들으매 여포의 처 엄씨에게 딸이 하나 있어 이미 출가할 나이라고 하옵는데 주공께서는 자제를 한 분 두셨으니 사람을 여포에게 보내서서 청혼을 해 보시지요. 그래서 여포가 제 딸을 주공께로 보내게만 되면 그때는 반드시 유비를 죽일 것이니 이것이 곧 '소불간친지계(疏不間親之計)'[4]라는 것입니다."
하고 계책을 드린다.

원술은 그 말을 좇아서 즉시 한윤으로 중매를 삼아 예물을 가지고 서주로 가서 청혼하게 하였다.

한윤이 서주에 이르러 여포를 보고

"저의 주공께서 장군을 앙모하시어 이번에 영애로 자부를 삼으시고 길이 '진진지의(秦晋之誼)'[5]를 맺으시려 하십니다."

---

4) 가깝지 않은 사람이 남의 가까운 사이를 이간할 수 없다는 인간의 정리를 이용한 계책.
5) 춘추시대에 진(秦)과 진(晋) 두 나라가 대대로 사돈을 맺었던 까닭에, 그 뒤로 혼

하고 말하니, 여포는 안으로 들어가서 아내 엄씨와 이 일을 의논하였다.

원래 여포는 이처일첩을 두었으니 먼저 엄씨에게 장가를 들어서 정처로 들어앉히고 뒤에 초선을 얻어서 첩을 삼았고 다시 소패에 있을 때 조표의 딸에게 장가를 들어 차처로 삼았던 것이나, 조씨는 소생 없이 먼저 죽었고 초선이 역시 생산을 못하였는데 다만 엄씨의 몸에서 딸 하나를 낳아 여포가 가장 사랑하는 터였다.

이날 엄씨가 여포를 대하여

"내가 들으니 원공로가 오래 회남을 웅거하고 앉아 군사도 많고 양식도 많아 머지않아 천자가 되리라고들 하니 만약에 대사만 이루어지고 보면 우리 딸은 후비(后妃)가 될 수도 있겠는데 다만 그가 아들을 몇 형제나 두었는지 모르겠군요."

하고 말하니, 여포가

"단지 하나랍디다."

하고 대답하니, 엄씨는 곧

"그렇다면 곧 허혼을 합시다. 설사 황후가 못 되더라도 우리 서주는 염려가 없을 것이니까요."

한다.

여포는 드디어 뜻을 결단하고 한윤을 후대하여 혼인하기를 허락하였다.

한윤이 돌아가서 원술에게 보하자 원술은 즉시 납폐를 갖추어 다시 한윤을 시켜 서주로 보내왔다. 여포는 납폐를 받고 나서 연

인한 두 집 사이의 가까운 정의(情誼)를 '진진지의'라 혹은 '진진지호(秦晉之好)'라 한다.

석을 배설하여 한윤을 대접한 다음 관역에서 편히 머물러 있게 하였다.

그 이튿날 진궁이 관역으로 한윤을 찾아왔다.

주객 간에 인사가 끝나고 서로 좌정하고 나자 진궁은 곧 좌우를 물리치고 한윤을 대하여

"대체 누가 이 계책을 내서 원공더러 우선 봉선과 사돈을 맺은 다음 유현덕의 머리를 취하라고 합디까."

하고 한마디 던졌다.

한윤은 소스라쳐 놀라 벌떡 자리에서 일어나며 그에게 간곡히 청하였다.

"부디 공대(公臺, 진궁의 자)는 이 말씀을 누설하지 마시오."

"나야 누설하지 않겠지만 다만 일을 질질 끌다가는 반드시 남이 알아차리게 되어 무슨 변이 생기고야 말 것이오."

"그러니 어떻게 했으면 좋겠소. 좋을 도리를 좀 일러 주시오."

"내가 봉선을 보고 당일로 딸을 보내서 혼사를 치르게 하면 어떻겠소."

진궁의 말에 한윤은 입이 벌어져서

"만약에 그렇게만 해 주신다면 원공께서 공의 은덕을 결단코 잊지 않으시리다."

하고 칭사하였다.

진궁이 한윤을 작별하고 나오자 그 길로 여포를 들어 가 보고

"소문에 들으매 장군이 따님을 원공로에게로 보내시기로 하셨다니 매우 좋습니다. 그런데 대체 어느 날로 택일을 하셨는지요."

하고 한 마디 물으니, 여포가

"차차 의논해서 정할까 하오."

한다.

진궁은 말하였다.

"본래 납폐를 받은 뒤로 성혼하기까지 각각 정례(定例)가 있으니 천자는 일 년이요 제후는 반 년이요 대부는 석 달이요 서민은 한 달이지요."

"원공로는 하늘에서 옥새를 내리셔서 머지않아 제위에 오르게 될 것이니 천자의 예를 좇아서 하는 것이 어떻겠소."

"그건 아니 됩니다."

"그러면 그냥 제후의 예대로 할밖에 없겠군."

"그도 아니 됩니다."

"그러면 경대부의 예를 좇아야 하오."

"그도 아니 됩니다."

여포가 웃으며

"그러면 공은 나더러 서민의 예로 하라는 것이오."

하고 물으니, 진궁은 이번에도

"그런 것이 아닙니다."

하고 대답한다.

"그러면 공의 생각에는 어떻게 했으면 좋겠단 말씀이오."

"방금 천하의 제후들이 서로 어우러져 자웅을 겨루는 판인데 이제 장군이 원공로와 사돈을 맺으시면 어찌 제후들 가운데 이것을 샘내는 사람이 없으리라고 장담할 수 있겠습니까. 그러니 만약에 택일을 멀찍이 잡았다가 혹시 대례를 치르는 날 중로에 군사를 매복해 놓고 신부를 빼앗아라도 간다면 어떻게 하시렵니까.

지금 취할 길이란 허락을 안 했다면 모르되 어차피 허락하신 바에는 아직 제후들이 모르고 있는 사이에 바로 따님을 수춘으로 보내셔서 따로 별관에 거처하게 하셨다가 길일을 택해 대례를 치르게 하신다면 만에 하나도 실수가 없을 것이외다."

여포는 듣고 나자 마음에 그러이 여겨

"공대의 말씀이 과연 옳소."

하고, 드디어 안에 들어가서 엄씨에게 말하고 그 밤으로 장렴(妝奩)을 준비하며 보마향거(寶馬香車)를 수습해서 송헌과 위속으로 하여금 한윤과 함께 신부를 배행하게 하니, 일행은 천지가 진동하게 풍악을 울리며 기구 있게 성 밖으로 나갔다.

이때 진원룡의 부친 진규가 집에서 한양(閒養)하고 있는 중에 북소리를 듣고 좌우에 물으니 좌우가 사실대로 고한다.

진규는

"이것은 바로 소불간친지계야. 현덕이 위태하구나."

하고, 드디어 병을 무릅쓰고 여포를 보러 왔다.

"대부가 웬일이시오."

하고 여포가 물어서, 진규가

"장군이 돌아가시게 되었다기에 특히 조상 차로 왔소이다."

하고 대답하니, 여포가 놀라

"아니 어떻게 하시는 말씀이오."

하고 재우쳐 묻는다.

진규는 말하였다.

"전자에 원공로가 금백을 공에게 보내 드리고 유현덕을 죽이려 하였을 때 공은 화극을 쏘아서 화해시켜 주셨소이다. 그런데 이

148

번에 갑자기 와서 공과 사돈을 맺자고 하니 그 속을 캐어 본다면 대개 공의 따님을 볼모로 잡아 놓은 다음 현덕을 치고 소패를 취하자는 것이니 소패가 망하면 서주가 위태합니다. 더구나 제가 혹은 군량을 꾸어라 혹은 군사를 빌려라 해서 공이 만약에 응하려 드신다면 그걸 이루 무슨 수로 당해 내며 또한 남에게 애꿎이 원수만 맺게 될 것이요, 만약에 들어주지 않으신다면 이는 사돈간의 의를 끊고 병화를 일으키게 될 것이외다. 그뿐이 아니라 내 듣건대 원술이 은근히 칭제(稱帝)할 마음을 품고 있다 하니 이는 모반이라 제가 만약 모반하고 보면 공은 바로 역적의 붙이라 어떻게 천하에 용납되기를 바라리까."

여포는 깜짝 놀라

"진궁이 나를 그르쳤군."

하고 급히 장료에게 분부하여 군사를 거느리고 삼십 리 밖까지 쫓아가서 딸을 찾아오게 하였는데 한윤도 함께 잡아오게 해서 감금해 놓고 원술에게는 사람을 보내 전갈을 하게 하되 신부의 장렴이 아직 미비해서 준비가 되는 대로 곧 보내마고 하였다.

진규는 또 여포더러 한윤을 묶어 허도로 보내라고 권하였다. 그러나 여포는 마음에 결단하지 못하고 미뤄 두었다.

그러던 중 홀연 사람이 보하는데

"현덕이 소패에서 군사를 초모하고 말을 사들이고 하니 무슨 뜻인지를 모르겠소이다."

한다.

그러나 여포는

"그야 장수 된 자가 마땅히 해야 할 일인데 괴이할 것이 무엇이냐.”

하고 있는데, 송헌과 위속이 들어와 여포에게 고하는 말이

“저의 두 사람이 명공의 분부를 받고 산동으로 말을 사러 가서 좋은 말 삼백여 필을 사 가지고 돌아오다가 패현 지경에 이르러 강도 떼를 만나서 절반을 겁략당하고 말았소이다. 그런데 알아보았더니 바로 유비의 아우 장비가 산적처럼 꾸미고 나와서 말을 채어 간 것이라는군요.”

한다.

들고 나자 여포는 대로해서 그 즉시 군사를 점고해 가지고 장비와 싸우러 소패로 갔다.

현덕은 이 소식을 듣자 크게 놀라 황망히 군사를 거느리고 나와서 맞았다.

양군이 각기 진을 치고 나자 현덕이 진전에 나서며

“형장은 무슨 까닭에 군사를 거느리고 이곳에 오셨습니까.”

하고 물으니, 여포는 손가락을 들어 그를 가리키며

“내가 원문에서 화극을 쏘아 너의 큰 환난을 구해 주었는데 네어찌해서 내 말을 뺏어 갔느냐.”

하고 꾸짖는다.

현덕은 뜻밖의 말이라 의아해하기를 마지않으며

“제가 말이 부족하기로 사람을 내 보내 사방에서 사들인 일은 있습니다마는 언감 형장의 말을 뺏을 리가 있겠습니까.”

하고 발명을 하였으나, 여포는

“네가 장비를 시켜서 내 좋은 말을 일백오십 필이나 뺏어 갔으면서도 오히려 변명하려 드느냐.”

하고 연해 꾸짖는데, 이때 장비가 문득 창을 꼬나 잡고 말을 달려 나오며

"그래 내가 네 좋은 말을 뺏었다. 그러니 어쨌단 말이냐."

하고 외쳤다.

여포가 화가 나서

"이 고리눈깔 도적놈아. 네가 번번이 나를 깔보는구나."

하고 꾸짖으니, 장비도 지지 않고

"내가 네 말을 좀 뺏었다고 너는 펄펄 뛰면서, 네 이놈, 네놈이 우리 형님의 서주를 뺏은 건 아무 말도 안 하는구나."

하고 대꾸한다.

여포는 화극을 부여잡고 말을 내어 장비를 바라고 달려들었다. 장비가 또한 장팔사모를 꼬나 잡고 그를 맞아서, 두 사람이 한바탕 어우러져 일백여 합을 싸웠건만 승부는 보이지 않았다.

현덕은 장비에게 혹시 실수나 있을까 해서 급히 징을 쳐서 군사를 거두어 성으로 들어갔다. 여포가 군사를 나누어 성을 사면으로 에워쌌다.

현덕은 장비를 불러서 책망하며

"도시 네가 남의 말을 뺏어 왔기 때문에 이런 사단이 생긴 것이다. 대체 말들은 지금 어디 두었느냐."

하고 물으니, 장비가

"각 사원에 맡겨 두었소."

한다.

현덕은 곧 사람을 성에서 내어 보내 여포의 영채로 가서, 말을 다 돌려낼 줄 테니 서로 군사를 파하자고 청하게 하였다. 여포는

그 청을 들어주려고 하였다. 그러나 진궁이 있다가

"이번에 유비를 죽이지 않았다가는 일후에 반드시 해를 입게 될 것입니다."

하고 말해서, 여포는 마침내 그 말을 좇아서 유비의 청을 물리치고 더욱 성을 급히 쳤다.

현덕이 미축과 손건과 더불어 의논하니, 손건이

"조조가 미워하는 것이 여포입니다. 아무래도 성을 버리고 허도로 가서 조조를 찾아보고 군사를 빌려 여포를 치는 것이 상책일 것 같습니다."

하고 말한다.

"누가 앞을 서서 포위를 깨뜨리고 나가 볼꼬."

하고 현덕이 묻자, 장비가

"내가 한 번 죽기로써 싸워 보겠소."

하고 나선다.

현덕이 장비로 앞을 서게 하고 운장으로 뒤를 따르게 한 다음에 자기는 가운데서 늙은이와 어린이들을 보호하며 이날 밤 삼경에 달빛을 띠고 북문을 나서서 달아났다.

송헌과 위속이 앞을 막고 달려들었으나 익덕이 한바탕 싸워서 쳐물리고 드디어 겹겹이 둘린 포위를 뚫고 나갔다. 뒤에서 장료가 쫓아왔으나 관공이 그를 막아 물리쳤다.

여포는 현덕이 도망해 가는 것을 보고는 굳이 뒤를 쫓으려 아니 하고 성으로 들어가서 백성을 안무한 다음 고순으로 하여금 소패를 지키게 하고 자기는 도로 서주로 돌아가 버렸다.

한편 현덕은 허도로 가자 성 밖에 하채한 다음, 먼저 손건을 들여보내서 조조를 찾아보고 여포의 핍박을 받아 특히 몸을 의탁하러 왔다는 뜻을 전하게 하였다.

조조는

"현덕은 곧 내 형제요."

하고 그에게 성으로 들어와서 만나 보기를 청하였다.

그 이튿날 현덕은 관우와 장비를 성 밖에 남겨 두고 손건과 미축을 데리고 들어가서 조조를 만나 보았다. 조조는 상빈의 예로 현덕을 정중히 대접하였다.

현덕이 여포의 일을 자세히 이야기하니, 조조가

"여포는 본디가 의리 없는 무리이니 내 아우님과 힘을 합해서 주멸해 버리겠소."

하고 말하였다.

현덕은 재삼 사례하고, 조조가 연석을 배설하여 극진히 대접해서 날이 저물어서야 밖으로 물러나왔다.

이때 순욱이 들어와서 조조를 보고

"유비는 영웅입니다. 이제 빨리 도모하지 않았다가는 반드시 후환이 될 것이오."

하고 말하였다. 조조는 그 말에 대꾸를 하지 않았다.

순욱이 나가자 곽가가 들어왔다. 조조가 그를 보고

"순욱이 나더러 현덕을 죽이라고 권하는데 어떻게 하리까."

하고 물으니, 곽가가 그 말에

"그는 옳지 않습니다. 주공께서 의병을 일으켜 백성을 위해 포학한 무리를 소탕하려 하시는 바에는 오직 신의로써 준걸(俊傑)들을 부르셔야 할 것이니 오히려 저들이 아니 오지나 않을까 두려워하셔야 마땅할 일이겠습니다. 현덕으로 말하면 전부터 영웅 소리를 들어오는 사람으로서 이제 형세가 궁해서 주공을 찾아온 것이니 만약에 그를 죽인다면 이는 어진 사람을 해하는 것이라 천하의 지모 있는 사람들이 이 소문을 들으면 마음에 의혹을 품어 아무도 오려 들지를 않을 터이니 주공께서는 대체 누구와 더불어 천하를 정하시겠습니까. 이는 한 사람의 근심거리를 덜자고 온 천하의 소망을 막아 버리는 것이니 안위의 기틀을 살피지 않으셔서는 아니 됩니다."

하고 대답한다.

조조는 듣고 크게 옳은 말이라 느껴

"그대 말이 바로 내 마음과 같소."

하고, 그 이튿날 바로 그는 표문을 올려 유비로 예주목(豫州牧)을 삼았다.

이를 보고 다시 정욱이 나서서

"유비는 종내 남의 밑에 있을 사람이 아니니 일찍이 도모하시느니만 못할 것 같습니다."

하고 간하였으나, 조조는

"방금 영웅을 써야 할 때에 한 사람을 죽이므로 해서 천하 모든 사람의 마음을 잃어서는 아니 되는 것이니, 이는 곽봉효도 나와 같은 의견이오."

하였다.

드디어 조조는 정욱의 말을 듣지 않고 군사 삼천과 군량 일만 곡을 현덕에게 보내 주고 예주에 도임하여 소패로 나아가 군사를 둔친 다음에 흩어진 군사들을 불러 모아 여포를 치게 하매, 그때에 이르러 자기도 몸소 군사를 거느리고 가서 접응하마 하였다.

그러나 조조가 바야흐로 군사를 일으켜 친히 여포를 치러 가려고 할 때 홀연 유성마가 보하되

"장제가 관중으로부터 군사를 거느리고 나와서 남양을 치던 중에 흐르는 화살에 맞아서 죽었사옵고, 장제의 조카 장수(張繡)가 대를 이어서 그 무리를 거느리고 가후로 모사를 삼으며 형주 유표와 손을 잡아 군사를 완성(宛城)에 둔치고 있사온데 장차 군사를 일으켜 궁궐을 범하고 거가를 겁략하겠다 하옵니다."
한다.

조조는 대로하여 곧 군사를 일으켜 그를 치러 가려 하였다. 그러나 조조는 여포가 혹시 허도를 엄습하지나 않을까 걱정되어 순욱에게 계책을 물었더니, 순욱의 말이

"이는 쉬운 일입니다. 여포는 꾀가 없는 자라 이(利)를 보면 반드시 좋아할 것이니, 명공께서는 서주로 사자를 보내서 여포에게 벼슬을 높이고 상을 내리시며 또 현덕과 화해하라고 이르십시오. 여포가 좋아하고 보면 원대한 생각은 아니 하게 될 것입니다."
한다.

조조는

"거 참, 좋은 말이오."
하고, 드디어 봉군도위(奉軍都尉) 왕측(王則)을 시켜 관고(官誥)와 화해를 권하는 서신을 가지고 서주로 떠나게 하였다.

그런 연후 그는 한편으로 군사 십오 만을 일으켜 친히 장수를

치러 나서는데 군사들을 세 길로 나누어 나가게 하고 하후돈으로 선봉을 삼았다.

조조의 군마가 육수(淯水)에 이르러 하채하자 가후는 장수를 보고

"조조의 병세가 커서 대적할 수 없으니 군사들을 다 데리고 항복하느니만 못할까 보이다."

하고 권한다.

장수는 그 말을 좇아 가후를 조조의 영채로 보내 항복할 뜻을 전하게 하였다.

조조는 가후의 응대하는 품이 흐르는 물처럼 거침없는 것을 보고 심히 사랑해서 자기가 두고 모사로 쓰려 하였다.

그러나 가후는

"제가 전일에 이각을 섬김으로 해서 천하에 죄를 지었고, 이제 장수의 수하에 있어 제가 하는 말은 다 들어주고 제 계책은 다 써주는 터이니 차마 버릴 수가 없나이다."

하고 말하며, 조조에게 하직을 고하고 돌아갔다.

그 이튿날 장수가 가후를 따라서 조조를 보러 왔다. 조조는 그를 심히 융숭하게 대접한 다음 군사를 거느리고 완성으로 들어가서 주둔하고 나머지 군사들은 성 밖에 나누어 둔쳐 두었는데 채책이 십여 리에 연하였다. 그로부터 수일을 연하여 장수는 매일 연석을 배설하여 놓고 조조를 청해 갔다.

그러자 하루는 조조가 술이 취해 침소로 들면서 좌우에 있는 무리에게 가만히

"이 성 안에 기녀가 있느냐."

하고 물었다.

이때 조조의 형의 아들 조안민(曹安民)이 마침 곁에 있다가 벌써 조조의 뜻을 짐작하고 가만히 대답하는 말이

"간밤에 제가 관사 곁을 지나다가 우연히 안을 엿보니 한 부인이 있었는데 가히 경국지색이 있기로 물어보니 그게 바로 장수의 삼촌 장제의 아내랍니다."

한다.

조조는 듣고 나자 곧 조안민더러 갑병 오십 명을 거느리고 가서 데려오라고 하였다.

조금 뒤 조안민은 한 여인네를 군중으로 데려왔다. 조조가 보니 과연 인물이 아름답다. 성을 물으니

"첩은 장제의 아내 추씨(鄒氏)예요."

하고 대답한다.

조조는 다시 말을 건네었다.

"부인은 내가 누군지 아시오."

하니, 여인은 조조를 말끄러미 바라보다 아미를 들어

"예, 승상의 위명을 듣자온 지 오랜데 오늘 밤에 이렇게 만나 뵈니 이만 다행이 없습니다."

한다.

조조가 간살 좋게 웃으며

"내가 부인을 생각해서 특히 장수의 항복을 받아 주었소. 그렇지 않으면 멸족을 해 버렸을 것이오."

하니, 추씨는 다소곳이 절을 하며

"꼭 죽을 뻔한 목숨을 살려 주셨으니 참으로 감격하여이다."

하였다.

조조가 다시

"내가 오늘 부인을 만나기 실로 천행이오. 오늘밤 나하고 침석을 같이한 다음 나를 따라 허도로 돌아가 편안히 부귀를 누리는 것이 어떠하오."

하고 물으니, 추씨는 절을 하며 사례하였다.

이날 밤 두 사람이 장중에서 함께 자는데, 추씨가

"이대로 오래 성중에 머물러 있다가는 필시 장수도 의심을 하게 될 뿐더러 또한 남들의 입이 무섭군요."

하고 말해서, 조조는

"내일부터 부인과 함께 영채로 나가 지내기로 하겠소."

하고 대답하였다.

이튿날 조조는 성 밖으로 나가 거처하기로 하는데 전위를 불러서 중군장(中軍帳)[6] 방 밖에서 숙위하게 하되 다른 사람은 조조가 부르기 전에는 일절 함부로 들어오지 못하게 엄명을 내렸다.

이로 인해 안팎이 서로 통하지 못하게 되어 버렸는데 조조는 매일 추씨와 더불어 온갖 재미를 다 보면서 도무지 돌아갈 생각은 하지도 않고 있었다.

이때 장수의 집 사람 하나가 가만히 이것을 장수에게 알려 주었다. 장수가 노해서

"조조 도적놈이 나를 이처럼 욕줄 법이 있나."

하고 곧 가후를 청해다가 의논하니, 가후가

"이 일은 누설해서는 아니 됩니다. 내일 조조가 장중에 나와 일

---

6) 군대의 주장(主將)이 있는 본진.

을 의논할 때 이리이리 하시는 것이 좋겠습니다."

하고 계책을 일러 준다.

이튿날 조조가 장중에 나와 좌정하자, 장수가 들어가서

"새로 항복한 군사들 가운데 도망하는 자들이 많으니 중군에다 옮겨 두었으면 합니다."

하고 말하였다.

조조가 이를 허락해서 장수는 곧 저의 수하 군사들을 중군에다 옮겨 네 영채로 나누어 놓고 기일을 정해 거사하기로 하였다.

그러나 다만 전위의 용맹이 두려워 졸연히 접근할 수가 없다. 장수는 마침내 편장(偏將) 호거아(胡車兒)와 의논하여 보았다. 이 호거아란 사람은 힘에 세서 능히 오백 근을 지고 하루에 칠백 리를 가는 이인(異人)이었다.

이때 호거아가 장수에게 계책을 드리는데

"전위가 무섭다는 것은 단지 쌍철극을 쓰기 때문입니다. 주공은 내일 그를 청해다가 술을 먹이시되 만취가 되게 해서 돌려보내시면 그때 제가 바로 군사들 틈에 섞여 장방(帳房)으로 몰래 들어가 먼저 철극을 훔쳐내겠습니다. 그래만 놓으면 이 사람도 하나 무서울 것이 없습니다."

하고 말한다.

장수는 심히 기뻐하며 미리 궁전(弓箭)과 갑병을 준비해 놓고 각 영채에 두루 알리게 하였다.

정한 날짜에 이르자 장수는 가후를 시켜 전위에게 자기의 뜻을 전하게 하고 영채로 청해다가 은근히 술대접을 하였다.

전위는 어두워서야 술이 취해 가지고 돌아갔는데 이때 호거아는 여러 사람들 틈에가 끼어 바로 대대(大隊) 안으로 들어갔다.

이날 밤 조조가 장중에서 추씨와 술을 마시고 있노라니 홀연 장막 밖에서 사람들의 말소리와 말 우는 소리가 들려왔다. 조조가 사람을 내 보내서 알아보게 하였더니 돌아와서 보하는 말이

"장수의 군사가 야순(夜巡)을 돌고 있답니다."

한다. 조조는 조금도 의심하지 않았다.

그러자 이경이 거의 되었을 때 문득 영채 안에서 여러 사람의 고함소리가 일어나며 마초를 실은 수레에 불이 났다고 보한다. 조조가

"군사들이 잘못해서 불을 낸 게다. 놀라지들 말고 어서 불을 잡으라 일러라."

하고 앉았는데 뒤미처 사면에서 불길이 솟는다. 조조는 그제야 당황해서 급히 전위를 불렀다.

한편 전위는 한창 술에 취해서 자고 있는 판인데 문득 꿈결에 징소리 · 북소리 · 고함소리가 소란하게 들려와서 벌떡 자리에서 뛰어 일어났으나 아무리 찾아보아도 쌍극이 보이지 않는다. 이때 적병은 이미 원문 앞까지 와 있었다.

전위는 급히 보졸이 허리에 차고 있는 칼을 뽑아 손에 들었다. 무수한 군마가 저마다 장창을 뻗쳐 들고 원문으로 해서 대채 안으로 짓쳐 들어오고 있었다.

전위는 힘을 뽐내어 앞으로 마주 나가며 연달아 이십여 명을 찍어 넘어뜨렸다.

마군이 겨우 물러가자 이번에는 보군이 또 아우성을 치며 달려드는데 양편에 창들이 갈대숲처럼 늘어섰다.

전위는 몸에 편갑을 두르지 않아 전신에 수십 군데나 창을 맞았건만 그 자리를 떠나지 않고 죽기로써 싸웠다.

칼이 온통 이가 빠져 쓸 수가 없게 되자 전위는 곧 칼을 버리고 한 손에 하나씩 군사 둘의 덜미를 잡고 적을 막는데 팔구 명을 밀어내니 다른 도적들이 감히 가까이 대들지 못하고 다만 멀리서 활들을 쏘아 화살이 사뭇 소낙비 쏟아지듯하였다.

그래도 전위는 오히려 죽기로써 채문을 막고 있었는데 이를 어찌하랴, 이때 적군이 이미 영채 뒤로 쳐들어와서 전위는 등에 또 창을 한 번 맞아 큰 소리로 두어 마디 부르짖고는 땅에다 흥건하게 피를 흘리고 마침내 쓰러졌다.

그러나 그가 죽은 지 한동안이 지나도록 한 사람도 감히 앞문으로 들어오는 자가 없었다.

한편 조조는 전위가 채문을 막고 있는 사이에 영채 뒤로 해서 말을 타고 도망하는데 다만 조안민 하나가 맨 발로 뒤를 따를 뿐이었다.

이때 조조는 오른팔에 화살 하나를 맞고 그가 탄 말도 세 군데나 화살을 맞았건만 원체 그 말이 대완 땅의 양마(良馬)라서 상처를 입어 아프니 뛰는 게 더 빨랐다.

달리고 달려 거의 육수 강변에 이르렀을 때 적병이 쫓아와서 조안민은 어지러이 칼을 맞고 무참하게 죽었다.

조조는 급히 말을 몰아 물결을 헤치고 강을 건넜는데, 간신히 언덕에 오르자 적병이 쏜 화살이 바로 말의 눈에 들어맞아 말은 털썩 땅에 쓰러지며 그대로 죽고 말았다.

말이 쓰러지는 바람에 그대로 땅에 동댕이쳐진 조조는 얼른 쓰러진 말을 방패삼아 강 건너를 살폈다. 무수한 횃불이 강물을 비추는데, 누군지 필마단기로 쏟아지는 화살 속에서 이쪽을 향해 움직이는 것이 있다. '누군가 쫓기고 있구나. 헌데 나는 어디로 가야 하느냐' 하고 생각하며 몸을 일으키는데,

"아버님."

하고 뒤에서 숨차게 부르는 소리가 있어 돌아보니 자신의 맏아들 조앙(曹昻)이 아니던가.

"너 앙이 아니냐."

그러는 중에 뭍에 오른 조앙은 급히 말에서 뛰어내리며

"어서 타십시오. 저들이 곧 강을 건널 것입니다."

하며 울부짖는데, 조조가

"너는 어떡하련."

하니, 물초가 된 조앙이

"소자 걱정은 마시고 어서 이곳을 벗어나셔야 하옵니다."

한다.

그러나 조앙이 말을 채 마치기도 전에 어둠을 뚫고 날아온 한 대의 화살이 조앙의 등으로부터 왼쪽 가슴을 꿰뚫으니 조조의 맏아들 조앙은 그대로 죽고 말았다.

조조는 눈물을 흘리며 말에 올라 마침내 적의 추격에서 벗어나고, 길에서 여러 장수들을 만나 남은 군사들을 수습하였다.

이때 하후돈이 거느리는 청주 군사들이 승세하여 지나는 마을마다 들어가 분탕질을 하는데 그 피해가 극심하였다. 평로교위 우금이 이를 보자, 곧 본부병을 지휘하여 길에서 그들을 보는 대

로 잡아 죽이고 촌민들을 안무하였다.

우금의 군사들을 피해 도망을 한 청주 군사들은 저들의 죄가 탄로날까 두려워 조조를 보고 땅에 엎드려 울면서, 우금이 모반해서 청주 군마를 죽였다고 거짓으로 고하였다.

조조는 크게 놀라 뒤미처 당도한 하후돈·허저·이전·악진 등에게 곧 우금이 모반을 했다니 군사를 정돈해서 막도록 하라고 분부하였다.

이때 우금은 조조의 무리가 모두 당도한 것을 보자 곧 군사를 지휘하여 진터를 잡고 참호를 파고 영채를 세웠다.

이를 보고 순욱이

"청주 군사들이 장군께서 모반했다고들 말하고 있으니 이제 승상께서 오셨는데 왜 변명을 하려고는 아니 하시고 영채부터 세우십니까."

하고 말하였으나, 우금은

"이제 적의 추병이 뒤에 있으니 불시에 곧 들이닥칠 형편인데 만약에 준비를 해 두지 않는다면 무엇으로 적을 막느냐. 변명하는 것은 작은 일이요 적을 물리치는 것은 큰 일이다."

하고 대답하였다.

막 영채를 다 세우고 났을 때 장수의 군사가 두 길로 나뉘어 쳐들어왔다.

우금 이 앞을 서서 영채에서 나가 적을 맞으니 장수가 급히 군사를 뒤로 물린다. 좌우의 여러 장수들은 우금이 앞으로 나가는 것을 보자 저마다 군사를 거느리고 내달아 쳤다.

장수의 군사는 대패하였다. 조조의 군사는 그 뒤를 몰아치며 백여 리나 쫓아갔다. 장수는 아주 곤경에 빠져 버려 마침내 패병을 거느리고 유표에게로 가 버렸다.

조조가 군사를 거두고 장수들을 점고할 때 우금이 들어와서 그를 보고

"청주 군사가 함부로 노략질을 해서 백성의 원망이 대단하기에 제가 수하 본부병에게 일러 이런 못된 짓을 하는 놈을 보는 대로 죽이라고 하였습니다."

하고 자세히 자초지종을 이야기하니, 조조가

"내게 그런 얘기를 안 하고 먼저 영채부터 세운 것은 무슨 까닭이오."

하고 묻는다.

우금이 앞서 순욱에게 말한 대로 대답하자 조조는

"장군이 총망 중에도 능히 군사를 정돈하여 방비를 든든히 하고 남이야 비방하거나 말거나 수고를 아끼지 않고 마침내 패전을 승전으로 돌려 놓았으니 비록 옛날의 명장이라 할지라도 어찌 이보다 더하겠소."

하고 그에게 금기(金器) 한 쌍을 내리고 익수정후(益壽亭侯)를 봉하고, 군사를 엄하게 다스리지 못한 하후돈의 죄를 책망하였다.

그리고 조조는 다시 제물을 차려 전위의 제사를 지내 주는데 자기가 친히 곡을 하며 영전에 잔을 올린 다음, 여러 장수들을 돌아보고

"내가 큰아들과 조카아이를 잃었어도 다 그다지 애통해하지 않고 유독 전위를 위해 이렇듯 통곡을 하오."

하고 말하니, 여러 사람이 다 감탄하였다. 조조는 그 이튿날 영을

내려 회군하였다.

조조가 허도로 회군한 이야기는 할 것이 없고…….

한편 왕측은 조서를 받들고 서주로 갔다. 그는 여포의 영접을 받아 부중으로 들어가자 그에게 조서를 읽어 들려주고 여포를 봉해서 평동장군(平東將軍)을 삼고 특히 인수(印綬)를 내린 다음 다시 조조의 사신(私信)을 내주었다. 그리고 왕측은 여포 면전에서 조공이 그를 심히 공경하고 있다는 말을 입에 침이 없이 하였다.

여포가 듣고 크게 기뻐하는데 홀연 원술에게서 사람이 왔다고 보한다. 여포가 곧 불러들여서 물어보니 사자가 하는 말이

"원공께서 수이 황제의 위에 오르려 하시며 곧 동궁(東宮)을 세우시려, 영애를 회남으로 모셔 가려고 왔습니다."
한다.

여포는 대로하여

"반적이 어찌 감히 이럴 수가 있단 말이냐."
하고 드디어 사자를 죽이고, 한윤을 항쇄족쇄(項鎖足鎖)[7]한 다음 진등에게 사은하는 표문을 주어 한윤을 압령해 가지고 왕측과 함께 허도로 올라가서 사은하는 한편, 조조에게 답서를 보내 제게 서주목을 제수해 달라고 청하였다.

조조는 여포가 원술과 파혼해 버린 것을 알고 크게 기뻐하며, 드디어 한윤을 거리에 내어다 베었다.

진등이 조조를 보고

"여포는 시랑 같은 무리외다. 용맹은 하나 꾀가 없고 거취를 경

___
7) 항쇄는 목에 씌우는 칼, 족쇄는 발에 채우는 착고. 옛날에 중죄인에게 이러한 형벌을 가하였다.

솔히 하니 일찍 도모하시는 것이 좋겠습니다."

하고 말하니, 조조가

"나도 여포가 위인이 탐욕하고 흉포해서 참으로 오래 두고 기르기가 어려운 줄을 전부터 알고 있소. 그러나 공들 부자분이 아니고는 그 실정을 알아낼 길이 없으니 공은 부디 나를 위해서 힘을 써 주오."

하고 당부하니 진등은

"승상께서 만약 군사만 동하시면 제가 곧 내응하겠습니다."

하고 대답하였다.

조조는 기뻐서 진규에게 봉록 이천 석을 주고 진등으로 광릉태수를 삼았다.

진등이 하직을 고하자, 조조는 그의 손을 잡고

"동쪽 일은 다 공에게 부탁했소."

하고 말하였다.

진등이 머리를 끄덕여 응낙하고 서주로 돌아와서 여포를 보니, 여포가 일이 어찌 되었느냐고 묻는다.

진등이

"우리 가친은 녹을 받으시고 나는 태수가 되었소이다."

하고 대답하니, 여포가 대로하여

"네가 내 앞으로 서주목을 구해 주려 아니 하고 그래 너희들만 작록을 얻어 가졌단 말이냐. 너의 아버지가 나더러 조공과 손을 잡고 공로와는 파혼을 해 버리라고 했는데 이제 내가 구하는 것은 종내 하나도 얻지 못하고 너의 부자만 모두 현귀(顯貴)해졌으니 너의 부자가 나를 판 게 아니고 무엇이냐."

하며 드디어 칼을 뽑아들고 그의 목을 치려고 한다.

진등은 껄껄 웃고 말하였다.

"장군은 어째서 그리 사리에 밝지가 못하십니까."

"내가 어째서 못하단 말이냐."

"내가 조공을 보고서 '장군을 기르는 것이 흡사 범을 기르는 것 같아서 늘 배가 부르게 먹여 놓아야지 배를 채워 주지 않으면 사람을 뭅니다' 했더니 조공이 웃으며, '공의 말은 당치 않소. 나는 온후 대하기를 매 기르듯 하오. 여우와 토끼가 아직 없어지지 않았는데 어떻게 매를 배불리 먹인단 말이오. 매란 주리면 쓸모가 있지만 배가 부르고 보면 날아가 버리는 게요' 하고 말하길래, 내가 있다가 '누가 대체 여우와 토낍니까' 하고 물었더니 조공의 말이 '회남의 원술, 강동의 손책, 기주 원소, 형양(荊襄) 유표, 익주 유장(劉璋), 한중(漢中)의 장로(張魯)가 다 여우요 토끼가 아니오' 합디다."

듣고 나자 여포는 칼을 내던지고 웃으면서

"조공이 나를 아는군."

하였다.

이렇듯 이야기하고 있을 때 홀연 보하는 말이 원술이 군사를 일으켜 서주를 치러 온다고 한다. 여포는 그 말을 듣고 낯빛이 변하였다.

진진지의를 맺으려다 오월(吳越)[8]이 되어 싸우는가.

---

8) 춘추시대의 오(吳) 월(越) 두 나라를 말한다. 서로 원수를 맺은 나라로서 사이가 좋지 않기로 유명하여 '오월동주(吳越同舟)'라는 문자도 여기서 나왔다.

혼인을 하자더니 군사를 끌고 들어오네.

필경 뒷일이 어찌 되려는고.

원공로는 칠로로 군사를 일으키고
조맹덕은 세 곳의 장수들을 모으다

| *17* |

이때 회남에서 원술은 제가 거느리는 지방이 넓고 양식이 넉넉한데다가 또한 손책에게서 전당잡은 옥새가 있어서 드디어 제호(帝號)를 참칭할 뜻을 품고 여러 사람을 모은 다음 입을 열어

"옛적에 한 고조는 불과 사수(泗水) 가의 일개 정장(亭長)으로서 드디어 천하를 수중에 거두었는데, 이제 사백 년을 지내 오는 사이에 기수가 이미 다해서 국내가 물 끓듯 하는 형편이오. 내 집으로 말하면 사세삼공으로 백성이 다 추앙하는 바라, 내 이제 천의와 인심에 순응해서 대위(大位)를 정하고자 하니 그대들은 어떻게 생각하오."

하고 물었다.

주부(主簿) 염상(閻象)이 나서며

"불가합니다. 옛적 주나라의 후직(后稷)[1]은 덕을 쌓고 공을 많이

세워 문왕(文王)²⁾ 대에 이르러는 천하의 삼분의 이를 차지하였건
만 오히려 은나라를 섬겼습니다. 명공의 가문이 비록 귀하시다고
는 하지만 아직 주나라만큼 흥황하시다고는 못하겠고 한실이 비
록 쇠했다고는 하지만 아직 은나라의 주왕(紂王)³⁾처럼 포학하다고
는 못하겠으니 이 일은 결단코 행하셔서는 아니 되오리다."

하고 간한다.

원술은 노하여

"우리 원씨가 본래 진(陳)⁴⁾에서 나왔으니 진은 바로 대순(大舜)의
후예요. 토(土)로써 화(火)를 이으니 바야흐로 그 운수에 응했고 또
비기에 이르기를 '한나라를 대신할 자는 마땅히 도고(塗高)'라 하
였는데 내 자가 공로(公路)라 바로 그 비기에도 응했소. 거기다 또
한 전국옥새를 가지고 있으니 만약에 임금이 되지 않는다면 이는
천도를 배반하는 것이라, 내가 뜻을 이미 결단했으니 다시 여러
말을 하는 자는 참하겠소."

한다.

---

1) 주나라의 시조인 기(棄)를 가리켜 말하는 것이나, 본래 '후직'이란 순임금 때 농사
일을 다스리던 벼슬의 이름이다. 기가 그 벼슬을 하였기 때문에 마침내 그의 이름
처럼 되어 버렸다. 그로부터 십오 대를 내려와 무왕에 이르러 드디어 천하를 얻게
되었다.

2) 성은 희(姬), 이름은 창(昌)으로 무왕의 아버지이다. 본래 은나라의 제후로 주왕
(紂王) 때 기산(岐山) 아래 도읍하여 어진 정사를 베풀매 많은 제후들이 그에게 왔
다. 한때 남의 참소를 입어 유리옥(羑里獄)에 갇힌 일이 있었으나 뒤에 놓여나와 서
백(西伯)이 되고 풍(豊)에 천도하여 마침내 천하의 삼분의 이를 차지하였는데 아들
무왕이 천자의 위에 오르자 추존을 받아 문왕이 되었다.

3) 은나라 최후의 천자. 하(夏)의 걸왕(桀王)과 더불어 포학무도하기로 역사상 이름
이 높다. 주 무왕의 손에 멸망당하였다.

4) 춘추시대의 나라 이름. 순임금의 자손 위만(嬀滿)의 봉지(封地).

그리고 드디어 연호를 중씨(仲氏)라 하고 대성(臺省)[5] 등의 관직을 두며 용봉련(龍鳳輦)을 타고 남북교(南北郊)[6]에 가 제를 지냈다.

또한 그는 풍방녀(馮方女)로 황후를 봉하고 아들로 동궁을 삼은 다음에 사자를 보내 여포의 딸을 데려다가 동궁비를 삼으려 하였다. 그러나 들으니 여포가 이미 한윤을 묶어 허도로 보내, 마침내 조조의 손에 참을 당했다고 한다.

원술은 대로해서 드디어 장훈으로 대장군을 삼아 이십여만 대군을 통령하고 칠로로 나뉘어 서주를 치게 하니, 제일로는 대장 장훈이라 가운데 있고, 제이로는 상장 교유라 좌편에 있고, 제삼로는 상장 진기(陳紀)라 우편에 있고, 제사로는 부장 뇌박이라 좌편에 있고, 제오로는 부장 진란이라 우편에 있고, 제육로는 항장 한섬이라 좌편에 있고, 제칠로는 항장 양봉(楊奉)이라 우편에 있다.

이들이 각기 부하 건장들을 거느리고 기한을 정하고 떠나는데, 원술이 연주자사 김상(金尙)으로 태위를 삼아서 칠로의 전량(錢糧)을 감운(監運)하게 하였더니 김상이 명령에 복종하지 않는다. 원술은 그를 죽여 버리고 기령으로 칠로 도구응사(都救應使)를 삼고, 자기는 친히 군사 삼만을 거느리고서 이풍(李豊)·양강(梁剛)·악취(樂就)로 최진사(催進使)를 삼아 칠로의 군사들을 접응하기로 하였다.

여포가 사람을 보내 적의 정형을 탐지해 오게 하였더니, 장훈의 일군은 대로로 해서 바로 서주를 향하여 들어오고, 교유의 일

---

5) 한나라 때의 상서성(尙書省)을 말한다.
6) 옛적에 천자가 신령에게 복을 비는데 남교(南郊)에 가서는 하늘에 제를 지냈고 북교(北郊)에 가서는 땅에 제를 지냈다.

군은 소패를 향해서 들어오고, 진기의 일군은 기도(沂都)로 들어오고, 뇌박의 일군은 낭야(琅琊)로 들어오고, 진란의 일군은 갈석(碣石)으로 향하고, 한섬의 일군은 하비(下邳)로 향하고, 양봉의 일군은 준산(浚山)을 바라고 오는데 칠로 군마가 하루에 오십 리씩 행군하여 길에서 촌과 마을을 겁략하며 들어오고 있다 한다.

여포는 크게 놀라 일을 의논하러 급히 모사들을 불렀다. 진궁과 진규 부자가 다 왔는데 진궁이 대뜸

"서주의 화는 진규 부자가 불러온 것입니다. 곧 이 사람들이 조정에 아첨해서 저희는 작록을 구하고 오늘날 화는 장군에게 들씩운 것이니 두 사람의 머리를 베어 원술에게 바친다면 그 군사가 제풀에 물러갈 것입니다."

하고 말하였다.

여포가 그 말을 듣고 즉시 진규와 진등을 잡아내리라고 영을 놓으니, 진등이 낯빛 하나 변치 않고 껄껄 웃으며

"어찌 이리 겁이 많으십니까. 나는 칠로병을 일곱 무더기 썩은 풀로밖에는 아니 보는 터이니 개의할 것이 무엇입니까."

하고 큰소리를 친다.

여포가 말하였다.

"네가 만약 계책을 써서 적을 깨뜨린다면 내 너의 죽을죄를 용서해 주마."

진등이 다시 입을 열기 전에 이번에는 그의 아비 진규가 말을 낸다.

"장군이 만약 이 사람의 말대로만 하시면 서주는 아무 염려가 없을 것입니다."

"어디 말을 해 보오."

하니, 진규가 다시 말한다.

"원술의 군사가 비록 많다고 하지만 다 오합지졸이라 서로 믿지들을 못하는 터이니 우리가 정병(正兵)으로 지키고 기병(奇兵)[7]을 내어 치면 성공하지 못할 것이 없을 게요. 내게 또 계책이 하나 있으니 그대로 하면 서주만 보전할 수 있는 것이 아니라 원술을 생금할 수도 있을 것입니다."

여포가

"대체 어떤 계책이오."

하고 묻자, 진등은 곧

"한섬과 양봉으로 말하면 본래 한조(漢朝)의 옛 신하들로 조조가 두려워서 달아났다가 몸을 의탁할 곳이 없어 잠시 원술에게 돌아간 사람들입니다. 원술이 필시 그들을 중히 알지 않을 것이고 이들도 역시 원술을 위해 일하기를 즐겨하지 않을 것이니, 만약에 그들에게 은밀히 글월을 보내 그들과 맺어 내응을 삼고 거기다 유비와 손잡아 외원을 삼는다면 반드시 원술을 사로잡을 수 있을 것이외다."

하고 계책을 드렸다.

여포가 듣고 나서 고개를 끄덕이더니 진등 돌아보며

"그러면 공이 한 번 한섬과 양봉에게 가서 친히 글을 전하도록 하오."

하여 진등은 응낙하였다.

---

7) 불의에 적을 습격하는 군사.

여포는 곧 표문을 닦아서 허도로 올려 보내고 다시 글월을 써서 예주에 띄운 다음 진등에게 분부하여 종자 서너 명을 거느리고 앞서 하비 노상에 나가 한섬을 기다리게 하였다.

한섬이 군사를 거느리고 와서 하채하고 나자 진등이 진중으로 들어가서 한섬을 찾았다. 뜻밖에 사람이 찾아온 것을 괴이하게 생각하여 한섬이 진등에게

"그대는 여포 수하 사람인데 이곳에는 무슨 일로 왔는고."

하고 묻는다.

진등이 웃으며

"나로 말하면 대한 공경인데 어째서 여포 수하 사람이라 하십니까. 장군이야말로 전일 한조의 신하였던 분이 오늘날 도리어 역적의 신하가 되어 그 전날 관중에서 보가(保駕)하시던 공로를 오유(烏有)로 화하게 하였으니 이는 실로 장군을 위하여 취할 바가 아니외다. 더구나 원술의 천성이 의심이 많아 일후에 장군이 그의 손에 반드시 해를 입고야 말 것이니, 일찌감치 도모하지 않는다면 후회막급 하오리다."

하니, 한섬이 탄식하며

"나도 한나라로 돌아가고는 싶으나 다만 길이 없는 것이 한이오."

한다.

진등은 바로 여포의 서신을 내놓았다. 한섬은 글을 보고 나자

"내 이미 알았으니 공은 어서 돌아가오. 내 양 장군과 더불어 창끝을 돌려 원술을 치겠으니, 불이 일어나는 것을 군호로 삼아 온후가 군사를 거느리고 접응하러 오시면 되겠소."

하고 말하였다.

진등은 한섬과 작별하고 급히 돌아와 여포에게 보하였다.

여포가 마침내 군사를 오로로 나누니, 고순으로는 일군을 거느리고 소패로 나아가 교유를 대적하게 하고, 진궁으로는 일군을 거느리고 기도로 나아가 진기를 대적하게 하고, 장료와 장패로는 일군을 거느리고 낭야로 나가서 뇌박을 대적하게 하고, 송헌과 위속으로는 일군을 거느리고 갈석으로 나가서 진란을 대적하게 하고, 여포 자기는 일군을 거느리고 대로로 나가서 장훈을 대적하기로 하였다.

이들이 각각 거느리는 군사는 일만이요, 남은 무리는 성을 지키게 한 다음에 여포는 성에서 나가 삼십 리 밖에 하채하였다.

이때 장훈은 군사를 거느리고 당도하였으나 혼자서 여포를 대적할 수 없는 것을 알고 이십 리를 물러가 군사를 둔치고 사면에서 저희 군사들이 접응해 주기를 기다리기로 하였다.

그러자 이날 이경쯤 해서 한섬과 양봉이 군사를 나누어 도처에다 불을 지르고 여포의 군사를 접응해서 영채로 들어오게 하니 장훈의 군사는 대혼란에 빠지고 말았다.

여포는 승세하여 들이쳤다. 장훈은 패해서 달아났다. 여포가 그 뒤를 쫓는데 날이 훤히 밝을 무렵에 마침 접응하러 온 기령의 군사와 서로 만났다.

양군이 서로 맞아 막 싸우려 할 때 한섬과 양봉의 양로군이 달려들었다. 기령이 대패해서 달아나, 여포는 다시 군사를 거느리고 쫓아가며 몰아쳤다.

그러자 산 뒤에서 한 떼 군사가 나오며 문기(門旗)가 열리더니 일대의 군마가 용봉일월기번(龍鳳日月旗旛)과 사두오방정치(四斗五方旌

幟)를 휘날리고 금과은부(金瓜銀斧)와 황월백모(黃鉞白旄)를 잡고 늘어서는데 황라소금산개(黃羅銷金傘蓋) 아래 원술이 몸에 금갑(金甲)을 입고 팔에 양도(兩刀)를 걸고 진전에 나와 서며 여포를 향하여

"주인을 배반한 종놈아. 네 감히 그렇듯 무례할 법이 있느냐."

하고 큰 소리로 꾸짖는다.

여포가 노해서 화극을 꼬나 잡고 내닫자 원술의 장수 이풍이 창을 들고 나와서 맞는다. 그러나 서로 싸워서 삼 합이 못 되어 여포의 화극에 손을 찔리자 이풍은 그대로 창을 내던지고 도망하였다.

여포는 군사를 휘몰아 들이쳤다. 원술의 군사가 크게 혼란을 일으켰다. 여포는 군사를 거느리고 그 뒤를 쫓아 마필과 의갑(衣甲)을 무수히 뺏었다.

원술은 패군을 이끌고 달아났다. 그러나 사오 리를 못 가서 산 뒤로부터 한 떼 군사가 내달아 길을 가로막으니 앞선 대장은 곧 관운장이다.

"반적은 어찌하여 죽지 않느냐."

하고 벽력같이 소리치니 원술이 당황해서 달아나고 수하 군사들이 다들 사면으로 흩어져서 어지러이 도망한다. 관운장은 이를 한바탕 몰아쳤다. 원술은 마침내 패군을 수습해 가지고 허둥지둥 회남으로 돌아가 버렸다.

여포는 싸움에 이기자 운장과 양봉·한섬 등 일행 인마를 청해서 함께 서주로 돌아가 크게 연석을 배설하고 대접하며, 군사들에게도 모두 상을 내리고 음식을 차려 위로하였다.

그 이튿날 운장은 하직을 고하고 본부병을 거느리고 돌아갔다.

여포는 조정에 표주하고 한섬으로 기도목을 삼고 양봉으로 낭야목을 삼아 두 사람을 서주에 머물러 있게 하려고 하였다.

그러나 진규가 있다가

"그 생각은 옳지 않소이다. 한섬·양봉 두 사람이 산동에 웅거하고만 있으면 앞으로 일 년이 못 다 가서 산동의 모든 주군이 다 장군의 수중으로 돌아오리다."

하고 말한다.

여포는 마음에 그러이 여겨 드디어 두 장수를 기도·낭야 두 곳으로 보내 잠시 군사를 둔치고 있으며 은명(恩命)을 기다리게 하였다.

진등은 저의 부친을 보고 가만히 물었다.

"왜 두 사람을 서주에 머물러 있게 해 가지고 여포를 죽일 근본을 삼지 않으셨습니까."

진규는 이 말에 대답하여

"그랬다가 만약에 두 사람이 여포를 돕기라도 한다면 범에게 도리어 발톱과 어금니를 보태 주는 격이 될 뿐이다."

하였다. 진등은 그의 부친의 고견에 탄복하였다.

이때 원술은 싸움에 패하여 회남으로 돌아가자 서주에서의 패배에 절치부심하여, 강동으로 사람을 보내 손책에게 군사를 빌려 원수를 갚으려 하였다.

그러나 손책은 노하여

"네가 내 옥새를 가지고 참람되게도 황제라 칭하며 한실을 배반하니 이는 대역부도(大逆不道)라. 그러지 않아도 내가 군사를 일으켜서 네 죄를 물으려고 하던 차인데, 어찌 내게 군사를 빌려 제 사사로운 원수를 갚으려 한단 말이냐."

하고, 마침내 글을 보내 거절하고 말았다.

사자가 손책의 글월을 가지고 돌아가서 원술을 보니, 원술은 글을 보고 나자 대로하여

"황구유자(黃口孺子)[8]가 어찌 감히 이러느냐. 내가 우선 이놈부터 쳐야겠다."

하였다. 그러나 장사 양대장이 극력 간해서 그는 마침내 접어 두기로 하였다.

한편 손책은 글을 띄워 보낸 뒤 원술의 군사가 오는 것을 방비하려고 군사를 점고해서 강구(江口)를 지키고 있었다.

그러자 문득 조조에게서 사자가 왔다. 손책에게 회계태수(會稽太守)를 제수하고 즉시 군사를 일으켜 원술을 치라는 것이다.

손책은 여러 사람과 의논하고 즉시 기병하려 하였으나 장사 장소가 있다가

"원술이 비록 이번에 패했다고는 하지만 군사가 많고 양식이 넉넉하니 결코 우습게 대할 일이 아닙니다. 조조에게 글을 보내 그더러 군사를 일으켜 회남을 치라고 권하고 우리는 뒤에서 호응하는 것이 좋겠습니다. 이렇듯 양군이 서로 돕기로 하면 원술의 군사를 반드시 깨뜨릴 수 있을 것이요 만일에 실수가 있더라도 또한 조조의 구원을 바랄 수 있지 않습니까."

하고 말한다.

---

8) 젖 먹는 어린아이라는 뜻.

손책은 그의 말을 좇아 사자를 보내 조조에게 그 뜻을 전하게 하였다.

이때 허도에서 조조는 전위를 사모해서 사당을 세워 제를 지내고 그의 아들 전만(典滿)에게 중랑 벼슬을 주고 그를 부중에 거두어 기르게 하였다.

그러자 손책에게서 사자가 글을 가지고 왔다고 보한다. 조조가 글을 보고 났을 때 또 사람이 보하는데 원술이 양식이 떨어져서 진류로 나와 백성을 노략하고 있다 한다.

조조는 이 틈을 타서 원술을 치려 생각하고 드디어 군사를 일으켜 남정(南征)의 길을 떠나는데, 조인을 남겨 두어 허도를 지키게 하고 그 밖의 사람들은 모두 종군하게 하니 마보군이 십칠만이요 양식과 치중(輜重)이 천여 수레였다. 그는 또 한편으로 사람을 손책과 유비·여포에게 보내 함께 모이기로 약속을 정하였다.

조조의 군사가 예장 지경에 이르니 현덕이 먼저 군사를 이끌고 와서 그를 영접한다.

조조가 그를 영채로 청해 들이게 하여 서로 보고 나자 현덕이 문득 수급 두 개를 바친다. 조조가 놀라서

"이것이 대체 웬 사람의 수급이오."

하고 물으니, 현덕이

"양봉과 한섬의 수급입니다."

하고 말한다.

"대체 어떻게 얻으셨소."

조조의 묻는 말에 현덕이 대답하여

"여포가 본래 이 두 사람을 기도·낭야 두 고을에 가서 유하고

있게 했던 것입니다. 그런데 뜻밖에도 이자들이 군사를 놓아 노략하는 통에 백성 사이에 원성이 자자하기로, 내가 연석을 배설한 다음에 의논할 일이 있다고 청해다가 한창 술들을 먹는 중에 잔을 던지는 것으로 군호를 삼아 관우·장비 두 아우의 손을 빌려 이자들을 죽이고 그 수하의 무리들을 모조리 항복받았던 것이외다. 그래 이제 특히 와서 죄를 청하는 터입니다."
하고 말한다.

조조는

"공이 나라를 위해서 악당들을 없애 버렸으니 이는 크나큰 공론데 죄라니 무슨 말씀이오."
하고, 현덕의 수고를 깊이 사례한 다음에 군사를 한데 모아 가지고 서주 지경으로 들어갔다.

여포가 나와서 맞는다. 조조가 좋은 말로 그를 위로하며 좌장군(左將軍)을 봉하여 주고 허도로 돌아가거든 인수를 보내 주마고 언약하니 여포가 크게 기뻐한다.

조조는 곧 여포의 군사를 좌편에 있게 하고 현덕의 군사를 우편에 있게 하고 자기는 몸소 대군을 통솔하여 가운데 있으며 하후돈과 우금으로 선봉을 삼았다.

원술은 조조의 군사가 온 것을 알고 대장 교유에게 군사 오만을 주어 선봉이 되게 하였다.

양군이 수춘 지경 밖에서 서로 만나자 교유는 곧 말을 내어 하후돈과 싸웠으나 삼 합이 못 되어서 창에 맞아 죽고 말았다.

원술의 군사는 대패해서 그대로 도망하여 성으로 돌아왔는데 문득 보하는 말이, 손책이 배를 내서 강변 서쪽을 치고 여포는 군사를 거느리어 동쪽을 치며 유비와 관우·장비는 군사를 몰아 남쪽을 치고 조조는 몸소 군사 십칠만을 영솔하여 북쪽을 치고 있다 한다.

원술이 크게 놀라서 급히 문무백관을 모아 놓고 의논하니 양대장이 나서서

"우리 수춘이 해마다 큰물이 아니면 가뭄이 들어서 백성이 다 먹을 것이 없는 형편이온데 이제 또 군사를 동해서 백성을 소요하게 하니, 민원(民怨)이 자못 자자한 터입니다. 이러한 때 적을 막아 싸우기란 지극히 어려운 노릇이오니 차라리 군사를 수춘에 머물러 두시고 싸우지 말게 하시는 것이 어떠하올지. 저들의 군사가 양식이 다하고 보면 반드시 변이 생기고 말 것입니다. 그리고 폐하께서는 어림군을 거느리시고 회수를 건너 가셔서 첫째로는 곡식이 익기를 기다리시고 둘째로는 잠시 적의 예기를 피하도록 하십시오."

하고 말한다.

원술은 그 말을 들어, 이풍·악취·양강·진기 네 장수에게 군사 십만을 나누어 주고 뒤에 남아 수춘성을 굳게 지키게 한 다음, 그 밖의 장병들과 국고에 들어 있는 금은주옥이며 갖은 보배들은 모두 수습해 가지고 회수를 건너가 버렸다.

한편 조조 수하의 군사 십칠만 명이 매일 소비하는 양식이 엄청나게 많은 데다가 여러 고을에 또 흉년이 들어 이루 뒤를 대지 못하는 형편이다. 조조는 군사를 재촉해서 속히 싸우려 들었으나 이풍의 무리는 성문을 굳게 닫고 나오려 아니 하였다.

조조가 한 달 남짓 적과 상지하여 오는 중에 군량이 거의 다 떨어져서 손책에게 글을 보내 양미 십만 곡을 얻어 왔으나 그것으로도 군사들을 풀어 먹이기에는 오히려 부족하였다.

이때 관량관(管糧官) 임준(任峻) 부하의 창관(倉官) 왕후(王垕)가 들어와서 조조를 보고

"군사는 많고 군량은 적으니 어찌하오리까."

하고 취품하자, 조조는

"되를 줄여서 나누어 주어라. 그래서 일시 급한 것이나 우선 면해 보자."

하고 분부하였다.

"군사들이 만약 원망하면 어찌하오리까."

하고, 왕후가 묻는 말에

"그것은 내가 알아서 할 테다."

하고 조조는 대답하였다.

왕후는 조조가 분부한 대로 되를 줄여서 나누어 주었다. 조조가 가만히 사람을 시켜 각 채에 가서 알아보게 하였더니 모두들 승상이 우리들을 속였다고 하며 원망 아니 하는 자가 없더라고 한다.

조조는 곧 은밀하게 왕후를 불러들여

"내가 네게서 무엇을 하나 빌려서 그것으로 군심을 진정시켜 보려는데 네 부디 인색하게 굴지 말고 빌려 주려무나."

하고 말하였다.

"승상께서 어떤 물건을 쓰시려고 하십니까."

하고 왕후가 묻자,

"군사들에게 보여 주게 네 머리를 빌리고 싶단 말이다."

왕후가 깜짝 놀라

"소인은 실상 아무 죄도 없소이다."

하니, 조조가

"네게 죄가 없는 것은 나도 안다. 그러나 다만 너를 죽이지 않으면 군심이 변하고 말 것이야. 너 죽은 뒤에 네 처자는 내가 잘 돌보아 줄 것이매 그것은 염려 마라."

한다.

왕후가 다시 말을 하려고 할 때 조조는 어느 틈에 도부수(刀斧手)를 불러 그를 문 밖으로 끌어내어다 한 칼에 목을 베어 버렸다. 그리고 장대 위에 그 머리를 높직이 달아 놓고 방을 내붙여 효유(曉諭)하되

"왕후가 함부로 되를 줄이고 관곡(官穀)을 투식(偸食)하였기로 군법에 의해서 처단한다."

하니 그제야 모든 사람의 원망이 비로소 풀어졌다.

그 이튿날 조조는 각 영 장령들에게 영을 전하여

"만약 삼 일 내로 합력해서 성을 깨뜨리지 못하면 모두 참하리라."

하고, 친히 성 아래로 나아가 군사들을 독려해서 흙과 돌을 날라다가 해자를 메우게 하였다.

성 위로부터 화살과 돌이 비 퍼붓듯 한다. 이때 비장 두 명이 겁을 집어 먹고 그 자리를 피해 뒤로 물러났다. 조조는 곧 칼을 들어 친히 성 아래서 그들의 목을 쳐 버린 다음에 드디어 말에서 뛰어내려 몸소 흙을 날라다가 구덩이를 메웠다.

이것을 보고 모든 장수와 군사들이 누구 하나 앞으로 나서지 않

는 사람이 없어 군사의 위세가 크게 떨쳤다. 성 위에서는 마침내 이를 막아 내지 못하였다.

조조의 군사들은 서로 앞을 다투어 성을 넘어 들어가서 안으로부터 성문을 활짝 열어 놓았다. 대대 군마가 일시에 안으로 몰려 들어갔다.

이풍·진기·악취·양강의 무리가 모두 사로잡혔다. 조조는 그들을 다 저자에 끌어내다가 목을 베게 하고, 위조(僞造)한 궁실 전우며 온갖 범금지물(犯禁之物)을 모조리 불살라 버렸다. 수춘 성내를 싹 쓸어서 남은 것이 없다.

조조는 여러 사람과 의논하고 바로 군사를 이끌고 회수를 건너 원술의 뒤를 쫓으려 하였다.

이때 순욱이 나서서

"연내로 가물어 양식이 곤란한데 만약 다시 군사를 낸다면 군사들도 고생이요 백성도 침해를 많이 당해서 이로울 것이 없겠습니다. 아무래도 잠시 허도로 돌아가서 내년 봄에 밀이 익기를 기다려 군량 준비를 넉넉히 한 다음에 도모하는 것이 좋겠습니다."

하고 간하였다.

조조가 마음에 주저해서 얼른 결단을 못 내리고 있을 때 홀연 탐마가 들어와서

"장수가 유표에게 의탁해서 다시 창궐하고 남양과 강릉(江陵)의 여러 고을이 다시 일어나 조홍이 대적하다 못하여 몇 번 싸움에 연달아 지고 이제 특히 위급함을 고하는 것입니다."

하고 보한다.

조조는 곧 손책에게 글을 띄워 그더러 강을 끼고 진을 쳐 의병

184

(疑兵)을 삼아 유표로 하여금 감히 망동하지 못하게 하라 이른 다음 자기는 그날로 회군하여 따로 장수 칠 일을 의논하기로 하였다.

떠날 때 조조는 현덕에게 전처럼 소패에 군사를 둔쳐 놓고 여포와 더불어 형제의 의를 맺어 호상 구원하며 다시는 서로 침범하지 말라고 일렀다.

그러나 여포가 군사를 거느리고 서주로 돌아가 버리자, 조조는 가만히 현덕을 보고

"내가 공으로 하여금 소패에 군사를 둔치게 하는 것은 곧 '굴갱대호지계(掘坑待虎之計)'[9]요. 공은 진규 부자와 상의해서 실수 없이 하시오. 내 공을 위하여 뒤에서 도와 드리도록 하리다."
하고는 떠나갔다.

이때 조조가 군사를 거느리고 허도로 돌아오니, 사람이 보하는데 단외(段煨)가 이각을 죽이고 오습(伍習)이 곽사를 죽여 그 수급들을 가지고 바치러 왔다 한다. 단외는 이각의 일가 노소 이백여 명까지 모조리 잡아 허도로 압령해 온 것이었다.

조조는 이들을 각 문에 내어다가 다 참하게 하고 수급을 돌려 호령하니, 백성이 다 통쾌해하다.

천자는 정전에 나와 문무백관을 모아 놓고 태평연(太平宴)을 배설하고 단외를 봉해서 탕구장군(盪寇將軍)을 삼고 오습으로 진려장군(殄虜將軍)을 삼아 각각 군사를 거느리고 장안을 진수(鎮守)하게 하시니, 두 사람은 사은하고 물러갔다.

---

9) 함정을 파 놓고 호랑이를 기다리는 계책.

조조는 곧 천자에게

"장수가 난을 일으키니 마땅히 군사를 일으켜 정벌해야 하리이다."

하고 아뢰었다. 천자는 마침내 친히 난가(鑾駕)를 동하여 출사(出師)하는 조조를 전송하였다.

때는 건안 삼년 하사월이다. 조조는 순욱을 남겨 두어 허도를 지키게 하고 군사와 장수들을 점고해서 친히 대군을 거느리고 나아갔다.

행군하면서 보니 그 일대에 밀이 이미 익었는데, 백성이 군사가 오는 것을 보고는 다들 밖으로 피해 달아나고 감히 밀을 베지 못한다.

조조는 사람들을 시켜 두루 원근의 촌인부로(村人父老)들과 각처의 수경관리(守境官吏)들에게 유고(諭告)를 전하게 하되

"내가 천자의 명조를 받들어 군사를 내어 역신을 치고 백성을 위해서 화를 덜려 하는바, 방금 밀이 익은 때에 부득이하여 군사를 일으킨 터이니 대소 장교들로서 무릇 밀밭을 지내면서 발로 함부로 밟는 자가 있으면 다 목을 베리라. 군법이 심히 엄하니 백성은 놀라고 의심하지 마라."

하였다.

백성이 이 유고를 듣고는 모두들 좋아서 칭송이 자자하며 군사들이 오는 것을 보면 길을 막고 절을 아니 하는 자가 없었다.

관군들도 모두들 말에서 내려 손으로 포기를 붙들고 차례로 뒷사람에게 넘겨주며 밀밭을 지나면서 감히 발로 밟는 자가 없었다.

이때 조조가 마침 말을 타고 가는 중에 홀연 밭 가운데로부터

비둘기 한 마리가 놀라 푸드득 날자 그가 탄 말이 놀라 그대로 밭 속으로 뛰어들어 마침내 큰 밀밭 한 떼기를 온통 짓밟아서 결딴을 내어 놓았다.

조조는 곧 행군주부(行軍主簿)를 불러서 밀을 밟은 자기의 죄를 논의하게 하였다. 주부가

"승상을 어떻게 논죄하겠습니까."

하니, 조조는

"내가 법을 정해 놓고 내가 범했으니 어찌 여러 사람을 복종시킨단 말이냐."

하고 즉시 차고 있던 칼을 뽑아서 자기 목을 찔러 죽으려 들었다.

여러 사람이 급히 구해 놓았는데 곽가가 있다가

"옛날 춘추(春秋)[10]의 의리로 보면 법을 지존에게는 가하지 않기로 되어 있습니다. 승상께서 대군을 통솔하고 계신 터에 어찌 자해하실 법이 있겠습니까."

하고 말한다. 조조는 한동안 잠자코 있다가

"이미 춘추에 '법불가어존(法不家於尊)'이란 대목이 있다면 내가 죽기는 면하겠군."

하고 곧 칼을 들어 자기의 머리털을 썽둥 베어 땅에 던지며

"머리털을 베어 목을 대신하기로 하는 것이다."

하고 사람을 시켜 그 머리털을 삼군에 돌려서 보이고

"승상께서 밀을 밟으셨으니 마땅히 목을 베어 호령할 것이로되 이제 머리털을 베어 대신한다."

---

10) 공자가 노나라 사서(史書)에 의거해서 저술한 역사책.

하고 말을 전하게 하였다.

이에 삼군이 모두 두려워서 떨며 누구라 한 사람 군령을 지키지 않는 자가 없었다. 후세 사람이 이를 논란해서 지은 시가 있다.

십만 명 날랜 군사 마음도 십만이라
한 사람의 호령으로 금하기 어렵구나.
머리털 칼로 베어 머리 대신 내놓다니
조조의 간사함이 세상에 짝이 없다.

한편 장수는 조조가 군사를 거느리고 온 것을 알고 급히 글을 유표에게 보내서 후응(後應)해 주기를 청하고 일변 뇌서(雷敍)·장선(張先) 두 장수와 함께 군사를 거느리고 성에서 나가 적을 맞았다.

양군이 진을 치고 나자 장수는 앞으로 말을 내어 조조를 가리키며

"너는 입으로만 인의(仁義)를 떠들고 도무지 염치가 없는 놈이니 금수와 다른 게 무엇이냐."

하고 욕을 퍼부었다.

조조가 대로해서 허저를 내보내니 장수가 장선을 시켜 그를 맞아 싸우게 한다. 그러나 단지 삼 합에 허저는 장선을 한 칼에 베어 말 아래 떨어뜨렸다.

장수의 군사는 대패하였다. 조조는 군사를 거느리고 남양성 아래로 쫓아 들어갔다. 장수는 성으로 들어가자 성문을 닫고 나오지 않았다.

조조는 성을 에워싸고 쳤다. 그러나 해자가 심히 넓고 물이 또 깊어 졸연히 성에 접근할 수가 없다.

조조는 곧 군사들을 시켜 흙을 날라다 해자를 메우게 하고, 또 흙 부대에 나뭇단과 풀들을 아울러서 성 가에 충충다리를 만들게 하고, 다시 운제(雲梯)[11]를 세워 놓고 그 위에 올라가서 성 안을 넘 겨다보게 하였다.

그리고 조조는 몸소 말 타고 성을 돌며 두루 살펴보았다. 그러 기를 사흘을 하고 나자 그는 영을 전해서 군사들을 시켜 서문각 (西門角)에 나뭇단을 쌓아 올리게 하고 여러 장수들을 모아 장차 그 리로 해서 성을 타고 넘으려 하였다.

성내에서 가후는 이러한 광경을 보자 곧 장수를 향하여

"내 이미 조조의 속셈을 알았으니 이제 장계취계(將計就計)해서 행하십시다."

하고 말하였다.

뛰는 놈 위에 나는 놈이 있다더니

대체 그 계교란 어떠한 것인고.

---

11) 옛적에 성을 칠 때 쓰던 기구의 하나로, 성벽에 걸어 놓는 높은 사닥다리.

가문화는 적을 요량해 승패를 결하고
하후돈은 화살을 뽑고 눈알을 먹다

| 18 |

이때 가후는 조조의 속셈을 알아차리자 즉시 장계취계해서 행하려 마음먹고 장수를 대하여

"내가 성 위에서 보니 조조가 그간 성을 돌며 살펴보기를 사흘을 했는데, 그는 성 동남각의 전토(甎土) 빛이 고르지 못한 데다 녹각[1]이 태반이나 부서진 것을 보고 마침내 그리로 해서 쳐들어 오려고 작정을 한 것이 분명합니다. 그러면서도 짐짓 서남각에 시초(柴草)를 쌓아 놓고 허장성세(虛張盛勢)[2]하기는 곧 우리를 속여 군사들을 거두어다가 서북각을 지키게 해 놓고 저희는 어둠을 타서 동남각으로 하여 성을 넘어 들어오려는 계책이외다."

---

1) 사슴의 뿔처럼 가지들이 달린 나무를 뾰족뾰족하게 깎아서 영채 문전, 혹은 왕래하는 길목에 두루 꽂아 놓아 적의 군마가 들어오는 것을 막는 장애물.
2) 실상은 아무것도 아니면서 허세를 펴는 것.

하고 말하니, 장수가

"그럼 어떻게 하면 좋소."

하고 묻는다.

가후는 계책을 말하였다.

"이는 쉬운 일입니다. 내일 정장병(精壯兵)들을 든든하게 먹이고 거뜬하게 차리게 해서 모조리 동남각 방옥(房屋) 안에 숨겨 두고, 한편으로 백성을 군사로 가장시켜 건성 서북각을 지키고 있게 해서 밤에 적들로 하여금 마음대로 동남각으로 해서 성을 넘어 들어오게 내버려두십시오. 그래 저희가 성을 다 넘어 들어오기를 기다려 일성포향(一聲砲響)에 복병이 일시에 일어나면 가히 조조를 생금할 수 있을 것입니다."

장수는 기뻐서 그 계책대로 하였다.

탐마가 어느 틈에 이것을 알아다가 조조에게

"장수가 군사를 모조리 거둬다가 서북각에 두어 고함치며 성을 지키게 하고 동남각은 텅 빈 채로 버려두었소이다."

하고 보하니, 조조는

"옳다. 내 계교에 속았다."

하고 드디어 군중에 영을 내려서 비밀히 가래며 큰 괭이 같은, 성을 타고 넘는 데 쓸 만한 기구들을 준비하게 하였다.

조조가 낮에는 군사를 지휘하여 서북각만 치다가 이경쯤 해서 정병을 거느리고 동남각쪽 해자를 넘어 들어가서 녹각을 다 걷어 치워 버렸다. 성 안에서는 전혀 아무 동정이 없다.

모든 군사들이 일제히 안으로 몰려 들어가는데 이때 난데없는 포 소리가 한 번 울리며 복병이 사면에서 일어났다.

조조가 급히 뒤로 물러날 때 배후로부터 장수가 몸소 정병을 몰고 덮쳐들었다. 조조의 군사는 크게 패해 성 밖으로 뛰어나가 수십 리를 달아났다.

장수는 그대로 그 뒤를 몰아치다가 날이 훤히 밝을 녘에야 비로소 군사를 거두어 가지고 성으로 들어갔는데 조조가 패군을 점고하여 보니 군사 오만여 명이 죽었고 치중을 잃은 것이 수가 없으며 여건과 우금이 다 상처를 입었다.

한편 가후는 조조가 패해서 달아나는 것을 보자 곧 장수에게 권하여 급히 유표에게 글을 띄우고 군사를 일으켜서 조조의 도망할 길을 끊으라고 이르게 하였다.

유표가 글을 보고 즉시 군사를 일으키려고 할 때 홀연 탐마가 보하는데 손책이 호구(湖口)에 군사를 둔치고 있다 한다.

그러나 괴량이 있다가

"손책이 호구에 군사를 둔치고 있는 것은 조조의 계책입니다. 방금 조조가 새로 패한 길이니 만약 이때에 승세해서 치지 않는다면 반드시 후환이 있사오리다."

하고 말하여, 유표는 마침내 황조로 하여금 요해처를 굳게 지키게 하고 자기는 몸소 군사를 거느리고 안중현으로 가서 조조의 돌아갈 길을 끊으며 일변 장수와 서로 만나기를 약속하였다.

장수는 유표가 이미 기병한 것을 알자 즉시 가후와 함께 군사를 거느리고 조조의 뒤를 쫓았다.

이때 조조는 서서히 행군하여 양성(襄城) 지경에 이르렀는데 육수 가에 다다르자 조조는 홀연 마상에서 목을 놓아 울었다. 모든 사람이 놀라서 그 연고를 묻자 조조는

"내가 작년에 이곳에서 우리 대장 전위를 잃은 생각을 하니 자연 울음이 나오는구려."

하고 즉시 영을 내려서 군마를 멈추고 제물을 갖추어 전위의 망혼에 제사를 지내는데 조조가 친히 분향재배하고 통곡하니 온 군중이 감탄하지 않는 사람이 없다.

조조는 전위를 제지내고 난 뒤에야 비로소 자기의 조카 조안민과 맏아들 조앙을 제지내 주고, 다음에 다시 전사한 군사들의 제사를 지내는데 그 김에 당시 화살에 맞아 죽은 대완마(大宛馬)도 함께 제사를 지내 주었다.

그러자 이튿날 홀연 순욱에게서 사람이 와서 보하는데

"유표가 장수를 도와 안중에다 군사를 둔쳐 놓고 우리의 돌아갈 길을 끊고 있답니다."

한다.

조조는 순욱에게 주는 답서에다

"내가 하루에 사오 리씩 행군하며 적이 우리 뒤를 쫓고 있는 것을 모르는 바 아니나 내 이미 계책을 정해 놓은 터이라 안중에 이르기만 하면 반드시 장수를 격파하고 말 것이니 공들은 아무 염려 마오."

해서 보낸 다음, 곧 군사를 재촉하여 안중현 지경에 이르렀다.

이때 유표의 군사는 이미 요해처를 지키고 있었고 장수는 뒤로부터 군사를 몰아서 쫓아오고 있었다.

조조는 곧 군사들로 하여금 캄캄한 밤에 험난한 곳을 뚫어서 길을 내게 하고 몰래 기병을 깔아 두었다.

날이 훤히 밝을 무렵에 유표와 장수의 군사가 한곳에 모였다.

그들은 조조의 군사가 적은 것을 보자 조조가 도망해 버렸는가 생각하고 함께 군사를 거느리고 험한 곳으로 뛰어 들어가서 쳤다.

조조는 곧 기병을 내어 장수와 유표의 군사를 크게 격파하고 드디어 안중의 험요처를 벗어나서 그 밖에다 하채하였다.

유표와 장수는 각기 패병을 수습해 가지고 서로 만나 유표가

"어찌 조조 간계에 도리어 빠질 줄 알았겠소."

하고 말하니, 장수는

"다시 도모해 보도록 하시지요."

하고 양군이 다시 안중에 모였다.

이때 순욱은 원소가 군사를 일으켜 허도를 범하려 한다는 소식을 탐지하고 곧 글을 띄워 밤을 도와 조조에게 보하였다.

조조는 이 소식을 듣자 마음에 당황해서 그날로 곧 군사를 거느리고 회정하였다.

세작이 이것을 알아 가지고 장수에게 보해서 장수가 그 뒤를 추격하려고 하니, 가후가 있다가

"뒤를 쫓아서는 아니 됩니다. 쫓으면 반드시 패합니다."

하고 간한다.

그러나 유표는

"오늘 쫓지 않으면 이것은 앉아서 기회를 놓치는 것이오."

하고 극력 장수를 권해서 함께 군사 만여 명을 거느리고 그 뒤를 쫓았다. 십여 리쯤 가서 그들은 조조의 후대(後隊)를 따라잡았다. 그러나 조조의 군사들이 힘을 다해 들이치는 통에 장수·유표 양군은 크게 패해서 돌아왔다.

장수가 가후를 보고

"공의 말을 듣지 않았다가 이렇게 패하고 말았소."

하고 말하니, 가후가 뒤쪽에서

"이제 군사를 정돈해 가지고 다시 한 번 쫓아 가 보십쇼."

하고 권한다.

장수와 유표가 다 함께

"방금 패해서 돌아온 길인데 어떻게 다시 쫓는단 말이오."

하니, 가후의 말이

"이번에 쫓아가시면 반드시 크게 승리하실 것입니다. 만약에 내 말이 맞지 않거든 내 목을 자르십시오."

한다.

장수는 그의 말을 믿으나 유표는 의심해서 종시 같이 가려 들지 않는다.

장수는 혼자서 일군을 거느리고 뒤를 쫓았다. 조조의 군사가 과연 크게 패해 군마와 치중을 길에 모두 내버려둔 채 달아난다.

장수가 바로 그 뒤를 쫓아 앞으로 나가는데 홀연 산 뒤에서 한 떼의 군사가 몰려나오는 바람에 감히 더 쫓지 못하고 군사를 수습해서 안중으로 돌아왔다.

유표는 가후를 보고

"앞서는 우리가 정병을 거느리고 적의 물러가는 군사를 쫓는데 공이 반드시 패하리라 하였고, 이번에는 패한 군사를 가지고 승전한 적의 군사를 치는데 공은 또 꼭 이기리라고 하셨소. 필경 다 공의 말씀과 같았는데 대체 어떻게 해서 그 일이 같지 않은 것을 가지고 모두 맞히셨소. 어디 자세히 좀 말씀을 들어 봅시다."

하고 말하였다.

가후가 이 말에 대답하여

"이는 알기 쉬운 일이외다. 장군이 비록 용병을 잘 하시기는 해도 조조의 적수는 아니십니다. 조조가 비록 패하였으나 반드시 맹장을 뒤에 두어 추병을 방비할 것이니 우리 군사가 정예하다 하더라도 당해 낼 도리가 없는 것입니다. 그래서 나는 우리가 반드시 패할 줄을 알았던 것입니다. 대저 조조가 그렇듯 서둘러서 퇴군하기는 필시 허도에 일이 있기 때문일 것이라 이미 우리 추병을 격파한 뒤에는 반드시 경거(輕車)로 급히 돌아가느라 다시 방비를 하지 않았을 것이니 우리는 적이 방비하지 않은 그 틈을 타서 다시 뒤를 쫓은 까닭에 이길 수가 있었던 것이외다."

한다. 유표와 장수는 다들 그 고견에 감복하였다.

이에 가후는 유표를 권해서 형주로 돌아가게 하고 장수로는 양성을 지켜서 순치지세(脣齒之勢)[3]를 삼게 하였다. 이로써 양군은 다 각기 흩어져 돌아갔다.

이야기는 앞으로 돌아가, 조조가 바야흐로 군사를 거느리고 나가는 중에 후군이 장수의 추격을 받았다는 말을 듣고 급히 수하 장수들을 이끌고 군사를 돌려서 구응하려 하는데 이때 장수의 군사는 이미 물러가 버렸다.

그러자 패군이 돌아와서 조조를 보고

"만약 산 뒤에서 일로 군마가 나와서 중로를 막아 주지 않았다면 저희들은 모두 적에게 사로잡히고 말았을 것입니다."

하고 고한다.

　조조가 급히 그것이 누구냐고 묻는데 그 사람이 창을 떨어뜨리고 말에서 내려 조조에게 절하고 보인다. 그는 곧 진위(鎭威) 중랑장으로 있는 강하(江夏) 평춘(平春) 태생의 성은 이(李)요 이름은 통(通)이요 자는 문달(文達)이라는 사람이었다.

　조조가 어떻게 왔느냐고 물으니 이통이 이에 대답하기를

　"근자에 여남(汝南)을 지키고 있던 중에 승상께서 장수ㆍ유표와 싸우신단 말씀을 듣고 특히 접응해 드리려고 온 길입니다."

한다.

　조조는 기뻐하여 그를 봉해서 건공후(建功侯)를 삼고 여남 서쪽 지경을 지켜 유표와 장수를 막게 하였다. 이통은 배사하고 돌아갔다.

　허도로 돌아오자 조조는 손책의 유공(有功)한 것을 표주해서 토역장군(討逆將軍)을 봉하고 오후(吳侯)의 작을 내려 사자로 하여금 조서를 받들고 강동으로 가서 손책에게 유표를 막으라고 이르게 하였다.

　조조가 상부로 물러나와 모든 관원들이 참현하고 나자 순욱이 문득 묻는다.

　"승상께서 완완히 행군하여 안중으로 오시면서 대체 적병과 싸워서 반드시 이기실 줄을 무엇으로 아셨습니까."

　조조가 이에 대답하여

　"저희는 물러가도 돌아갈 길이 없는 까닭에 반드시 죽기로써 싸우려 들 것이라 그래 내 서서히 유인해서 기병을 내어 치기로 한 것이니 이러므로 반드시 우리가 이길 줄을 내 알고 있었던 것이오."

하니 순욱은 배복하였다.

그러자 곽가가 들어왔다.

"공은 어째서 늦었소."

하고 조조가 물으니, 곽가는 소매 속에서 일봉 서신을 내어 조조에게 주며

"원소가 사람을 보내 승상께 글을 올렸습니다. 저의 말이, 군사를 내서 공손찬을 치려고 하니 군량과 군사를 빌려 주셨으면 좋겠다고 합니다."

하고 말한다.

"원소가 허도를 엄습하려고 한다더니 이제 내가 돌아온 것을 보고 또 딴 궁리를 했구먼."

하고 조조는 그의 글월을 펴 보았다. 수작이 대단히 거만하다.

조조가 곽가를 보고

"원소가 이처럼 무상(無狀)하니 내 가서 쳤으면 좋겠는데 다만 힘이 미치지 못하니 어떻게 하면 좋소."

하고 물으니, 곽가가 대답한다.

"유항(劉項, 유방과 항우)이 적수가 아니었던 것은 공께서 아시는 바입니다. 그러나 고조께서 지혜가 뛰어나셨으므로 항우가 비록 강했어도 마침내는 사로잡히고 말았던 것입니다. 이제 원소에게는 열 가지 빠지는 점이 있고 공에게는 열 가지 뛰어나신 점이 있으니 비록 원소가 강성하다 하더라도 족히 두려울 것이 없소이다. 첫째로 원소는 예절이 번다한데 공은 체통을 자연한 대로 맡겨 두시니 이는 도(道)에 있어서 뛰어나신 점이요, 둘째로 원소는

198

역으로 동하는데 공은 매사를 순리로 하시니 이는 의(義)에 있어서 뛰어나신 점이요, 셋째로 환령(桓靈, 환제와 영제) 이래 나라의 정사가 너그러운 데서 그릇되었건만 원소는 한결같이 너그럽게만 굴고 공은 엄하게 다스리시니 이는 치(治)에 있어서 뛰어나신 점이요, 넷째로 원소는 겉으로는 관대한 체하나 속으로는 남을 꺼려서 일을 맡기는 것이 저의 친척이 많은데 공은 밖으로 대범하시고 안으로 밝으셔서 사람을 쓰시되 오직 그 재주와 국량만 보아서 하시니 이는 도(度, 도량)에 있어서 뛰어나신 점이요, 다섯째로 원소는 꾀가 많아도 결단하는 것은 적은데 공은 계책을 얻으시면 곧 그대로 행하시니 이는 모(謀)에 있어서 뛰어나신 점이요, 여섯째로 원소는 전혀 명예만 거두려 드는데 공은 지성으로 사람을 대하시니 이는 덕(德)에 있어서 뛰어나신 점이요, 일곱째로 원소는 가까운 이는 사랑해도 먼 사람은 소원히 하는데 공은 생각이 고루 미치시니 이는 인(仁)에 있어서 뛰어나신 점이요, 여덟째로 원소는 참소를 믿고 속인들에게 혹하는데 공은 아무리 참소를 들어도 다 알아서 하시니 이는 명(明)에 있어서 뛰어나신 점이요, 아홉째로 원소는 시비곡직이 뒤죽박죽인데 공은 법도가 엄명하시니 이는 문(文)에 있어서 뛰어나신 점이요, 열째로 원소는 허장성세하기를 좋아하나 실상 병법은 모르는데 공은 적은 군사로 대적을 쳐 이기시며 용병여신(用兵如神)하시니 이는 무(武)에 있어서 뛰어나신 점이라 공께 이렇듯 열 가지 뛰어나신 점이 있으시니 원소를 이기시기가 어렵지 않사옵니다.”

조조는 웃으며

“공이 하시는 말씀이 내게는 너무나 과분할 뿐이오.”

하였으나, 순욱도 나서서

"곽봉효의 십승십패지설(十勝十敗之說)이 바로 이 사람의 소견과
꼭 같습니다. 원소의 군사가 비록 많다고 하지만 족히 두려울 것
이 없습니다."

하고 말하였다.

곽가가 다시 입을 열어

"서주 여포가 실상 심복대환(心腹大患)입니다. 이제 원소가 북으
로 공손찬을 치러 간다고 하니 제가 멀리 나간 틈을 타서 먼저 여
포를 쳐서 동남쪽을 소탕한 다음에 원소를 도모하는 것이 상책입
니다. 그렇게 아니 했다가는 우리가 원소를 칠 때 여포가 반드시
우리의 허한 틈을 타서 허도를 범하러 올 것이라 화가 적지 않을
것입니다."

한다.

조조가 그 말을 옳게 여겨서 드디어 동으로 여포 치러 갈 일을
의논하는데 순욱이 있다가

"먼저 유비에게 사람을 보내셔서 약속을 정하시고 그 회보를
기다려서 군사를 동하시는 것이 좋겠습니다."

하고 권하였다.

조조는 그 말을 좇아 일변 현덕에게로 글을 띄우고 일변 원소에
게서 온 사자를 후히 대접해 보내는데, 천자께 표주하여 원소로
대장군태위(大將軍太尉)를 봉해서 기주·청주·유주·병주 네 고을
의 도독(都督)을 겸하게 하고, 밀서로 회답을 내어

"공은 공손찬을 가서 치시오, 내 마땅히 도와 드리리다."

하였다.

원소는 조조의 글을 받고 크게 기뻐하여 곧 군사를 거느리고 공손찬을 치러 나아갔다.

한편 서주에서는 매양 여포가 빈객들을 모아 놓고 잔치를 할 때면 으레 진규 부자가 여포의 덕을 칭송하곤 하였다.

진궁이 이것을 좋게 보지 않아 조용히 여포를 보고

"진규 부자가 장군에게 아첨하기를 일삼으니 그 속을 알 길이 없습니다. 조심하는 것이 좋을 것 같소이다."

하고 일러 주었다. 그러나 여포는 도리어 화를 내며

"공은 어째서 근거 없는 말을 함부로 내어 공연한 사람을 해치려 드는 거요."

하고 꾸짖는다.

진궁은 밖으로 나와

"충성된 말이 귀에 들어가지 않으니 우리들이 반드시 그 앙화를 받고야 말겠구나."

하고 탄식하였다.

마음 같아서는 여포를 버리고 다른 데로 가고도 싶었으나 차마 못 그러겠고, 또한 남의 비웃음을 받을 것이 두렵다. 그는 종일 울울불락(鬱鬱不樂)하였다.

그러던 어느 날이다.

진궁이 수하 군사 사오 명을 데리고 소패 땅으로 가서 사냥으로 울울한 심사를 풀고 있는데 문득 보니 관도(官道) 위로 역마(驛馬)[4]

---

4) 역참(驛站)에 비치해 놓는 말. 관가의 공문(公文)을 전하는 자가 타는 말.

하나가 나는 듯이 달려가고 있다.

진궁은 문득 의심이 들어 사냥을 하다 말고 곧 수하 군사들을 끌고 지름길로 하여 뒤를 쫓아서 마침내 따라잡자

"너는 어디 사자냐."

하고 물었다.

그가 여포의 수하 사람인 것을 알고 사자가 당황해서 얼른 대답을 못한다. 진궁이 그 몸을 뒤져 보게 하였더니 현덕이 조조에게 회답하는 일봉 밀서가 나온다. 진궁은 즉시 그자를 잡아 가지고 가서 편지와 함께 여포에게 보였다. 여포가 어찌 된 까닭을 묻자 그 사자의 말이

"조 승상의 분부로 유 예주께 편지를 가지고 왔다가 답서를 받아 가지고 돌아가는 길인데 글 속에 무슨 사연이 있는지는 모릅니다."

한다.

여포는 곧 편지를 뜯어보았다.

사연은 대강 다음과 같다.

명공의 분부를 받들어 여포를 도모하려 하는 터이니 감히 한시라 마음을 쓰지 않을 법이 있사오리까. 그러나 다만 유비가 군사가 많지 않고 장수가 적어 감히 경솔하게 동하지 못하는 터이오니 만약 승상께서 대병을 일으키신다면 유비가 마땅히 선봉이 되오리다. 삼가 군비(軍備)를 엄히 하여 분부 있으시기만 고대하나이다.

여포는 보고 나자

"조조 도적놈이 어찌 감히 이럴 법이 있단 말이냐."

하고 크게 꾸짖으며 드디어 사자를 목을 벤 다음, 먼저 진궁과 장패를 보내서 태산의 적당 손관(孫觀)·오돈(吳敦)·윤예(尹禮)·창희(昌豨)와 손을 잡아 동으로 산동 연주(兗州)의 여러 고을을 치게 하고, 고순과 장료로 패성에 가서 현덕을 치게 하며, 송헌과 위속으로 서쪽 지방 여남과 영천을 치게 하고, 여포 자기는 친히 중군을 거느리어 삼로 군마를 구응하기로 하였다.

이때 고순의 무리가 군사를 거느리고 서주를 나서 소패를 향하여 나아가자 이 소식을 현덕에게 알린 사람이 있었다.

현덕이 급히 여러 사람을 모아 놓고 의논을 하는데, 손건이 있다가

"조조에게 이 위급한 것을 빨리 기별하는 것이 좋겠습니다."

하고 말해서, 현덕이

"누가 허도로 가서 급보를 전할꼬."

하고 물으니, 계하에서 한 사람이 나서며

"제가 한 번 가 보겠습니다."

하고 말한다. 보니, 그는 곧 현덕의 동향 사람으로 성은 간(簡)이요 이름은 옹(雍)이요 자는 헌화(憲和)이니 이때 현덕의 막빈(幕賓)으로 있었다.

현덕은 즉시 편지를 써서 간옹에게 주어 밤을 도와 허도로 가서 구원을 청해 오게 하고, 한편으로 성을 지킬 기구들을 정돈해 가지고 현덕은 몸소 남문을 지키고 손건은 북문을 지키고 운장은 서문을 지키고 장비는 동문을 지키기로 하며 미축더러는 그 아우

미방(糜芳)과 함께 중군을 수호하게 하였다.

원래 미축에게 누이가 하나 있어서 현덕에게 시집을 와 그의 제이부인이 된 터라, 현덕이 그들 형제와 남매의 의가 있는 까닭에 그들로 하여금 중군을 지켜 가족들을 보호하게 한 것이었다.

고순이 군사를 거느리고 이르자 현덕이 적루 위에서

"내가 봉선과 격진 일이 없는데 어째서 군사를 끌고 여기는 왔느뇨."

하고 물으니, 고순이

"네가 조조와 결탁하고 우리 주공을 해치려다가 이제 일이 드러나고 말았는데 어째서 결박을 받으려 않느냐."

하고 말을 마치자 곧 군사를 지휘하여 성을 친다. 현덕은 문을 닫고 나가지 않았다.

그 이튿날 장료가 군사를 거느리고 와서 서문을 쳤다.

운장이 성 위에 있다가 그를 향하여

"공의 의표(儀表)가 속되지 않은데 어째서 도적을 붙좇고 있소."

하고 말하니, 장료가 머리를 숙이고 아무 대꾸를 아니 한다. 운장은 이 사람에게 충의의 마음이 있는 것을 알고서 다시는 나쁜 말을 더하려고도 않고 또 나가서 싸우려고도 아니 하였다.

장료는 군사를 끌고 동문 쪽으로 돌아갔다. 장비가 그를 맞아 싸우려고 즉시 성에서 나가는데 이때 이것을 관공에게 알려 준 사람이 있어서 관공이 부리나케 동문으로 달려와서 보니 장비는 막 성에서 나가려는 판이요 장료의 군사는 이미 물러간 뒤였다.

장비가 그 뒤를 쫓으려고 하는 것을 관공은 급히 성으로 불러들였다.

"제가 겁이 나서 물러가는데 왜 쫓지 마라 하오."

하고 장비가 퉁명스럽게 묻는 말에, 관공이

"그 사람의 무예가 자네나 나보다 못한 게 아닐세. 다만 내가 정당한 말로 일깨워 주었더니 제법 뉘우치는 마음이 있어서 그래 우리와 싸우려고 안 하는 것이라네."

하고 말하니, 장비는 그제야 깨닫고 군사들을 시켜서 성문을 굳게 지키게 한 다음 다시는 나가서 싸우려 하지 않았다.

한편 간옹은 허도에 이르러 조조를 보고 지난 일을 자세히 말하였다.

조조가 곧 모사들을 모아 놓고

"내가 여포를 치고 싶은데, 당장 원소로 해서 구속받을 근심은 없어서 좋으나 다만 유표와 장수가 무슨 거동이나 없을까 염려가 되오그려."

하고 의견들을 물으니, 순유가 있다가

"그 두 사람은 앞서 크게 패한 터이라 저희가 감히 경망하게 동하지는 못할 것입니다. 그러나 여포는 효용해서 만약에 원술과 손을 잡고 회사(淮泗) 지방을 횡행하고 볼 말이면 졸연히 도모하기가 어려울까 합니다."

하고, 곽가가 또한

"제가 갓 반기를 들어 여러 사람이 미처 저를 붙좇지 않은 이때에 빨리 가서 치는 것이 좋겠습니다."

하고 권해서, 조조는 그 말을 좇아 즉시 하후돈에게 영을 내려서 하후연 · 여건 · 이전과 함께 군사 오만을 거느리고 먼저 떠나게

夏侯惇　　하후돈

開疆展土夏侯惇	영토를 개척하고 넓힌 하후돈
鎗戟叢中敵萬軍	창칼 속에서 만군을 대적했도다
援矢去眸枯一目	화살 뽑아 한 눈 잃어 애꾸됐으나
啖睛怒氣喚雙親	눈알 씹고 분노하며 양친(兩親)을 떠올리네

하고, 자기는 몸소 대군을 통솔하고 뒤를 따라 나아가는데 이때 간옹도 수행하였다.

이 소식을 탐마가 알아다가 고순에게 보해서 고순이 다시 나는 듯 여포에게 보하였다.

여포는 우선 후성·학맹·조성으로 하여금 이백여 기를 거느리고 고순을 접응하게 하여 패성에서 상거 삼십 리 되는 곳으로 가서 조조의 군사를 맞게 하고 자기도 대군을 거느리고 뒤따라가서 접응하기로 하였다.

현덕은 소패성 안에 있다가 고순이 물러가는 것을 보자 조조의 군사가 이른 것을 알고 마침내 손건을 남겨 두어 성을 지키게 하고 미축·미방에게는 집을 맡긴 다음에 자기는 관우·장비 두 사람과 군사를 거느리고 성 밖으로 나가서 각각 하채하고 조조의 군사를 접응하기로 하였다.

이때 하후돈은 군사를 거느리고 앞으로 나오다가 바로 고순의 군사와 서로 만나자 곧 창을 꼬나 잡고 말을 내어 싸움을 돋우었다. 고순이 곧 그를 맞았다.

두 필 말이 서로 어우러져서 싸우기를 사오십 합이나 하자 고순은 마침내 당해 내지 못하고 패해서 달아났다. 하후돈이 말을 놓아 뒤를 쫓아서 고순은 진을 돌아서 도망하는데 하후돈이 또한 진을 끼고 돌아 그 뒤를 쫓았다.

이때 진 앞에서 조성이 이것을 보자 가만히 활에다 살을 먹여 들고 잔뜩 겨누어 깍짓손을 떼니 시위 소리 울리는 곳에 살이 바로 들어가 하후돈의 왼쪽 눈에 꽂힌다.

하후돈이 한 소리 크게 외치며 급히 손을 놀려 화살을 쑥 뽑는

데 눈알도 살촉에 꿰어 함께 뽑혀 나온다. 하후돈은

"부정모혈(父精母血)을 어이 버리랴."

하고 큰 소리로 외치며 뽑힌 눈알을 입에다 처넣어 씹어 삼킨 다음, 곧 다시 창을 꼬나 잡고 말을 몰아서 바로 조성에게 달려들었다. 조성이 미처 막지 못하고 얼굴에 창을 맞아 그대로 말 아래 떨어져 죽는다. 양편 군사들로서 이를 보고 놀라지 않는 자가 없었다.

하후돈이 조성을 죽이고 나자 곧 말을 달려 돌아오는데 고순이 그 배후로부터 군사를 휘몰고 짓쳐 들어와서 조조의 군사는 크게 패하였다. 하후연은 저의 형을 구호해 가지고 달아나고 여건과 이전은 패군을 수습해서 제북으로 물러가 하채하였다.

고순은 한 번 싸움에 이기자 곧 군사를 돌려가지고 현덕을 치려 하는데 때마침 여포의 대군이 당도하여, 여포는 장료·고순과 군사를 삼로로 나누어서 현덕·관우·장비의 세 영채를 치러 왔다.

눈알 빼 먹은 장수가 제아무리 잘 싸운대도
화살 맞은 선봉이 오래 버티기 어렵구나.

대체 현덕의 승부가 어떻게 될 것인고.

하비성에서 조조는 군사를 무찌르고
백문루에서 여포는 목숨이 끊어지다

| *19* |

당시 고순은 장료와 함께 관공의 영채를 치고 여포는 몸소 장
비의 영채를 쳐서 관공과 장비가 제각기 나와서 그들을 맞아 싸
우고, 현덕은 군사를 지휘하여 두 길로 접응하고 있었다.

그러자 문득 여포가 군사를 나누어 가지고 배후로부터 들이치
는 바람에 관공과 장비의 양군이 모두 무너지고 현덕은 수하의
수십 기를 이끌고 말을 달려 소패성으로 돌아왔다.

여포가 그 뒤를 쫓아왔다. 현덕은 성 위에 있는 군사를 보고 급
히 조교를 내리라고 소리쳤다. 그러나 이때 여포가 바로 뒤미처
쫓아 들어서 성 위에서는 활을 쏘려 하면서도 혹시나 현덕을 맞
힐까 두려워하여 감히 쏘지 못하는 중에 여포가 승세해서 곧 성
문으로 짓쳐 들어왔다.

문을 지키는 장병들이 이를 막아 내지 못하고 모두들 사면으로

흩어져서 도망쳐 버렸다. 여포가 곧 군사들을 불러 사뭇 물밀듯 성내로 몰려들어 온다.

현덕은 형세가 이미 급하게 된 것을 보자 집에도 들러볼 사이가 없어서 가족들을 다 내버려 둔 채 그대로 말을 달려 성내를 곧장 꿰뚫고 서문으로 빠져나가 필마로 도망해 갔다.

한편 여포가 현덕의 집 문전에 이르렀을 때 미축이 나와서 그를 맞으며

"내 들으니 대장부는 남의 처자를 죽이지 않는다고 합니다. 이제 장군과 더불어 천하를 다투는 것은 조공(曹公)일 뿐입니다. 현덕으로 말씀하면 매양 장군이 원문에서 화극을 쏘아 주신 은혜를 잊지 못해 하시는 터이니 어찌 장군을 배반할 법이 있겠습니까. 다만 이번에 사세가 만부득이해서 조공 편을 들게 되었던 것이니 부디 장군은 이를 통촉해 주십시오."

하고 고하였다.

여포는 그 말에 대답해서

"현덕으로 말하면 내 옛 친구인데 내가 어떻게 그의 처자를 차마 해치겠나."

하고, 즉시 미축으로 하여금 현덕의 가권을 보호하여 서주로 가 있게 하였다.

그리고 여포는 몸소 군사를 거느리고 산동 연주 지경으로 나가고 고순과 장료는 뒤에 남겨 두어 소패성을 지키고 있게 하였는데, 이때 손건은 이미 성에서 도망해 나가고 없었다.

관공과 장비 두 사람도 각기 패군을 수습해 가지고 우선 산중으로 들어가 있지 않으면 안 되었다.

한편 현덕은 필마로 난을 피해 달아났다. 한창 가는 중에 배후로부터 웬 사람 하나가 뒤를 쫓아와서 현덕이 돌아보니 바로 손건이다.

현덕이 그를 향하여

"내가 지금 두 아우의 생사존망을 모르고 또한 가권을 잃었으니 장차 어찌하였으면 좋겠소."

하고 물으니, 손건이 이에 대답하여

"우선 조조에게로 가서서 일시 몸을 의탁하시고 차차 좋은 도리를 생각해 보시도록 할밖에 없을까 봅니다."

한다.

현덕은 그 말을 좇아 작은 길로 하여 허도를 바라고 나아갔다. 중로에서 양식이 떨어져 그들은 촌중으로 들어가서 과객질을 하며 가는데, 어디를 가나 유 예주가 왔다는 말만 들으면 모두들 다투어 음식을 차려다가 공궤하는 것이었다.

어느 날 한 집에 들어 하룻밤 묵어가기를 청하였더니 한 젊은 이가 나와서 절을 하고 보인다. 현덕이 그의 성명을 물으니 사냥꾼 유안(劉安)이라고 한다.

이때 유안은 유 예주가 저의 집에 찾아온 것을 알고 고기를 구해 대접하고 싶었으나 창졸지간에 어디서 얻어 낼 도리가 없었다. 그래 그는 생각 끝에 자기 처를 죽이고 그 살을 베어다가 현덕에게 공궤하였다.

현덕이

"이게 무슨 고긴가."

하고 물으니, 유안이

"이리 고기올시다."

하고 대답한다. 현덕은 조금도 의심하지 않고 저녁 한 끼를 포식한 다음 그날 밤 그에게서 묵었다.

이튿날 새벽에 현덕이 길을 떠나려고 말을 끌어 내오려고 뒤뜰로 갔다가 문득 보니 부엌 안에 한 젊은 부인이 무참하게 칼에 맞아 죽어 쓰러져 있는데 팔에 붙은 살은 다 저미어 내어 뼈가 허옇게 보인다.

현덕이 깜짝 놀라 유안에게 물어서 그제야 그는 어제 저녁에 자기가 먹은 것이 바로 그의 처의 고기였다는 것을 알았다.

현덕이 마음에 비감함을 이기지 못하여 눈물을 뿌리고 말께 오르니, 유안이 고하는 말이

"제가 사군을 따라서 떠나고 싶어도 다만 노모가 집에 계셔서 감히 떠나지를 못합니다."

한다.

현덕은 칭사하고 그와 헤어져 길을 찾아서 양성(梁城)으로 나왔다.

이때 홀연 티끌이 해를 가리며 대대 인마가 그곳에 당도하였다.

현덕은 그것이 바로 조조의 군사임을 알고 즉시 손건과 함께 중군기 아래로 가서 조조와 서로 보고 소패성을 잃은 일이며 두 아우와 각산하고 가권이 적의 수중에 떨어지고 만 일들을 차례로 이야기하였다. 조조가 듣고서 동정하여 눈물을 흘린다.

현덕은 또 유안이 자기 처를 죽여 그 고기로 자기를 대접한 이야기를 하였다. 조조는 손건에게 금 백 냥을 내주며 그것을 갖다가 유안에게 주고 오라고 분부하였다.

대군은 다시 앞으로 나아가 제북에 이르렀다. 하후연이 나와서 조조를 저의 영채로 영접해 들이며 저의 형 하후돈이 그간 싸움에서 눈 하나를 잃고 병상에 누워 있는데 아직도 조리 중이라고 말한다.

조조는 하후돈이 누워 있는 곳으로 친히 가서 돌아본 다음에 먼저 허도로 돌려보내 조리하게 하는 한편, 사람을 내보내서 여포가 지금 어디 있는지를 탐지해 오게 하였다.

이윽고 탐마가 되돌아와서 보하는데

"여포가 진궁 · 장패와 함께 태산에 있는 적당들과 결연해서 함께 연주의 여러 군을 공격하고 있소이다."

한다.

조조는 즉시 조인으로 하여금 삼천군을 거느리고 가서 소패성을 치게 하고 자기는 친히 대군을 영솔하고서 현덕과 함께 여포와 싸우러 나갔다.

산동 지경을 들어서서 소관(蕭關) 가까이 이르니 태산의 적당들인 손관 · 오돈 · 윤예 · 창희가 군사 삼만여 명을 거느리고 나와서 길을 막는다.

조조는 허저를 내보내서 싸우게 하였다. 손관 등 네 장수가 일제히 나와서 그를 맞는다. 허저는 힘을 뽐내서 죽기를 결단하고 싸웠다. 네 장수가 당해 내다 못하여 다들 패해서 달아난다.

조조는 승세해서 엄살하며 그들의 뒤를 쫓아서 소관 앞까지 쳐들어갔다. 적의 탐마는 나는 듯이 이 소식을 여포에게 보하였다.

이때에 여포는 이미 서주로 돌아와 있었는데 그는 진규로 하여금 서주를 지키게 하고 자기는 진등과 함께 소패성을 구하러 가려 하였다.

진등이 떠나려 할 때 진규는 아들을 향하여

"전일에 조공이 동쪽 일은 다 너한테다 맡긴다고 말씀하지 않았느냐. 이제 여포가 패할 판이니 이 김에 도모하는 것이 좋을까 보다."

하고 말하였다.

진등이 대답하는 말이

"바깥일은 제가 알아서 하겠으니, 만약에 여포가 패해서 돌아오거든 아버지께서는 곧 미축을 청해다가 함께 성을 지키시고 여포를 성내에 들이지 마십시오. 저는 또 저대로 탈신(脫身)할 계책이 있습니다."

한다.

진규가 다시

"여포의 가권이 여기 있어서 그 심복들이 심히 많으니 어찌하면 좋으냐."

하고 묻자, 진등은

"거기 대해서도 제게 다 계책이 있습니다."

하고 대답한 다음, 그 길로 그는 여포를 들어가 보고

"서주로 말하면 사면으로 적을 받게 된 곳이라 조조가 반드시 전력을 다해서 치려 들 것이니 우리는 먼저 물러날 길을 생각해 두어야 하겠는데, 전량을 하비성으로 옮겨다 놓으면 설사 서주가 포위를 당하더라도 하비에 군량이 있어서 구원할 수 있습니다. 주공은 빨리 그렇게 하시지요."

214

하였다.

여포는 그의 말을 듣자

"원룡의 말씀이 매우 좋소. 그러면 내 아주 가솔까지 함께 옮겨다 둘까 보오."

하고 드디어 송헌과 위속에게 분부하여 자기 가솔을 보호해서 전량과 함께 하비성으로 옮기게 하고, 일변 자기는 군사를 거느리고 진등과 함께 소관을 구하러 나갔다.

중로에 이르러 진등은

"내가 먼저 관에 들어가서 조조 군사의 허실을 알아보고 올 것이니 그 다음에 주공께서 가시는 것이 좋을까 보이다."

하여, 여포가 이를 허락하자 진등은 곧 혼자서 먼저 소관으로 갔다. 진궁의 무리가 그를 맞아들이자 진등이

"온후께서 공들이 나가 싸우려 안 하는 것이 아무래도 모를 일이라고 역정을 내시며 암만 해도 중벌을 내려야겠다고 하십디다."

하고 한마디 하니, 진궁이 하는 말이

"나가서 싸우는 게 다 무에요. 지금 조조의 형세가 크니 경솔히 나가서 싸워 다 패하느니 이곳을 굳게 지키고 있는 게 상책이오. 공은 주공께 잘 말해서 소패성이나 보전하도록 하시라고 하오."

한다. 진등은 그러마고 고개를 끄덕였다.

이날 저녁에 진등이 관 위로 올라가서 바라보니 조조의 군사가 바로 관 아래까지 밀려들어와 있었다. 그는 어둡기를 기다려 편지 세 통을 써서 화살에 매어 연달아 관 아래로 쏘아 보냈다.

이튿날 진등은 진궁과 작별한 뒤 말을 달려 여포를 와 보고

"가 보니 손관의 무리들이 다들 소관을 조조에게다 바치려고

하기에 내가 진궁을 남겨 두어 단단히 지키라고 일렀습니다. 장군께서는 황혼녘에 구응하러 가시는 것이 좋겠습니다."
하였다.

여포는 그 말을 듣자

"공이 아니었다면 이 관을 잃을 뻔했구려."
하고 곧 진등더러 말 타고 한 걸음 먼저 관으로 달려가서 진궁과 약속하여 내응하게 하되 불을 들어 군호를 삼으라 하였다.

진등은 그 길로 다시 진궁을 가 보고 말하였다.

"조조의 군사는 이미 지름길로 해서 관내로 들어갔소. 만약 서주를 잃기라도 했다가는 큰일이니 공들은 어서 빨리 돌아가 보오."

진궁이 그 말을 곧이듣고 드디어 모든 장수들과 함께 관을 버리고 달아나자 진등은 관 위에다 불을 놓았다.

이때 바로 여포가 어둠을 타서 군사를 몰고 들어왔다. 이리하여 진궁의 군사와 여포의 군사가 캄캄한 속에서 서로 뒤죽박죽이 되어 싸우는데 조조가 소관 위에 군호로 오르는 불길을 바라보자 군사를 몰고 들어와서 닥치는 대로 들이쳤다.

이 통에 손관의 무리들은 뿔뿔이 흩어져 달아나 버리고 여포는 날이 훤히 밝을 녘까지 싸우다가 그제야 계책에 떨어진 것을 알고 급히 진궁과 함께 서주로 돌아왔다.

그러나 그가 성 가에 이르러 문을 열라고 외쳤을 때 성 위로부터 화살이 빗발치듯 하며, 미축이 적루 위에 나서서

"이 성으로 말하자면 네가 본래 우리 주공의 성지를 빼앗았던 게니 이제 우리 주공께 돌려 드려야 마땅하지 않느냐. 네 다시는 이 성에 발을 들여 놓을 생각을 마라."

216

하고 꾸짖는다.

　여포가 대로하여

　"진규는 어디 있느냐."

하니, 미축이

　"내 이미 죽여 버렸다."

한다.

　여포는 진궁을 돌아보고

　"진등은 어디 있느냐."

하고 물었다.

　진궁은

　"장군은 아직도 깨닫지 못하시고 그 간사한 도적놈을 찾으십
니까."

하였으나, 여포는 온 군중을 두루 찾아보게 하였다. 그러나 진등
은 아무 데도 없었다.

　진궁이 여포에게 권해서 빨리 소패성으로 가자고 하여 여포가
그 말을 좇아 소패로 가는데 길을 절반도 못 갔을 때 앞으로부터
한 떼의 군사가 풍우같이 몰려왔다. 보니 바로 고순과 장료다.

　여포가 어찌 된 일이냐 물었더니, 대답하는 말이

　"진등이 와서 말하는데 주공께서 적의 포위 속에 드셨다고 하
며 우리더러 급히 가서 구해 드리라고 하옵디다."

한다.

　진궁이 있다가

　"이것도 그 간사한 도적놈의 계교외다."

하여, 여포는 노해서

난세, 풍운의 영웅들

"내 이 도적놈을 기어이 죽이고 말 테다."

하고 급히 말을 몰아 소패로 갔다.

그러나 막상 이르러 보니 성 위에 두루 꽂혀 있는 것은 모두가 조조 군사의 기호(旗號)다. 원래 조조가 이미 조인을 시켜서 소패성을 엄습하고 군사를 두어 지키게 한 것이다.

여포가 성 아래서 큰 소리로 진등을 꾸짖는데 진등이 성 위에서 여포를 손가락질하며

"나로 말하면 한나라 신하인데 어찌 너 같은 역적놈을 섬길 법이 있겠느냐."

하고 욕설을 퍼붓는다.

여포가 대로해서 바야흐로 성을 치려고 하는데 홀연 배후로부터 함성이 크게 일어나며 한 떼 인마가 들어오니 앞을 선 장수는 곧 장비다.

고순이 나가서 맞아 싸웠으나 당해 내지를 못해서 여포가 몸소 나서서 그와 한창 싸우는 중에 진 밖에서 함성이 다시 일어나더니 조조가 친히 대군을 영솔하고 짓쳐 들어왔다.

여포는 도저히 대적하기 어려울 줄 짐작하여 군사를 데리고 동쪽으로 달아났다.

조조 군사가 그 뒤를 줄기차게 쫓는다. 여포가 그대로 말을 채쳐 달아나느라 사람과 말이 다 함께 지칠 대로 지쳤는데 홀연 한 떼의 군마가 또 내달아 길을 가로막더니 앞을 선 장수가 말을 세우며 청룡도를 비껴들고

"여포는 도망하지 마라. 관운장이 예서 기다린 지 오래다."

하고 크게 외친다.

여포는 황망히 그를 맞아서 싸우는데, 등 뒤에서 다시 벽력같이 호통치며 장비가 말을 달려 쫓아 들어왔다.

여포는 그만 더 싸워 볼 엄두가 나지 않아서 진궁의 무리와 함께 혈로를 뚫고 바로 하비성을 바라고 달아나는데 이때 마침 후성이 군사를 거느리고 와서 접응해 주어 겨우 위기를 벗어났다.

관우와 장비는 이곳에서 서로 만나자 각기 눈물을 뿌리며 그간에 지내 온 일을 서로 이야기하였다.

관운장이

"나는 그간 해주 노상에 군사를 둔치고 있다가 이번에 소식을 듣고 달려온 길일세."

하니, 장비는

"나는 그동안 망탕산(芒碭山)에 들어가 있었는데 오늘에야 다행히 형님을 만나 보게 되었구려."

한다.

두 사람은 지난 일을 서로 호소하고 나자 군사를 거느리고 함께 현덕에게로 와서 땅에 엎드려 울었다.

현덕은 일변으로 서러워하고 일변으로 기뻐하며 두 사람을 데리고 가서 조조를 만나 보게 한 다음 곧 조조를 따라 서주성으로 들어갔다. 미축이 나와 그들을 영접하며 가권이 아무 연고 없음을 말해 주어서 현덕은 마음에 심히 기뻤다.

진규 부자가 또한 와서 조조에게 절하고 뵈었다.

조조가 크게 연석을 베풀어 놓고 여러 장수들을 위로하는데 조조 자기는 한가운데 가 앉고 진규는 오른편에 앉히고 현덕은 왼편에 앉히고 그 밖의 장수들은 각각 관등을 따라서 차례로 자리들을 잡게 하였다.

　이윽고 잔치를 파한 뒤에 조조는 진규 부자의 공로를 가상하게 생각하여 열 고을의 녹을 가봉(加封)해 주고 진 등으로 복파장군 (伏波將軍)을 삼았다.

　이때 조조는 서주를 수중에 거두고 마음에 심히 기뻐서 다시 군사를 일으켜 하비성을 칠 일을 의논하니 정욱이 있다가

　"여포가 지금 하비성 하나를 가지고 있을 뿐이라 만약에 우리 가 핍박하기를 너무 급하게 하고 볼 말이면 제가 반드시 죽기로 써 싸우다가 힘이 부치면 원술에게로 가 버릴 것입니다. 여포와 원술이 합세하고 보면 그 형세가 만만치 않을 것이니 이제 큰일 을 능히 감당할 만한 사람을 보내서 회남으로 통하는 작은 길을 지키게 해서 안으로는 여포를 방비하고 밖으로는 원술을 막게 하 십시오. 더욱이 지금 산동 지방에는 장패와 손관 같은 무리들이 아직도 귀순하지 않은 채 남아 있는 형편이니 주공께서는 이들에 대한 방비도 역시 소홀히 하셔서는 아니 될 것입니다."

하고 말한다.

　조조가 현덕을 돌아보고

　"그러면 나는 산동 지방의 적병들을 맡기로 할 터이니 회남으 로 통하는 쪽은 현덕이 좀 담당해 주시겠소."

하여, 현덕은

　"승상의 장령(將令)을 어찌 감히 어기오리까."

하고 대답하였다.

　이튿날 현덕은 미축과 간옹을 서주에 남겨 두고 손건·관우·

장비와 함께 군사를 거느리고서 회남 길을 지키러 가고 조조는 몸소 대군을 영솔하고 하비성을 치러 나갔다.

이때 여포는 하비성의 양식 준비가 넉넉한 데다 또한 사수의 험(險)이 있는 것을 크게 믿어 마음을 턱 놓고서 편히 앉아 지키면 무슨 근심이 있으랴 하였다.

진궁이 그에게 계교를 드려

"지금 조조의 군사가 막 당도한 길이니 저희가 미처 채책을 세우기 전에 이일격로(以逸擊勞)[1]하고 보면 영락없이 이길 것입니다."

하였건만, 여포는

"내가 요즈음 여러 차례 저들에게 패한 뒤라 경솔하게 나가서는 안 되고, 저희가 와서 성을 치기를 기다려 그때 내달아 한 번 치면 모두 사수에 빠져 죽고 말게요."

하고, 드디어 진궁의 말을 들으려 아니 했다.

수일이 지나 조조는 영채를 다 세우고 나자 수하 장수들을 거느리고 성 아래로 와서

"내 이를 말이 있으니 여포는 대답하라."

하고 크게 외쳤다.

여포가 성 위에 올라서니 조조는 그를 향하여

"봉선이 원술과 다시 사돈을 맺으려고 한단 말을 들었기에 내 군사를 거느리고 예까지 온 것이오. 대체 원술로 말하면 반역대죄를 범한 자요 공으로 말하면 동탁을 주멸한 큰 공이 있는 사람

---

1) 우리 편은 편안히 앉아서 적이 피로하기를 기다려서 공격하는 것. 이일대로(以逸待勞)라고도 하며 병가(兵家)에서 흔히 쓰는 문자다.

인데 어찌하여 예전 공로를 버리고 역적을 좇으려 하오. 성이 한 번 깨어지는 날에는 후회해도 늦으리다. 그러나 만약에 빨리 항복하고 나와 함께 왕실을 돕는다면 봉후의 자리를 잃지는 않을 것이오."

하고 말하였다.

그 말을 듣고 여포가

"그럼 승상은 잠시 물러가 계시오. 내 좀 여러 사람과 의논해 보리다."

하는데, 이때 마침 진궁이 그의 곁에 있다가

"이놈 간적 조조야."

하고 큰 소리로 욕을 하며 활을 쏘아서, 조조가 받고 있는 휘개(麾蓋)를 맞추었다.

조조는 분해서 손으로 진궁을 가리키며

"내 맹세코 네놈을 죽이고 말 테다."

하고 단단히 벼르며 드디어 군사를 지휘하여 성을 치기 시작하였다.

이때 진궁이 여포에게 계책을 드리는데

"조조가 지금 멀리 와서 그 형세가 반드시 오래가지는 못합니다. 장군은 마보군을 거느리시고 밖에 나가 둔치고 계시고 나는 남은 무리들과 성문을 굳게 닫고 안에서 지키고 있기로 하되, 조조가 만약에 장군을 치는 때에는 내가 군사를 끌고 성에서 나가 그 배후를 찌르고 또 제가 만약에 성에 와서 치는 때에는 장군이 뒤로부터 구원해 주시기로 한다면 불과 열흘이 다 못 가서 저희들의 군량이 떨어지고 말 것입니다. 그때에 우리가 내달아 들이

치면 가히 한 번 싸워서 조조를 깨뜨릴 수 있을 것이니, 이것이 이른바 의각지세(掎角之勢)라는 겝니다."

하니, 여포는 듣고 나자

"공의 말이 우리에게 매우 유리하오."

하고 드디어 부중으로 돌아가서 출전할 준비를 차리는데 때가 마침 추운 겨울이라 여포는 종인에게 분부해서 솜옷을 많이 가지고 가게 일렀다.

이때 그의 아내 엄씨가 그 말을 듣고 안에서 나와

"영감은 어디를 가시려고 그러십니까."

하고 물었다.

여포가 진궁의 계책을 말해 주었더니 엄씨가

"영감께서 이제 성을 그대로 남에게 내맡기시고 또 처자들도 버려둔 채 단신으로 멀리 나가시려고 하니 그랬다가 만약 하루아침에 무슨 변이라도 있고 보면 이 몸이 다시는 장군을 모실 수 없게 될 것이 아닙니까."

한다.

여포는 그 말을 듣고는 진궁의 계책이 께름칙해서 생각을 결단하지 못한 채 사흘을 밖에 나가지 않았다.

그러자 진궁이 밖에서 들어와 그를 보고

"조조의 군사가 사면으로 성을 에우고 있으니 만약 빨리 나가지 않으시다가는 반드시 곤경에 빠지고 말 것입니다."

하고 말한다.

여포가

"내 생각에는 멀리 나가는 것이 아무래도 굳게 지키고 있느니만 못할 것 같소."

하니, 진궁이 다시

"요사이 들으니 조조가 군량이 부족하여 사람을 허도로 보내 가져오게 하였다는데 이제 머지않아서 오리라고 합니다. 그러니 장군은 정병을 거느리고 나가셔서 적의 양도(糧道)를 끊도록 하십시오. 이 계교가 아주 묘합니다."

하고 권한다.

여포는 그 말을 옳게 들었다. 그러나 다시 안으로 들어가서 엄씨를 보고 이 일을 다 이야기하였더니, 엄씨는

"장군께서 만약 나가시고 보면 진궁과 고순이 무슨 수로 성을 지켜 내겠습니까. 아차 한 번 실수라도 하고 보면 후회막급이에요. 첩이 예전에 장안에 있을 때도 장군께 한 번 버림을 받았다가 요행 방서가 첩을 숨겨 주어서 다시 장군을 만나 뵙게 되었던 것인데 이제 또 장군께서 첩을 버리고 가 버리실 줄을 어찌 알았겠습니까. 그러나 장군은 전정이 만 리 같으시니 부디 첩 같은 것은 생각 마시고 다만 장군 좋을 대로 하십시오."

하고 말을 마치자 그대로 목을 놓아 운다.

여포가 아내의 이러는 꼴을 보고는 자연 또 마음이 비감하여져서 얼른 결단을 못 내리다가 이번에는 초선에게로 가서 그 의견을 물었다.

초선은 초선대로

"장군은 혼자 나가려 마시고 첩하고 같이 계셔요."

한다.

여포는 초선더러

"자네는 아무 걱정 말고 있게. 내게 방천화극과 적토마가 있는데 어느 누가 감히 내게 범접을 하겠나."

하고 한마디 하고 나왔다.

여표는 그 즉시 진궁을 보고

"조조의 군량이 온다는 말은 아무래도 헛소문이오. 조조란 놈이 원체 궤계가 많은 놈이니 내 선불리 동할 수가 없소."

한다.

진궁은 하는 수 없이 밖으로 물러나와

"이제 우리들은 죽어서 몸이 묻힐 땅도 없이 되었구나."

하고 탄식하였다.

이로부터 여포는 연일 밖에는 나오지 않고 안에 들어 박혀서 오직 엄씨와 초선을 상대로 술만 마셔대며 답답한 심사를 풀었다.

그러자 모사인 허사(許氾)와 왕해(王楷) 두 사람이 들어와서 여포를 보고

"지금 회남에서 원술이 크게 성세(聲勢)를 떨치고 있는데 장군께서 그와는 이미 전일에 혼인 말까지 있었던 사이니 이번에 한 번 말씀을 해 보시지요. 그래서 다행히 그의 군사가 와서 내외 협공을 하게만 되면 조조를 깨치기가 어려울 게 없사오리다."

하고 계책을 드린다.

여포가 그 계책을 좇아서 그날로 글월을 닦아 두 사람에게 주고 곧 떠나게 하는데 허사가 청하기를

"앞을 서서 포위를 뚫고 길을 인도해 줄 군사를 내주셨으면 좋겠습니다."

해서, 여포는 장료·학맹 두 장수에게 분부하여 군사 일천 명을

거느리고 그들을 애구(隘口) 밖까지 길을 틔워 주게 하였다.

이날 밤 이경에 장료가 앞을 서고 학맹이 뒤에 있어 허사와 왕해를 전후로 보호하고 성에서 짓쳐 나가자 재빨리 현덕의 영채 곁을 지내서, 미처 저편에서 여러 장수들이 뒤를 쫓아올 겨를을 주지 않고 바로 애구 밖으로 나갔다.

이리하여 학맹은 군사 오백을 거느리고 허사·왕해를 따라가고 장료는 남은 절반 군사를 데리고 도로 성으로 돌아오는데 애구에 이르자 관운장이 나서서 길을 막았다.

그러나 양군이 미처 교전하기 전에 성에서 고순이 군사를 거느리고 달려 나와 재빨리 장료를 구응해 가지고 성내로 들어가 버렸다.

한편 허사와 왕해는 그 길로 수춘으로 가서 원술을 보고 여포의 글월을 올렸다. 원술이 글월을 보고 나자

"너희들이 전자에 내 사신을 죽이고 내 집과 혼인을 아니 하겠다고 하더니 이제 와서 나를 찾은 까닭이 무엇인고."

하고 묻는다.

허사가 그 말에 대답하여

"지나간 일로 말씀하오면 조조의 간계로 말미암아 한때 잘못된 일이오니 이는 오직 명상(明上)²⁾께서 통촉하시기만을 바랄 따름이옵니다."

한다.

원술이

---

2) 원술에 대한 존칭이다. 당시 원술은 이미 제호(帝號)를 칭하고 있었으므로 허사의 무리는 그를 명공(明公)이라 부르지 않고 명상이라고 고쳐 부른 것이다.

"말인즉 그러하되 너희 주인이 조조 군사로 해서 위급함이 없다면 자기 딸을 내게 허락할 리가 없으렷다."

하니, 이번에는 왕해가 나서며

"황송하온 말씀이오나 만약 이제 명상께서 서주를 구해 주시지 않으신다면 순망치한(脣亡齒寒)[3]의 환난이 있을까 하오니 이는 또한 명상의 복이 아닐까 하옵니다."

한다. 그러나 원술은

"봉선이 원래 반복무상(反覆無常)해서 내 믿을 수 없으니 딸을 먼저 내게로 보내 주면 그 뒤에 내가 군사를 내어 주지."

하니, 허사와 왕해는 그 이상 더 어쩔 수가 없어서 원술에게 절하여 하직을 고하고 학맹과 함께 회로(回路)에 올랐다.

일행은 마침내 현덕의 영채 가까이 이르렀는데 이때 허사가 있다가

"낮에는 여기를 지나갈 수 없으니 밤이 들거든 가기로 하고 우리 두 사람이 먼저 지나갈 테니 학 장군은 뒤를 끊어 주셨으면 좋겠소."

하고 청해서 학맹은 그러기로 의논이 정해졌다.

그들이 이날 밤 현덕의 영채를 지나가는데 허사와 왕해는 먼저 지나가 버리고 뒤를 따라 학맹이 나가는 판에 장비가 영채에서 뛰어나와 길을 꽉 가로막는다.

학맹은 곧 내달아 그와 말을 어우러졌으나 불과 한 합에 장비 손에 사로잡혀 버리고 그 수하의 오백 명 인마는 모조리 풍비박

---

3) 입술이 없어지면 이가 시리다는 뜻.

산이 나고 말았다.

장비는 곧 학맹을 묶어 가지고 현덕을 와서 보았다. 현덕은 다시 그를 대채로 압령해 가지고 가서 조조에게 보였다.

여포가 원술에게 구원을 청하느라고 그에게 다시 딸을 주기로 언약한 일을 학맹이 사실대로 말하자 조조는 대로하였다.

그는 곧 학맹을 군문에 효수하고 사람을 시켜 각 채에다 유고를 전해서 각별히 방비를 엄하게 하되 만약에 여포나 그의 수하 군사를 놓쳐 보내는 자가 있으면 마땅히 군법에 의해 그 죄를 다스리리라 하니 각 채 장병들이 이 영을 받고 모두들 마음에 송구해하기를 마지않았다.

현덕은 영채로 돌아오자 관우·장비를 보고

"우리 영채가 바로 회남으로 통하는 요로에가 처해 있으니 자네들은 부디 정신을 차려서 조공의 군령을 범하는 일이 없도록 하게."

하고 일러 주니, 장비가 있다가

"일껏 적장 하나를 사로잡아다 바쳤건만 조조가 상을 줄 생각은 하지도 않고 도리어 사람을 땅땅 어르기만 하니 세상에 그런 인사가 어디 있소."

하고 투덜거린다.

그러나 현덕이 다시

"그렇지 않다. 조조가 많은 군사를 통솔하고 있는 터이니 군령을 쓰지 않고서야 어떻게 여러 사람들을 복종시키겠느냐. 너는 부디 영을 범하지 않도록 해라."

하고 타일러서 관우와 장비는 응낙하고 물러갔다.

한편 허사와 왕해는 성으로 들어가자 여포를 보고, 원술이 우선 신부부터 데려다 놓고 나면 구원병을 내겠다고 하더라는 말을 하였다.

여포가

"그러나 어떻게 보내 주노."

하고 물으니, 허사가

"이제 학맹이 적에게 붙잡혔으니 조조가 반드시 이 사정을 알았을 것이라 벌써 준비가 있을 것입니다. 그러니 만약에 장군께서 몸소 나서서서 호송하시지 않는다면 누가 능히 몇 겹으로 둘러싸인 포위를 뚫고 나가겠습니까."

한다.

"그럼 오늘 바로 보내는 것이 어떠할꼬."

"오늘은 흉살이 든 날이라 가서는 아니 되고 내일이 크게 길한데 술해시(戌亥時)에 가시도록 하십시오."

여포는 장료와 고순을 불러서

"이 길로 삼천 군마를 점고하고 작은 수레 한 채를 안배하여 놓게. 내가 친히 이백 리 밖까지 배웅해 줄 테니 그 다음은 자네들 둘이서 호송하고 가게."

하고 명령을 내렸다.

그 이튿날 밤 이경쯤 해서 여포는 딸의 몸을 솜으로 싸고 다시 갑옷으로 덮어서 등에 들쳐 업은 다음 화극을 들고 말에 올라 성문을 열고 자기가 앞을 서서 성에서 나갔다. 장료와 고순이 그 뒤를 따랐다.

그들이 막 현덕의 영채 앞 가까이 이르렀을 때 문득 북소리가

한 번 울리더니 관우·장비 두 사람이 내달아 길을 가로막으며

"여포는 도망하지 마라."

하고 큰 소리로 외친다.

여포가 싸울 뜻이 없어서 다만 길만 찾아 나가는데 현덕이 몸소 일군을 거느리고 쫓아와서 양군은 한동안 어우러져 싸웠다.

그러나 여포가 비록 용맹하다 하여도 종시 여자 하나를 등에다 매달고 있을뿐더러 행여 다치지나 않을까 조심이 되어 감히 겹겹이 둘린 포위를 함부로 들이치지 못하는데 이때 뒤에서 서황·허저가 모두 쫓아 나오며, 군사들이 소리를 높여

"여포를 놓치지 마라."

하고들 외친다.

여포는 적의 형세가 너무 급한 것을 보자 그대로 말머리를 돌려서 도로 성내로 들어가 버릴 수밖에 없었다.

현덕이 군사를 거두고 서황의 무리도 각각 영채로 돌아갔는데 이래서 여포의 군사 한 명도 빠져 달아난 자가 없었다.

여포는 도로 성중으로 들어오자 마음이 울울해서 오직 술만 마셨다.

한편 조조가 성을 치기 시작한 지 두 달이 되도록 성을 함몰하지 못하고 있을 때, 문득 보하는 말이

"하내태수 장양이 동시(東市)로 군사를 내서 여포를 구하려고 했는데, 부장 양추(楊醜)가 그를 죽이고 수급을 갖다 승상께 바치려다가 이번에는 장양의 심복 휴고(畦固)의 손에 양추가 죽고, 휴고는 견성으로 달아나 버렸다고 합니다."

한다.

조조는 이 소식을 듣자 즉시 사환(史渙)을 시켜 휴고를 쫓아가서 목을 베어 오게 한 다음 여러 장수들을 모아 놓고

"장양은 자멸해 버렸으니 다행하다고 하겠지만, 북에는 원소가 있고 동에는 유표와 장수가 있어 다 걱정인데다 하비성을 오래 두고 치건만 빼지 못하니 내 여포를 버려두고 허도로 돌아가 잠시 쉴까 하는데 어떻겠소."

하고 물었다.

순유가 급히 말리며

"그러셔서는 아니 됩니다. 여포가 여러 번 패해 예기가 이미 꺾였습니다. 군사는 장수로써 주장을 삼는 터이니 장수가 기운을 잃으면 군사들은 싸울 마음을 잃고 마는 법입니다. 저 진궁이 아무리 꾀가 있다 하더라도 미치지 못할 것이니 이제 여포가 기운을 회복하지 못하고 진궁이 계책을 정하지 못하고 있는 때 빨리 치신다면 여포를 사로잡을 수 있을 것입니다."

하는데, 곽가가 나서며

"하비성을 당장에 깨뜨릴 계책이 제게 있습니다. 군사 이십만 명을 쓰느니보다도 나을걸요."

하고 말하였다.

순욱이 있다가

"혹시 기수(沂水)·사수(泗水)의 강물을 트자는 것이나 아니오."

하고 물으니 곽가가 웃으며

"바로 그 말씀이오."

하고 대답한다.

조조는 크게 기뻐하여 즉시 군사를 풀어 두 강물을 트게 하였다. 조조 군사가 다들 높은 언덕에 자리 잡고 앉아서 하비성으로 물을 들이대니 하비성에 오직 동문에만 물이 없고 그 밖의 각 문은 모두 물에 잠기고 말았다.

군사들은 나는 듯이 여포에게 보하였다.

그러나 여포는

"내 적토마가 물 건너기를 평지처럼 하는데 두려울 게 무엇이냐."

하고 날마다 처첩을 데리고 앉아 술만 마셨다. 이리하여 주색으로 몸이 상해서 형용이 초췌하였다.

하루는 거울을 들여다보고 깜짝 놀라

"내가 주색에 그만 몸이 깎였구나. 오늘부터는 좀 삼가야겠다."

하고 드디어 온 성내에 영을 내려서 술을 먹는 자만 있으면 다 참하리라 하였다.

그러자 일이 하나 생겼다. 본래 후성에게 말 열다섯 필이 있었는데 그의 마부가 이것을 훔쳐 내어 현덕에게 갖다 바치려 하는 것을 후성이 알고 즉시 쫓아가서 마부를 잡아 죽이고 말을 도로 찾아왔다.

여러 장수들이 와서 후성을 치하해서 후성은 술을 오륙 곡 담가 놓고 여러 장수들과 모여 한 잔 하려 하였으나 여포에게 죄책을 당할 것이 걱정이라 마침내 술 다섯 병을 들고 먼저 여포 부중으로 가서

"장군의 호위(虎威)를 빌려 잃었던 말을 도로 찾아왔사온데 여러 사람들이 와서 치하하기로 약간 술을 마련했사오나 감히 저희들만 먹을 수 없어 특히 먼저 장군께 바쳐 저의 뜻이나 표하는 것

이외다."

하고 품의하였다.

여포는 대로하여

"내가 바로 술을 금했는데 너희들은 도리어 술을 빚어 놓고 먹으려고 하니 이는 동모(同謀)하고서 내게 항거하는 게지 무엇이냐."

하고 그를 끌어내어다 목을 베라고 하였다.

송헌·위속 등 여러 장수들이 다들 들어와서 그를 위하여 목숨을 빌었다.

여포는

"후성이 고의로 내 영을 범했으니 마땅히 참할 것이로되 이제 여러 사람의 낯을 보아서 곤장 백 도만 치는 것이다."

하는 것을 여러 장수들이 다시 빌고 또 빌었건만 결국은 곤장 오십 도를 친 다음에야 놓아 보냈다.

여러 장수들은 모두 풀이 죽어 있는데, 송헌과 위속이 후성을 집으로 찾아가니 후성이 울면서

"공들이 아니었으면 나는 죽었을 것이오."

한다.

송헌이

"여포가 오직 제 처자만 생각하고 우리는 초개같이 안다니까."

하고 한마디 하니, 위속이

"적군은 성 밖을 에워싸고 물은 성내에 가득 찼으니 우리들이 죽을 날도 머지는 않았소."

하고 맞장구를 친다.

"여포가 무인무의(無人無義)하니 버리고 달아나는 게 어떻겠소."

하고 송헌이 다시 말을 해서, 위속이

"그러면 장부가 아니오. 차라리 여포를 생금해서 조공에게 바칠 일이지."

하고 말하는데, 후성이 있다가

"내가 말을 찾아오고도 곤장을 맞았는데 여포가 믿고 있는 것이 적토마라, 두 분이 과연 성문을 바치고 여포를 사로잡겠다면 내가 먼저 말을 훔쳐 가지고 조공을 가 만나 보리다."

하여 세 사람은 의논이 정해졌다.

이날 밤 후성은 몰래 마구간으로 들어가서 적토마를 훔쳐 내어 나는 듯이 동문으로 달려갔다. 위속은 곧 성문을 열어 주어 나가게 해 놓고는 바로 뒤를 쫓는 체하였다.

후성은 조조의 영채로 가서 말을 바치고 송헌과 위속이 백기를 꽂아서 군호를 삼고 성문을 바치려 준비하고 있다는 말을 자세히 하였다.

조조는 이 말을 듣자 방문 수십 장을 화살에 매어 성내로 쏘아 들여보냈다. 그 사연은 다음과 같다.

대장군 조는 특히 명조를 받들어 여포를 치는 터이니 만약에 대군을 항거하는 자가 있으면 성이 깨어지는 날에 멸문을 당하리라. 위로는 장교로부터 아래는 서민에 이르기까지 능히 여포를 사로잡아다 바치거나 혹은 그 수급을 바치는 자가 있으면 관작과 상급을 후히 내리리라. 이 방문으로 유고(諭告)하는 바이니 각자는 자세히 알라.

그 이튿날 해가 뜰 무렵 성 밖에서 함성이 천지를 진동하였다.

여포는 크게 놀라 화극을 들고 성으로 올라와서 각 문을 살펴보고 후성을 놓쳐서 전마를 잃어버린 일로 위속에게 죄를 묻고 막 그의 죄를 다스리려 하는데 성 밖에서는 조조의 군사들이 성 위의 백기를 바라보고 전력을 다해 성을 쳤다. 여포는 친히 나서서 적을 막아 싸울밖에 없었다.

동틀 무렵부터 시작해서 그대로 성을 치다가 한낮이 되어서야 조조의 군사가 조금 물러가서 여포는 문루에서 잠시 쉬는 중에 저도 모를 결에 교의에 앉은 채 깜빡 잠이 들어 버렸다.

이때 송헌이 좌우에 있는 자들을 다 쫓아 버리고 먼저 화극부터 치워 놓은 다음 곧 위속과 일제히 손을 놀려 밧줄로 여포를 단단히 결박을 지웠다.

여포는 졸고 있다가 놀라 깨어 급히 좌우를 불렀다. 그러나 두 사람은 그들을 모조리 다 쫓아 버리고 백기를 들고 한 번 휘둘렀다.

조조의 군사가 일제히 성 아래로 몰려들어 오자 위속은 큰 소리로

"여포는 벌써 잡아 놓았다."

하고 외쳤다.

그러나 하후연이 오히려 믿지 않는다. 송헌은 위로부터 여포의 화극을 밖으로 내던지고 성문을 활짝 열어 놓았다.

조조의 군사는 일시에 몰려 성내로 들어왔다. 이때 고순과 장료는 서문에 있다가 물에 막혀 나가지를 못하고 조조 군사에게 사로잡혔고, 진궁은 남문께로 달아나다가 서황의 손에 붙잡히고

말았다.

　조조는 성으로 들어오자 곧 영을 전해서 든 물을 빼게 하고 방을 내어 백성을 안무하며 일변 현덕과 함께 백문루(白門樓) 위에 자리를 잡고 앉아 사로잡은 사람들을 다 잡아 들이라 하였다. 관우와 장비는 곁에 시립하고 있었다.

　여포가 비록 기골이 장대하나 밧줄로 꽁꽁 묶여서
　"갑갑해서 숨이 막히니 줄을 좀 늦춰 주오."
하고 소리치는 것을, 조조는
　"호랑이를 어찌 허수하게 묶을 수 있겠소."
하고 대꾸하였다.

　여포는 후성·위속·송헌이 모두 곁에 서 있는 것을 보고
　"내가 너희들을 과히 박하게 대접하지는 않았는데 어떻게 이렇듯 배반한단 말인가."
하고 말했으나, 송헌이 있다가
　"처첩의 말만 듣고 장수들의 계책은 들으려고도 안 하고 성이 이 지경이 되었는데 이제 와서 문슨 할 말이 있는고."
하고 한마디 하자 그만 입을 다물고 말았다.

　이러는 중에 군사들이 고순을 끌고 들어왔다.
　"네 무슨 말을 하려느냐."
하고 조조가 물었으나 고순은 아무 대답이 없다. 조조는 노해서 내다가 참하라고 분부하였다.

　서황이 진궁을 압령해 가지고 들어왔다. 조조가
　"공대는 그간 안녕하셨소."
하고 한마디 하니, 진궁이

"네가 심술이 부정하기에 내가 너를 버렸느니라."

한다.

조조가 다시

"내 마음이 부정해서 그랬다면 어째 여포는 또 섬겼노."

하니, 진궁은

"여포가 비록 꾀는 없지마는 너처럼 사람이 간사하고 음험하지는 않느니라."

하고 대답한다.

조조가 또다시

"공이 지모가 남에게 뛰어난다고 자처하더니 지금은 그래 어떤고."

물으니, 진궁은 여포를 돌아보며

"이 사람이 내 말을 들어주지 않은 게 정말 원통하다. 만약 내 말만 들었다면 이처럼 사로잡히지는 않았을 게다."

하고 침통하게 답한다.

조조가

"그래 오늘 일은 어떻게 했으면 좋을꼬."

하고 묻자, 진궁은 큰 소리로

"오늘은 내 오직 죽음이 있을 따름이다."

하는데, 조조가 다시 한마디

"공은 그렇다 하고 공의 노모와 처자는 어찌할꼬."

하자, 진궁은

"내가 들으니 효로써 천하를 다스리는 사람은 남의 어버이를 해치는 법이 없고 어진 정사를 천하에 베푸는 사람은 남의 제사를 끊는 법이 없다고 합디다. 내 노모와 처자의 생사가 또한 명공 처분에 달려 있을 뿐이오. 내 몸은 이미 사로잡힌 바 되었으니 곧 죽여 주기를 청할 따름이오."

하고 대답하니, 갑자기 조조의 입가에서 웃음이 사라졌다.

그는 진궁을 아끼는 마음이 불현듯 간절하였던 것이다.

조조는 그대로 살려 두고 싶은 생각이 있었으나 진궁은 그대로 다락에서 내려갔다. 좌우에 있던 사람이 잡아끌었으나 그는 걸음을 멈추지 않았다.

조조는 눈물지으며 자리에서 일어나 그를 배웅하였다. 그래도 진궁은 고개조차 돌리지 않는다.

조조는 종자를 돌아보고

"즉시로 공대의 노모와 처자를 허도로 보내서 양로(養老)하게 하되 태만하는 자는 참하겠다."

하고 분부하였다.

진궁은 그 말을 들었으련만 역시 말 한마디 아니 하고 목을 늘여서 칼을 받으니 보는 사람이 모두가 눈물을 흘렸다. 조조는 관을 갖추어 그의 시신을 허도에 갖다 장사지내 주었다.

후세 사람이 그를 탄식해서 지은 시가 있다.

사나 죽으나 한뜻이니 장하도다 대장부여
금 같은 말 안 들어주매 국가 동량이 썩는구나.
느껍다 그 충성 애달파라 그 효심
백문루서 죽는 날에 공대 같은 이 누구더냐.

조조가 진궁을 바래다주느라 문루에서 내려갔을 때, 여포가 현덕을 보고

"공은 좌상객(座上客)이 되고 나는 계하수(階下囚)가 되었는데 어째서 나를 위해 한마디 말씀이 없으시오."

해서, 현덕이 머리를 끄덕일 때 마침 조조가 다락으로 올라오자 여포는 큰 소리로 말하였다.

"명공의 근심거리가 여포보다 더한 것이 없는데 이제 여포가 항복했으니 공은 대장이 되시고 여포는 부장이 되면 천하를 정하기가 어렵지 않으리다."

조조가 현덕을 돌아보며

"어떻겠소."

하고 물어서, 현덕이

"공은 정건양과 동탁의 일을 보지 못하셨습니까."

하고 대답하니, 여포는 현덕을 흘겨보며

"이놈이 참 너무나 신(信)이 없구나."

하고 뇌까렸다.

조조는 여포를 끌어내다가 목을 매어 죽이라 분부하였다. 여포가 현덕을 돌아보며

"귀 큰 아이야, 원문에서 내가 화극을 쏘던 때 일을 네 잊었느냐."

하고 욕을 하는데, 홀연 한 사람이

"여포 필부야, 죽으면 죽는 게지 무에 두려울 게 있느냐."

하고 소리를 지른다. 모두 그쪽을 돌아보니 곧 도부수들이 장료를 끌고 들어온 것이었다.

조조는 여포를 목매어 죽인 다음에 효수하였다.

후세 사람이 시를 지어서 탄식하였다.

홍수는 도도하게 하비성으로 밀려든다.
온후 여포가 생금 당하던 그 당시에
하루에 천 리 가는 적토마는 이미 없고
한 자루 방천극이야 있으니 무얼 하누.

'묶은 걸 늦추어 달라' 변변치도 못한 수작
'매는 배불리 안 먹인다' 전엔 그 말 믿었것다.
아내만 중히 여겨 진궁의 말 아니 듣고
애꿎이 '귀 큰 아이'만 배은한다 욕을 하네.

또한 현덕을 논란해서 지은 시가 있다.

사람 잡는 주린 범을 허술하게 묶어 놓으랴
동탁과 정건양의 피가 아직 안 마른걸.
아비 잡아먹는 버릇 현덕이 잘 알면서
어이하여 살려 두었다 조조를 잡게 안 하였을까.

한편 무사들이 장료를 끌고 오자 조조가 그를 가리키며
"이 사람이 아무리 생각해 보아도 낯이 익다."
하고 말을 건네니, 장료가
"복양성에서 만났는데 어째서 잊었단 말이냐."
하고 대꾸한다.
"네가 과연 잊어버리지 않고 있었구나."

하고 조조가 웃으니, 장료는

"아깝다, 아까워."

하고 괴탄하였다.

"무엇이 아깝단 말이냐."

조조가 묻자, 장료의 말이

"그날 불이 크지 못해서 너 역적놈을 태워 죽이지 못한 게 아깝단 말이다."

한다.

조조는 대로해서 "패전한 장수놈이 어딜 감히 나를 욕하느냐" 하며 칼을 빼어들고 친히 장료를 죽이려 하니, 장료는 전혀 두려워하는 빛 없이 목을 늘이고 죽이기를 기다리는데 이때 조조의 등 뒤에서 한 사람은 그의 팔을 잡고 또 한 사람은 그의 앞으로 와 무릎을 꿇는다.

"승상은 고정하십시오."

살려 달라 애걸하는 여포는 도리어 죽고
역적이라 욕을 하고도 장료는 사는구나.

필경 장료를 구한 사람은 누구일꼬.

조조는 허전(許田)에서 사냥을 하고
동 국구는 내각에서 조서를 받다

| 20 |

이때 조조가 칼을 들어 장료를 죽이려 하자 현덕은 조조의 팔을 잡고 운장은 그의 면전에 꿇어 앉아, 현덕이

"이처럼 마음이 곧은 사람은 살려서 쓰시는 게 옳소이다."

하니, 운장도

"관모(關某)는 문원(文遠, 장료의 자)이 충의지사임을 잘 알고 있습니다. 바라옵건대 그 목숨을 보전케 해 주십시오."

하고들 청한다.

조조는 칼을 던지고 껄껄 웃으며

"나도 문원의 충의를 아는 까닭에 짐짓 희롱해 본 것이오."

하고 곧 그 묶은 것을 친히 풀어 주고 자기 옷을 벗어 그의 몸에 둘러 준 다음 상좌에 올려 앉혔다.

장료가 이에 감동해서 마침내 항복을 드린다. 조조는 장료로 중랑장을 삼아 관내후(關內侯)의 작을 내리고 장패를 부르게 하였다.

장패는 여포가 이미 죽고 장료가 항복했다는 말을 듣자 마침내 저도 본부 군사를 거느리고 와서 투항하였다. 조조는 후하게 상을 내렸다.

장패는 또한 손관 · 오돈 · 윤예를 권해서 조조에게 항복을 드리게 하였는데 창희만은 귀순하려 하지 않았다.

조조는 장패를 봉해서 낭야상을 삼고, 손관의 무리들에게도 각각 벼슬을 더하여 청주 · 서주 등 연해 지방을 지키게 하고, 여포의 처와 딸은 허도로 데려가게 하였다.

조조가 삼군을 크게 호상(犒賞)하고 영채를 빼어 회군하는데 도중 서주를 지나려니 백성이 향을 피우고 절하며 길을 막고 나서서

"승상께서는 부디 유 사군께 서주목을 삼으시어 우리 고을을 다스리게 하여 주십시오."

하고 청한다.

그러나 조조는

"유 사군은 공적이 크시니 허도로 올라가 천자께 배알하고 작을 봉한 연후에 돌아오시더라도 늦지 않을 것이다."

하고 말하니, 백성이 머리를 조아려 사례한다.

조조는 거기장군 차주(車冑)를 불러서 서주를 돌보게 하였다.

조조는 허창(許昌)으로 회군하자 출정한 인원에게 각기 벼슬과 상을 내리고, 현덕은 상부 근처에 택원(宅院)을 정해서 편히 쉬게 하였다.

그 이튿날 천자가 조회를 베푸시니, 조조는 현덕의 군공을 표

주하고 현덕을 데리고 가 천자께 배알하게 하였다.

　현덕이 조복을 갖추고 단지(丹墀)[1] 아래서 배알하자 헌제는 그를 전상(殿上)으로 불러

　"경의 조상이 누구인고."

하고 물었다. 현덕이

　"신은 곧 중산정왕(中山靖王)의 후예요 효경 황제 각하 현손이오며, 유웅의 손자요 유홍(劉弘)의 아들이로소이다."

하고 아뢰니, 헌제가 곧 종족 세보(世譜)을 내어다가 상고해 보게 하고, 어전에서 읽도록 종정경(宗正卿)에게 분부를 내렸다.

　효경 황제께오서 십사 자(子)를 낳으시니 제칠자가 곧 중산정왕 유승이라, 승이 육성정후(陸城亭侯) 유정(劉貞)을 낳고, 정이 패후(沛侯) 유앙(劉昻)을 낳고, 앙이 장후(漳侯) 유록(劉祿)을 낳고, 록이 기수후(沂水侯) 유연(劉戀)을 낳고, 연이 흠양후(欽陽侯) 유영(劉英)을 낳고, 영이 안국후(安國侯) 유건(劉建)을 낳고, 건이 광릉후(廣陵侯) 유애(劉哀)를 낳고, 애가 교수후(膠水侯) 유헌(劉憲)을 낳고, 헌이 조읍후(祖邑侯) 유서(劉舒)를 낳고, 서가 기양후(祁陽侯) 유의(劉誼)를 낳고, 의가 원택후(原澤侯) 유필(劉必)을 낳고, 필이 영천후(潁川侯) 유달(劉達)을 낳고, 달이 풍령후(豐靈侯) 유불의(劉不疑)를 낳고, 불의가 제천후(濟川侯) 유혜(劉惠)를 낳고, 혜가 동군범령(東郡范令) 유웅(劉雄)을 낳고, 웅이 유홍(劉弘)을 낳고, 홍은 출사하지 않았으니 유비는 곧 유홍의 아들이라.

---

1) 궁전의 돌층계. 붉게 칠해 놓은 까닭에 단지라 부른다.

헌제가 세보를 따져 보니 현덕은 곧 그의 숙항(叔行)이다. 헌제는 크게 기뻐하여 현덕을 편전으로 청해 들여 숙질의 예를 베풀고 속으로 가만히 생각하기를 '조조가 권세를 희롱하여 국사가 모두 짐의 주장하는 바가 아닌 터에 이제 이런 영웅의 숙부를 얻었으니 짐이 도움을 받을 수 있으리라' 하고, 드디어 현덕으로 좌장군 의성정후(宜城亭侯)를 봉한 다음에 어연을 배설하여 관대(款待)하였다. 어연이 파하자 현덕은 사은하고 퇴궐하니 이로부터 사람들이 모두들 그를 유황숙(劉皇叔)이라 불렀다.

조조가 상부로 돌아오니 순욱 등 여러 모사들이 들어와서 그를 보고

"천자께서 유비를 숙부로 인정하셨으니 아무래도 명공께 유익함이 없을까 보이다."

하고 말한다.

그러나 조조는

"제가 이미 황숙으로 인정을 받았으니 내가 천자의 칙지를 빌려 영을 내리면 제가 더욱이 복종하지 않을 수 없으리라. 하물며 내가 저를 허도에 머물러 있게 하였으니, 명색은 임금께 가까이 있다고 하나 실상은 내 손아귀에 들어 있는 터라 내 두려울 게 무엇이오. 내가 염려하는 것은 태위 양표(楊彪)가 원술의 친척이라 만약에 그가 원소·원술과 내응한다면 해가 적지 않을 것이니 곧 없애 버려야만 하겠소."

하고, 그 길로 가만히 사람을 시켜 양표가 원술과 내통하고 있다고 무고하게 해 드디어 양표를 잡아다 옥에 내리고 만총으로 하

여금 그 죄를 다스리게 하였다.

이때 북해태수 공융이 허도에 있다가 이를 보고

"양공은 사대째 내려오며 청덕(淸德)을 일컫는 가문인데 어찌 원씨로 인해서 죄를 줄 법이 있으리까."

하고 조조를 간하니, 조조가

"이는 조정에서 하시는 일이오"

라고 말하였다.

그러나 공융이 다시

"성왕(成王)²⁾으로 하여금 소공(召公)³⁾을 죽이게 하면서 주공(周公)이 모른다고 말씀할 수 있겠소."

하고 말하매, 조조는 부득이 양표의 관직을 파하고 그를 고향으로 놓아 보냈다.

의랑(議郞) 조언(趙彦)은 조조가 함부로 국권을 희롱하는 것을 보고 분개해서 천자께 상소하여, 조조가 칙명을 받들지 않고 제 임의로 대신을 출척하는 죄를 논핵하였다.

조조가 대로해서 곧 조언을 잡아다 죽여 버리니 이를 보고 백관들이 송구해하지 않는 이가 없다. 이때 모사 정욱이 조조를 보고

"이제 명공의 위명이 날로 성하신 터에 어찌하여 이때를 타서 왕패(王覇)⁴⁾의 일을 행하려 아니 하십니까."

하고 말하니, 조조는

---

2) 주 무왕의 아들. 무왕이 돌아가자 왕위에 올랐으나 나이 어리므로 그의 삼촌 되는 주공(周公)이 그를 보좌하였다.
3) 이름은 석(奭). 주 문왕의 서자. 곧 무왕과 주공의 서제(庶弟). 무왕이 세상을 떠난 뒤 주공과 함께 성왕을 보좌하였다.
4) 왕업(王業)과 패업(覇業), 곧 천자의 사업과 제후의 사업.

"조정에 고굉지신(股肱之臣)[5]이 아직도 많으니 경솔하게 동해서는 아니 될 것이오. 내 한 번 천자를 모시고 사냥을 하면서 동정을 보도록 하리다."

하고 대답하였다.

그리하여 조조는 양마(良馬)·명응(名鷹)·준견(俊犬)들을 가리고 궁시를 구비해 놓은 다음 궐내로 들어가서 천자에게 사냥 나가시기를 청하였다. 헌제는

"사냥은 정도(正道)가 아닐 것 같소."

하고 말하였으나, 조조가

"옛적의 제왕들은 '춘수하묘추미동수(春蒐夏苗秋彌冬狩)'[6]라 하여 사시로 들에 나가서 무위(武威)를 천하에 보이셨습니다. 이제 사해가 한창 소요하니 바로 이때 사냥으로써 무예를 닦으심이 마땅할까 하옵니다."

하고 아뢰어, 헌제는 감히 그의 말을 아니 들을 수 없어 곧 소요마(逍遙馬)를 타고 보조궁(寶雕弓)과 금비전(金鈚箭)을 띠고 난가로 성을 나섰다.

현덕은 관우·장비와 함께 각기 활을 메고 화살을 꽂고 속에는 엄심갑(掩心甲)을 입고 손에는 병장기를 든 다음에 수십 기를 거느리고 난가를 따라서 허창을 나섰다.

이날 조조는 조황비전마(爪黃飛電馬)에 올라 십만 명의 무리를 거느리고 천자와 함께 허전(許田)에서 사냥하는데 군사들이 사냥터

---

6) 춘하추동 사시절에 농사하는 틈을 타서 사냥하는 것.
5) 고(股)는 허벅다리, 굉(肱)은 팔뚝을 뜻하는데, 제왕의 협조자인 대신은 인체에서 팔다리의 역할과 같다는 데로부터 대신을 고굉이라고 하였다.

를 둘러싸니 주위가 이백여 리다.

조조가 천자와 말을 가지런히 하여 나아가는데 겨우 말머리 하나쯤 처졌을 뿐이고 그 뒤로는 모두가 조조의 심복 장교들이요, 문무백관은 모두 멀찍이서 호종하며 아무도 감히 가까이 나서지 못하였다.

이날 헌제가 말을 달려 허전에 당도하니 유현덕이 길가에서 참현(參見)한다.

"어디 황숙의 사냥하는 솜씨 좀 봅시다."

하고 헌제가 말을 해서 현덕이 분부를 받고 말에 오르려니까 마침 풀숲에서 토끼 한 마리가 튀어 달아난다. 현덕은 곧 활을 다려서 한 살로 그 토끼를 쏘아 맞히었다.

헌제가 갈채하며 언덕을 돌아가는데 홀연 가시나무 숲속에서 큰 사슴 한 마리가 뛰어나와 달아났다. 헌제는 연달아 화살 석 대를 쏘았으나 맞히지 못하고, 조조를 돌아보며

"경이 쏘아 보오."

하니, 조조는 천자의 보조궁과 금비전을 달라 하여 한 번 힘껏 다려서 쏘니 그 사슴이 바로 등줄기에 화살을 맞고 풀숲에 쓰러진다.

모든 신하들과 장교들이 금비전을 보고는 천자가 쏘아 맞힌 것이라 하여 모두들 좋아서 뛰며 헌제 쪽을 향해 만세를 부르는데, 조조가 있다가 홱 말을 달려 나와 천자의 앞을 막고 서서 제가 이것을 받았다. 사람들은 모두 낯빛이 변했다.

이때 현덕의 등 뒤에 있던 운장은 크게 노해서 누에 같은 눈썹을 곧추세우고 봉의 눈 부릅뜨며 칼을 들고 말을 채쳐 바로 조조를 베려고 하였다. 현덕은 이를 보자 황망히 그에게 손짓을 하고

눈을 보냈다. 관공은 형이 이러는 것을 보고는 감히 동하지 못하였다.

현덕은 조조를 향해서 몸을 굽히며

"승상의 활솜씨는 세상에 따를 자가 없을까 보이다."

하고 하례하였다. 조조는 웃으며

"이것이 다 천자의 홍복(洪福)이오."

하고 곧 말을 돌려 천자를 향해 치하하는데, 마침내 보조궁은 반환하지 않고 제가 등에 메어 버렸다.

사냥을 마치자 허전에서 잔치를 하고 잔치가 끝나자 거가가 허도로 돌아와서 모든 사람이 다 흩어져 돌아가서 몸을 쉬었다.

운장은 현덕을 보고 물었다.

"조조 역적놈이 기군망상(欺君罔上)하기에 제가 죽여서 나라의 화근을 덜어 버리려 한 것인데 형님은 왜 못하게 하셨습니까."

그 말에 현덕이

"쥐를 잡고 싶어도 그릇이 깨질까 보아 꺼린다는 말이 있네. 조조가 천자에게서 말머리 하나밖에 안 떨어져 있고 그의 심복들이 주위를 둘러싸고 있으니 자네가 만약 한때 노여움을 이기지 못하고 경솔하게 움직였다가 혹시 성사하지 못해서 천자가 상하시는 일이라도 있다면 그 죄가 모두 우리들에게 미칠 것이 아니겠나."

하고 대답하며 운장을 보니

"오늘 이 역적을 죽이지 않으면 뒤에 반드시 화가 될 것입니다."

하고 운장은 다시 말하였으나, 현덕은

"이 일은 덮어 두고 함부로 입 밖에 내지 않는 것이 좋으이."

하고 그를 타일렀다.

한편 헌제는 환궁하자 복 황후를 보고 울면서

"짐이 즉위한 뒤로 간웅들이 일시에 일어나서 먼저는 동탁의 앙화를 입었고 뒤에는 이각·곽사의 난리를 만났으니, 다른 사람이 당해 보지 못한 괴로움을 우리 두 사람이 혼자 당했구려. 그 뒤에 조조가 나와서 짐이 저야말로 사직지신이라 했더니, 뜻밖에 국권을 희롱하여 위복(威福)을 함부로 휘두를 줄 누가 알았겠소. 짐이 매양 저를 볼 때마다 흡사 가시로 등을 찔리는 것 같았는데 오늘 사냥터에서 신하들의 하례를 중뿔나게 제가 나서서 맞으니 그 무례함이 이미 극도에 다다랐소. 제가 조만간에 필연 딴 뜻을 품을 것이니 우리 부부는 어디서 죽을지 모르게 되었소그려."

하고 한탄하니, 복 황후가

"만조 공경들이 다 한나라 녹을 먹고 있는데 단 한 사람도 국난을 구할 자가 없단 말씀이오니까."

하는데, 그의 말이 미처 끝나지 않아 홀연 한 사람이 밖으로부터 들어오며

"두 분 폐하께서는 염려하지 마십시오. 신이 한 사람을 천거하와 국가의 화를 덜도록 하오리다."

한다. 헌제가 보니 그는 곧 복 황후의 생부 복완(伏完)이었다.

헌제가 눈물을 감추며

"황장(皇丈)도 또한 조적(曹賊)의 전횡을 알고 있소."

하고 물으니, 복완이 이에 대답하여

"허전에서 사슴 쏘던 일을 누구는 보지 않았사오니까. 다만 만조 공경이 조조의 종족이 아니면 곧 그 문하들이라 만약 국척(國戚)이 아니고 보면 누가 충성을 다해서 역적을 치려 하겠습니까.

노신은 권력이 없사오매 이 일을 행하기 어렵사옵고 거기장군 국구 동승에게 부탁하여 봄이 어떠하옵니까."
하고 아뢴다.

"동 국구가 국난에 많이 나서는 것은 짐이 본래 아는 터, 그럼 궐내로 불러들여다가 함께 대사를 의논해 보겠소."

헌제의 말에 복완은 아뢰되

"비록 그러하오나 지금 폐하를 좌우에서 모시는 자들이 다 조적의 심복이라 한 번 일이 누설되는 때에는 화가 적지 않사오리다."
한다. 헌제가

"그럼 어떻게 했으면 좋겠소."
하고 물으니, 복완은 이에 대답하여

"신에게 한 가지 계책이 있사옵니다. 폐하께서는 금포 한 벌과 옥대 하나를 은밀히 동승에게 내리시되 옥대 뒤판 속에 밀조를 넣어 꿰매 주신 다음 저로 하여금 집에 돌아가서 조서를 보고 주야로 획책하게 하시면 이 일을 귀신도 알지 못할까 하옵니다."
한다.

헌제는 마음에 그러이 여겼다. 복완은 천자께 하직하고 물러나 갔다.

헌제는 그 길로 친히 밀조 한 통을 지은 다음 손가락 끝을 깨물어 혈서를 썼다. 그리고 아무도 모르게 복 황후의 손을 빌려 옥대 자금친(紫錦襯) 속에 이 밀조를 접어 넣고 그 자리를 감쪽같이 꿰매게 하였다.

헌제는 자기 몸에 금포를 입고 그 위에 옥대를 띠었다. 그리고 나서 그는 내사(內史)를 부려서 동승을 궐내로 불러들였다.

동승이 들어와서 알현하자, 헌제는

"짐이 간밤에 황후로 더불어 전일 패하(覇河)에서 고생하던 일을 이야기하던 중 문득 국구의 비상한 공훈을 생각하였기로 위로의 말이나 할까 하여 이처럼 들어오라 했소."

하고 말하였다. 동승은 머리를 조아려 사례하였다.

헌제는 곧 동승을 데리고 전각에서 나와 태묘(太廟)에 이르자 그 길로 공신각 안으로 들어갔다.

분향재배하기를 마치자 헌제는 동승을 데리고 그 안에 걸려 있는 화상들을 보았다. 중간에 걸린 것은 곧 한 고조의 화상이다.

헌제가 동승에게

"우리 고조 황제께서는 어디서 몸을 일으키셨으며 또한 어떻게 기업(基業)을 세우신 것이오."

하고 묻자, 동승은 크게 놀라

"폐하께서는 신을 희롱하고 계시옵니다. 성조의 사적을 어찌 모르신다 하오리까. 고 황제께오서 사상정장으로부터 몸을 일으키시어 삼척검을 잡으시고 참사기의 하시어 사해를 종횡하시며 삼 년 만에 진나라를 쳐 없애시고 오 년 만에 초나라를 멸하시어 마침내 천하를 수중에 거두시고 만세의 기업을 세우셨던 것이 아닙니까."

하고 아뢰었다.

듣고 나자 헌제는

"조종(祖宗)은 그렇듯이 영웅이신데 자손은 이렇듯이 나약하니 어찌 한탄할 일이 아니겠소."

하고 탄식하며, 다시 그 좌우에 걸린 이보(二輔)의 화상을 손으로

252

가리키며

"이 두 사람은 유후(留侯) 장량(張良)과 찬후(鄼侯) 소하(蕭何)가
아니오."

하고 물었다. 이에 대답하여 동승이

"그러하오이다. 고조께오서 개기창업(開基創業)하신 데는 실로 이
두 사람의 힘이 컸사오이다."

하고 아뢰는데, 헌제가 둘러보니 이때 좌우에 모시고 있는 자들
이 저만큼 떨어져 있다.

헌제는 곧 동승을 향하여 가만히 말하였다.

"경도 부디 이 두 사람처럼 짐의 곁에 있어 주오."

하니, 동승이

"신이 마디만 한 공로도 세운 것이 없사온 터에 어찌 그러하기
를 바라오리까."

하고 아뢰자, 헌제는

"경이 서도에서 구가(救駕)해 준 공로를 짐이 하루라도 잊은 적
이 없건만 무어 경에게 줄 것이 없소그려."

하고, 곧 자기가 입고 있는 금포와 옥대를 손으로 가리키며

"경은 마땅히 짐의 이 금포를 입고 이 옥대를 띠고서 항상 짐의
좌우에 있듯이 하오."

하고 말하였다. 동승은 다시 머리를 조아려 사례하였다.

헌제는 옥대를 끄르고 금포를 벗어 동승에게 하사한 다음

"경은 돌아가서 부디 자세히 살펴보고 짐의 뜻을 저버리지 말
도록 하오."

하고 가만히 당부하였다.

동승은 그 말뜻을 짐작하고 즉시 금포를 입고 옥대를 띤 다음 헌제께 하직을 고하고 공신각에서 내려왔다.

이때 벌써 조조에게다

"천자께서 지금 동 국구와 함께 공신각 안에서 말씀을 하고 계십니다."

하고 보한 사람이 있어서 조조는 동정을 살피려고 즉시 대궐로 향하였다.

동승은 공신각을 나와 막 궁문 밖을 나서자마자 마침 저편에서 들어오는 조조와 만났다. 그는 창졸간에 어디로 몸을 피할 곳이 없어 하는 수 없이 길가에 비켜서서 인사를 하였다.

조조가

"국구는 무슨 일로 예궐(詣闕)하시었소."

하고 묻는다. 동승이

"마침 천자께서 부르시기로 들어왔다가 이 금포와 옥대를 하사받았소이다."

하고 대답하니, 조조가 다시

"무슨 일로 그것은 주십디까."

하고 묻는다.

"이 사람이 전일 서도에서 구가해 드린 공로를 생각하시고 천자께서 내리신 것이외다."

하니, 조조가

"어디 그 옥대를 끌러서 나를 좀 보여 주오."

한다.

동승은 의대 속에 반드시 밀조가 들어 있을 것을 알고 있었으므로 조조에게 그것을 간파당할까 두려워서 머뭇거리면서 끄르지 않았다.

조조는 좌우를 꾸짖어

"빨리 저 옥대를 끌러 오너라."

해서 손에 들고 이윽히 보더니 웃으면서

"과연 좋은 옥대요. 이번에는 어디 금포를 좀 보게 벗어서 이리 주어 보오."

한다. 동승은 마음에 두려워서 감히 거역하지 못하고 드디어 금포를 벗어서 조조에게 바쳤다.

조조는 금포를 친히 펼쳐 들고 서서 햇빛에다 비추어 자세자세 살펴보았다. 그리고 다 보고 나자 그는 금포를 자기 몸에 입고 옥대를 그 위에 맨 다음 좌우를 돌아보며

"품이며 길이가 어떠하냐."

하고 물었다. 좌우가

"꼭 몸에 맞으십니다."

하고 아뢴다.

조조는 동승을 보고 말하였다.

"국구는 이 포대를 내게 물려주시지 못하겠소."

동승이

"임금께서 하사하신 것을 어찌 물려드리겠습니까. 따로 제가 한 벌 지어서 바치겠습니다."

하니, 조조가 불쑥

"국구가 천자께 이 의대를 받은 데는 무슨 모계가 그 가운데 들어 있는 게 아니오."

하고 묻는다.

　동승은 깜짝 놀라서

"어찌 감히 그럴 법이 있으리까. 승상께서 기어이 달라고 하시면 이 의대를 드리겠소이다."

하고 말하였다.

　조조는

"공이 임금으로부터 하사받은 것을 내가 왜 뺏겠소. 잠깐 내가 농으로 한 말이오."

하고 드디어 옥대를 끄르고 금포를 벗어서 동승에게 돌려주었다.

　동승은 조조와 헤어져서 집으로 돌아오자 그날 밤 홀로 서원 안에 앉아서 금포를 꺼내 놓고 몇 번이나 되풀이해서 자세히 살펴보았다. 그러나 아무리 보아도 종시 아무것도 없다. 동승은 속으로

"천자께서 그처럼 내게 포대를 하사하시면서 자세히 살펴보라고 분부하실 때에는 반드시 무슨 곡절이 있을 터인데 종시 아무런 종적이 없으니 이것이 대체 어찌된 일일까."

하고 생각하며, 이번에는 또 옥대를 손에 들고 살펴보았다.

　옥대는 백옥(白玉)이 영롱한데 그 위에 소룡천화(小龍穿花)의 문양이 있고 뒤판은 자금(紫錦)으로 대었는데 혼솔이 곱게 감춰져 있을 뿐이요 역시 아무것도 눈에 띄는 것이 없었다.

　동승은 마음에 의아하여 옥대를 탁자 위에 놓고 이리저리 들쳐 보기를 한동안이나 하다가 그만 지쳐서 서안에 엎드려 잠깐 눈을 붙이려 하였다. 이때 홀연 등잔 심지의 불똥이 옥대 위에 떨어져서 뒤판이 탄다.

동승은 깜짝 놀라서 곧 불똥을 털었으나 벌써 한 군데 구멍이 나서 그리로 흰 깁이 약간 드러나 보이고 희미하게 피 붉은 흔적이 보였다. 그는 급히 칼을 가져다 솔기를 뜯고 보았다. 그것은 곧 천자가 친필로 쓴 혈자밀조(血字密詔)였다.

혈서인 것에 우선 동승의 가슴은 떨리고 두 눈에서는 저도 모르게 더운 눈물이 줄을 지어 흘렀다.

조서의 내용은 다음과 같다.

　짐이 들으매 인륜의 크기는 부자(父子)가 제일이요 존비(尊卑)가 다르기는 군신(君臣)이 으뜸이라. 근일에 조적이 권세를 희롱하여 군부(君父)를 기망하고 붕당을 모아서 나라의 기강을 깨뜨리니 칙봉과 상벌이 모두 짐의 주장하는 바 아니다.

　짐은 주야로 근심하며 천하가 장차 위태로울까 두려워하나니 경은 나라의 대신이요 짐의 지척(至戚)이라 마땅히 고제(高帝)의 창업의 간난하셨음을 생각하고 충의량전(忠義兩全)한 열사들을 모아 간사한 무리들을 초멸하고 사직을 다시 편안케 한다면 조종이 다행하리라.

　손가락을 깨물고 피를 내어 이 조서를 써서 경에게 부치는 터이니 경은 재삼 삼가서 부디 짐의 뜻을 저버리지 말지어다.

건안 사년 춘삼월 조(詔)

'손가락을 깨물어 피를 뿌려 이 조서를 써 경에게 부치는 터이니' 하신 대목에 이르러서는 터질 듯 괴로운 가슴을 주체할 길이 없다.

동승은 읽고 나자 그대로 눈물이 비 오듯 하였다. 자리에 누워서도 온 밤을 통 잠을 못 이루고, 새벽에 일어나자 다시 서원에 나와 앉아서 조서를 되풀이 보고 또 보았으나 도무지 계책이 없다. 그는 조서를 탁자 위에 놓고 조조를 없이할 계교를 한동안이나 궁리해 보다가 마침내 생각을 정하지 못한 채 서안에 몸을 의지하고 잠이 들어 버렸다.

이때 공교롭게 시랑 왕자복(王子服)이 찾아왔다. 문리(門吏)는 그가 동승과 교분이 두터운 줄을 잘 아는 까닭에 막지 않아서 왕자복은 그대로 서원으로 들어갔다.

보니 동승은 서안에 엎드려서 잠이 들어 있고 그의 소맷자락 밑에 웬 흰 깁 한 조각이 눌려 있는데 그 위에 희미하게 '짐(朕)'이란 글자가 눈에 띄었다.

왕자복은 마음에 의아하여 그 깁 조각을 살짝 잡아 떼어서 한번 보고 나자 곧 소매 속에 감추고

"국구는 아무 근심 없소그려. 어떻게 이처럼 태평으로 자고 있단 말이오."

하고 동승을 깨웠다.

동승이 놀라서 잠을 깨어 보니 조서가 보이지 않는다. 그는 그만 가슴이 덜컥 내려앉고 팔다리가 떨려서 어찌할 바를 몰랐다.

왕자복이 그를 보고

"네가 조공을 모살하려고 하는구나. 내가 곧 가서 고변을 하겠다."

하고 을러대었다. 동승은

"만일 형이 그러신다면 한실은 영영 망하고 마는 게요."

하고 울며 빌었다.

왕자복은 곧 말씨를 고쳐

"그건 농담이외다. 우리 조상이 대대로 한나라의 녹을 자셔 온 터에 어찌 내게 충군하는 마음이 없겠소. 원컨대 내 한 팔의 힘을 도와서 형과 함께 국적을 주멸하리다."

하고 말하였다.

"형에게 그럴 마음이 있으시니 국가에 이만 다행이 없소."

동승이 말하자, 왕자복은

"우리가 밀실에서 함께 의장(義狀)을 세운 다음에 각기 삼족(三族)을 버리고서 임금께 보답하도록 하십시다."

하고 의견을 낸다.

동승은 크게 기뻐하여 흰 비단 한 폭을 내어다가 먼저 자기가 이름을 쓰고 수결(手決)을 두었다. 다음에 왕자복이 또한 이름을 쓰고 수결을 두었다.

쓰고 나서 왕자복이 동승을 대하여

"장군 오자란(吳子蘭)이 나와 지극히 가까운 사이이니 같이 일을 도모할 만하오."

하니, 동승은 또

"만조 대신들 중에 오직 장수교위 충즙(种輯)과 의랑 오석(吳碩)이 내 심복이라 필시 우리와 함께 일을 하려 들 것이오."

하여 두 사람이 바로 의논들을 하고 있을 때, 가동(家僮)이 들어와서 충즙과 오석이 찾아왔다고 보한다.

동승이

"이는 바로 하늘이 우리를 도우시는 것이오."

하며 왕자복더러 잠시 병풍 뒤에 숨어 있으라고 이른 다음 두 사람을 서원으로 맞아들였다.

　손과 주인이 좌정하여 차를 마시고 나자, 충즙이

　"허전에서 사냥할 때 일을 공도 분개하고 계시오."

하고 물어서, 동승이

　"비록 분개는 하고 있지만 어떻게 하겠소."

하고 대답하니, 오석이 있다가

　"내 이 역적놈을 맹세코 죽이려고는 하나 다만 나를 도와줄 사람이 없는 게 한이오."

한다.

　충즙이 다시 입을 열어

　"나라를 위해서 역적놈을 없앨 수만 있다면 비록 이 몸은 죽는대도 한이 없겠소."

하고 말하는데, 이때 왕자복이 불쑥 병풍 뒤에서 나오며

　"너희 두 놈이 조 승상을 모살하려고 하는구나. 내가 가서 고변을 하겠는데 동 국구는 증인을 서 주어야 하겠소."

하니, 충즙이 노해서

　"충신은 죽음을 두려워하지 않는다. 우리들은 죽어도 한나라의 귀신이 되지 어째 너처럼 역적놈에게 빌붙어서 살랴."

하고 말한다.

　동승은 웃으면서

　"우리들이 그러지 않아도 이 일로 해서 두 분을 만나려던 참이었소. 왕 시랑의 말씀은 농으로 하신 거외다."

하고 즉시 소매 속에서 밀조를 꺼내 두 사람에게 보인다.

두 사람이 조서를 읽고 나서 눈물을 금치 못한다.

동승이 그들을 보고 의장(義狀)에다가 이름 쓰기를 청하는데, 왕자복이 있다가

"두 분은 여기서 잠시 기다리고 계시오. 내가 가서 오자란을 청해 오리다."

하고 나가더니 얼마 지나지 않아 오자란과 함께 왔다.

여러 사람이 서로들 수인사하고 또한 각기 이름들을 쓰고 나자 동승은 그들을 후당으로 청해 들여다가 술자리를 벌였다.

그러자 문득 문리가 보하되 서량태수 마등이 찾아왔다고 한다. 동승은

"내가 병이 나서 만나 뵙지를 못한다고 여쭈어라."

하고 일렀다.

문리가 나가서 그대로 전갈을 하자, 마등은

"바로 어제 동화문(東華門) 밖에서 너의 댁 대감이 금포 옥대로 나오시는 것을 내 눈으로 뵈었는데 어째서 칭병하시는 것이냐. 내가 일 없이 온 게 아닌 터에 왜 만나 보시지 않겠다느냐."

하고 노발대발한다.

문리가 다시 안으로 들어가서 마등이 역정을 더럭 내더라고 보해서 동승은 자리에서 일어나며

"제공들은 잠시 기다리오. 내 잠깐 나갔다 오리다."

하고 즉시 사랑으로 나가서 그를 맞아들였다.

피차 인사를 마치고 자리 잡고 앉자 마등이 바로 입을 열어

"내가 천자를 뵈러 올라왔다가 이제 내려가게 되어 대감께 하직차 온 것인데 어째서 만나 보지 않으려고 하셨소."

난세, 풍운의 영웅들

하고 따지려 든다.

동승은

"내가 갑자기 병이 나서 얼른 나와 영접하지 못했으니 참으로 미안하외다."

하고 변명하였으나, 마등이 다시

"신관이 환하신 게 아무리 보아도 병환이 있으신 것 같지는 않소."

하고 말하는 통에 그는 그만 대답할 말이 없었다.

마등은 그 길로 바로 소매를 떨치고 일어나더니 섬돌을 내려서며

"모두들 나라를 구할 사람은 아니로구나."

하고 한숨짓는다.

동승이 문득 그 말에 마음이 감동되어 얼른 그의 소매를 잡고

"누가 나라를 구할 사람이 아니라는 말씀이오."

하고 물으니, 마등이

"허전에서 사냥하던 당시의 일을 생각하면 나는 지금도 분이 가슴에 차 치가 떨리는데 공은 국척의 몸으로 한갓 주색에 빠져 역적을 칠 생각은 하지도 않고 있으니 어찌 나라를 위해서 환난을 구할 사람이라고 하겠느냐는 말씀이오."

한다.

동승은 혹시 그가 자기의 속을 떠 보려고 하는 말이나 아닌가 의심해서 짐짓 놀라는 시늉을 하고

"조 승상으로 말하면 국가의 대신이요 온 조정이 의뢰하는 바인데 공은 어찌하여 그러한 말씀을 하시는 거요."

라고 한마디 하니, 마등이 대로하여

"공은 그래도 조조 역적놈을 좋은 사람이라고 하는 거요."

하고 소리친다.

"이목이 가까우니 가만가만 말씀하십시다."

하고 동승이 말하자, 마등은

"살기를 탐내고 죽기를 두려워하는 무리들 하고 내 무슨 대사를 논해 보겠느냐."

하고 말을 마치자 그대로 다시 자리에서 일어나려 한다.

동승은 그에게 충의의 마음이 있는 것을 알고는 즉시

"공은 부디 고정하시오. 내가 공에게 보여 드릴 것이 있소이다."

하고, 그는 마침내 마등을 서원으로 끌고 들어가 조서를 꺼내 보여 주었다.

마등은 조서를 읽고 나자 머리털이 모두 일어서고 이를 갈며 입술을 깨물어서 입에 피가 가득해 가지고 동승을 대하여

"공이 만일 거사를 하시는 때는 이 사람이 곧 서량병을 거느리고 외응하리다."

하고 말한다.

동승은 마등을 후당으로 청해 들여서 여러 사람들과 서로 만나 보게 한 다음에 의장을 꺼내서 그더러 이름을 쓰라고 하였다.

마등은 즉시 술을 들고 피를 마시며

"우리는 죽기로써 언약한 바를 저버리지 아니하리라."

하고 맹세하고 나서, 손을 들어 자리에 앉은 다섯 사람을 가리키며

"만약 사람을 열 명만 얻는다면 가히 대사를 이룰 수 있으리다."

하고 말하였다.

　동승이 있다가

　"충의지사를 많이 얻기가 어디 쉽소. 만일 그렇지 않은 사람을 끌어들였다가는 도리어 큰 화를 입게 될 것이오."

하고 말하는데, 마등은 '원행로서부(鴛行鷺序簿)'[7]를 달라고 하여 한 번 죽 훑어 내려가다가 유씨 종족에 이르러 마침내 손뼉을 치면서

　"어째서 이 사람과 함께 의논하려고 아니 하시오."

하였다.

　여러 사람이 일제히 그것이 대체 누구냐고 묻자 마등은 서서히 입을 열어 그 사람의 이름을 대었다.

　　　한 번 국척이 밀조를 받고 나니
　　　종친이 또 나서서 한실을 돕는구나.

　필경 마등이 누구 이름을 대었는고.

---

7) 문무백관의 궁중석차(宮中席次)를 적어 놓은 문부.

조조는 술을 마시며 영웅을 논하고
관공은 성을 열게 해서 차주를 베다

| *21* |

이때 동승의 무리가 마등을 보고

"공은 어떤 사람을 쓰려고 그러시오."

하고 물으니 마등이

"지금 예주목 유현덕이 여기 있는데 왜 말씀을 안 해 보시오."

한다.

"이 사람이 비록 임금의 숙항이 된다지만 지금 바로 조조에게
몸을 붙이고 있는 터에 제가 어찌 이 일을 행하려 들겠소."

하고 동승이 말하자, 마등은

"내가 전일에 사냥터에서 보니 조조가 여러 사람의 하례를 받
을 때 운장이 현덕의 등 뒤에 있다가 칼을 들어 조조를 죽이려 드
는 것을 현덕이 눈짓을 해서 못하게 합디다. 이것은 현덕이 조조
를 없애고 싶지 않아서 그런 것이 아니라 조조의 심복이 많으므

로 힘이 미치지 못할까 두려워했기 때문이오. 공이 시험 삼아 말씀을 해 보시면 그가 필시 응낙하리다."

하고 말한다.

그러나 오석이

"이 일은 너무 급히 서두를 것이 아니니 다시 의논해서 하기로 하십시다."

하고 말하여 여러 사람은 다 흩어져 돌아갔다.

그 이튿날이다. 밤이 들기를 기다려서 동승은 조서를 품에 품고 바로 현덕의 공관(公館)으로 갔다.

문리가 들어가 보해서 현덕이 밖에 나와 그를 영접하여 함께 소각(小閣)으로 들어가서 좌정하자 관우와 장비는 곁에 시립하였다.

현덕이 물었다.

"국구께서 이렇듯 심야에 오셨으니 무슨 연고가 있나 보이다."

동승이

"백주에 말을 타고 찾아뵈면 혹시 조조가 의심이나 하지 않을까 두려워서 이렇듯 밤에 뵈러 온 것이외다."

하고 대답한다.

현덕이 술을 내어 그를 대접하는데 동승이 불쑥

"전일 사냥터에서 운장이 조조를 죽이려 하였을 때 장군이 눈짓을 하시고 머리를 흔들어 못하게 하신 것은 웬 까닭입니까."

하고 물어서 현덕이 놀라

"공은 어떻게 아셨습니까."

하고 되물으니, 동승은

"남들은 다 못 보았지만 이 사람만은 보았소이다."

266

하고 말하였다.

현덕은 감출 길이 없어서 드디어

"사제가 조조의 참람한 것을 보고 분을 참지 못했기 때문이외다."
라고 한마디 하니, 동승은

"조정의 신하들이 만약에 다들 운장만 같다면야 어찌 나라의 장
래를 근심만 하겠습니까."
하더니 낯을 가리고 운다.

현덕은 혹시 조조가 그를 보내서 자기 속내를 알아보려 하는 거
나 아닐까 하여 짐짓

"조 승상이 나라를 다스리고 계신데 무슨 근심이 있겠습니까."
하고 말하니, 동승이 낯빛을 변하고 벌떡 일어나며

"공은 한나라의 황숙이기로 내가 모처럼 흉금을 털어 놓고 말
씀을 드리는 것인데 어째서 속이시오."
한다.

"국구께서 혹시 딴 뜻이 있어 그러시는 것이나 아닌가 하여 나
도 시험 삼아 드린 말씀이외다."
하고 현덕이 말하자, 동승은 곧 의대조(衣帶詔)를 꺼내서 그에게 보
여 주었다. 현덕은 비분해하기를 마지않았다.

동승이 또 의장을 꺼내서 보이니 그 위에 이름을 둔 사람은 여
섯 명이라, 첫째는 거기장군 동승이요, 둘째는 공부시랑 왕자복
이요, 셋째는 장수교위 충즙이요, 넷째는 의랑 오석이요, 다섯째
는 소신장군(昭信將軍) 오자란이요, 여섯째는 서량태수 마등이다.

현덕이 보고 나서

"공이 이미 조서를 받들어 도적을 치려 하시는 터에 유비가 어

찌 수고를 아끼겠습니까."

하고 말하니, 동승은 절을 해서 사례하고 곧 수결 두기를 청했다. 현덕이 또한 '좌장군 유비'라 쓰고 수결 두어 동승에게 주니, 동승은 고이 받아서 간수하고

"이제 앞으로 세 사람을 더 구해서 모두 열 사람이 모여 가지고 국적을 도모하도록 할 생각이외다."

라고 말하였다.

현덕은

"부디 서서히 시행하도록 하시며 아무에게나 말씀을 내시지 않는 것이 좋을 것 같소이다."

하였다.

이렇듯 함께 의논하다가 오경이나 되어서야 동승은 유비에게 하직하고 돌아갔다.

현덕은 조조의 모해를 방비하려 자기가 거처하고 있는 공관 후원에 채소를 심고 친히 물을 주어 도회(韜晦)[1]하는 계교를 삼았다.

관우·장비 두 사람이

"형님은 어째서 천하 대사에 마음을 두지 않으시고 소인배들이나 하는 일에 정성을 쏟으십니까."

"정말 형님이 채소밭 가꾸시는 걸 보면 한심하고 한편으론 화도 나오."

하고 물었으나, 현덕이

"그것은 두 아우가 알 일이 아닐세."

---

1) 종적을 감추는 것. 자기의 본색을 숨기고 남에게 알리지 않는 것.

하고 말해서 두 사람은 다시 더 묻지 않았다.

그러자 어느 날 일이다. 관우와 장비는 어디 나가고 현덕이 혼자 후원에서 채마밭에 물을 주고 있는데 허저와 장료가 수하의 무리 수십 명을 이끌고 후원으로 들어와서

"승상께서 사군을 청하시니 곧 가시지요"

한다. 현덕은 놀라서

"대체 무슨 긴급한 일이요."

하고 물었으나, 허저는

"모르겠습니다. 그냥 우리더러 청해 오라고 하셨으니까요."

할 뿐이다.

현덕이 하는 수 없이 두 사람을 따라서 상부로 들어가 조조를 만나 보니 조조가 웃으며

"집에 들어앉아서 좋은 일만 하신다면서요."

하고 묻는다.

현덕은 깜짝 놀라 긴장을 하는데 조조는 그의 손을 덥석 잡고 바로 후원으로 끌고 들어가며

"날씨가 이리 가물어서 현덕이 채마 가꾸시기가 수월하지 않겠소."

하고 말한다.

현덕이 그 말을 듣고서야 겨우 마음을 놓고

"할 일이 없기에 그저 소일삼아 하는 것입니다."

하고 대답하니, 조조가

"마침 매화 나뭇가지에 열매가 파랗게 맺은 것을 보니 문득 생각나는 것이 있어서 그러오. 내가 지난해 장수를 치러 갔을 때 길

에서 물이 떨어져 장병들이 모두 갈증을 못 이기는데, 내가 문득 꾀 하나를 생각해 내고서 채찍을 들어 한 곳을 가리키며 '저기 매화나무 숲이 있다' 하고 한마디 했더니 군사들이 그 말을 듣고는 모두 입 안에 침들이 돌아서 갈증을 면했다오. 이제 이 청매(青梅)를 보니 그냥 있을 수 없을뿐더러 또한 빚어 둔 술도 마침 익었기에 우리 소정(小亭)에서 한 잔 하시자고 이렇듯 사군을 오시게 한 것이오."

하고 말한다.

현덕이 그제야 아주 마음을 턱 놓았다.

현덕이 조조를 따라서 작은 정자로 가 보니 이미 주효가 그곳에 배설되어 있었다. 소반 위에 청매 한 가지를 놓고 술을 데워 두 사람은 탁자를 사이에 두고 마주 앉아서 시름을 잊고 양껏 잔을 기울였다.

술이 반감에 이르렀을 때 갑자기 검은 구름이 온 하늘을 덮으며 소낙비가 쏟아지려 하는데, 이때 종자가 있다가

"저기 용이 올라갑니다."

하고 멀리 하늘 밖을 손으로 가리켜서, 조조는 현덕과 더불어 난간에 의지하여 그 편을 바라보았다.

그러다가 조조가

"사군은 용의 조화를 아시오."

하고 물어서, 현덕이

"자세히 알지 못합니다."

하고 대답하니, 조조가

"용은 능히 커지기도 하고 작아지기도 하며 능히 오르기도 하

고 숨기도 하는 것이니, 커진 때는 구름을 일으키며 안개를 토하고 작아진 때는 비늘을 숨기며 형체를 감추고 오를 때는 우주 사이로 비등하고 숨을 때는 파도 속으로 잠복해 버리는 것이라, 방금 봄이 짙으매 용이 바로 때를 만나서 조화를 부리는 것이 마치 우리들 사람이 뜻을 얻어 사해를 횡행하는 것이나 같소그려. 용의 됨됨이가 가히 인간 세상의 영웅에다 비할 것이라 하겠는데, 현덕은 그간 오래 사방을 열력(閱歷)하셨으니 반드시 당세의 영웅들을 아실 것이라 어디 한 번 말씀을 해 보시오."

하고 또 묻는다.

"유비의 무딘 눈으로써 어찌 영웅을 알아보겠습니까."

하니, 조조가

"과히 겸손하시지 마오."

한다.

"유비가 승상의 덕택으로 조정에 들어와 있기는 하나 실상 말씀이지 천하의 영웅들을 알지는 못합니다."

하자, 조조가 다시

"설사 안면은 없다손 치더라도 이름이야 들으셨을 게 아니오."

한다.

현덕이 그제야 이름을 들어서

"회남의 원술이 군사와 양식을 넉넉히 가지고 있으니 가히 영웅이라고 할 수 있겠지요."

하니, 조조는 웃으며

"그는 총중고골(塚中枯骨)[2]이외다. 조만간 내 반드시 저를 사로잡고 말 테요."

난세, 풍운의 영웅들

하고 말하였다.

현덕이 다시

"하북의 원소는 사세삼공으로서 문하에 고리(故吏)들이 많은 터에 이제 기주 지방에 범처럼 웅거하고 앉아 그 수하에 능한 사람들이 극히 많으니 그는 가히 영웅이라 할 수 있겠지요."

하니, 조조는 역시 웃으며

"원소는 말하자면 빛 좋은 개살구요. 꾀를 좋아는 하지만 결단을 못하며 대사를 당하면 몸을 아끼려 들고 소리(小利)를 보면 목숨을 버리고 달려드니 그는 영웅이 아니외다."

한다.

"그러면 그 이름이 팔준(八俊) 가운데 들고 그 위엄을 구주(九州)에 떨치고 있는 형주의 유경승(劉景升)은 가히 영웅이라 할 수 있겠지요."

"유표는 허명무실한 사람이니 영웅이 아니오."

"그러면 혈기가 방강(方剛)한 저 강동의 영수 손백부(孫伯符)는 영웅이라 할 수 있겠지요."

"손책은 저의 아비의 이름을 빌렸을 뿐이니 영웅이라 할 수 없소."

"그러면 익주의 유계옥(劉季玉)은 가히 영웅이라 할 수 있을까요."

"유장이 비록 한실의 종친이기는 하나 이를테면 집을 지키는 개에 불과하니 이를 어찌 영웅이라 말하겠소."

---

2) 무덤 속에 들어 있는 마른 뼈다귀라는 뜻이니, 아무짝에 소용없는 인물을 비유하는 말이다.

현덕이 마지막으로

"그러면 장수나 장노(張魯)나 한수(韓遂) 같은 인물들은 또 어떻습니까."

하고 물으니, 조조는 손뼉을 치고 껄껄 웃으며

"이는 다 녹록한 소인의 무리들인데 말할 거리나 되겠소."

하고 말한다.

　현덕이

"내가 그 밖에는 실상 아는 이가 없소이다."

하고 말하자, 조조가

"대저 영웅이란 가슴에는 크나큰 뜻을 품고 뱃속에는 좋은 계책을 가지고 있는 사람이니 곧 그에게는 능히 우주를 싸고 감출 기모(機謀)와 가히 천지를 삼켰다 토했다 할 대지(大志)가 있는 자라야 하오."

하고 말한다.

　현덕이

"누구를 가리켜 과연 그런 사람이라 할 수 있겠습니까."

하고 물으니, 조조는 문득 손을 들어서 먼저 현덕을 가리키고 다음에 그 손으로 자기를 가리키며

"지금 천하에 영웅이라 할 사람은 오직 사군과 조조뿐이외다."

하고 말하였다.

　현덕은 그 말을 듣고는 깜짝 놀라 그만 저도 모를 결에 손에 들고 있던 수저를 땅에 떨어뜨리고 말았다.

　이때 마침 소낙비가 쏟아지려 하여 우레 소리가 크게 울렸다. 현덕은 천연덕스럽게 머리를 숙이고 땅에 떨어뜨린 수저를 집어

들면서

"뇌공(雷公)의 위엄이 과연 대단하시구나."

라고 한마디 하니, 조조가 그 말에 웃으며

"아니, 장부도 우레를 두려워하시오."

하고 묻는다.

현덕은

"성인께서도 신뢰(迅雷)와 풍렬(風烈)에 낯빛을 고치셨다고 하였으니 어찌 두려워하지 않겠습니까."

하여, 자기가 조조의 말을 듣고 놀라서 수저를 떨어뜨린 것을 이렇듯 슬쩍 둘러대 버리고 말았다. 이로 말미암아 조조는 마침내 현덕을 의심하지 않았다.

후세 사람이 이 일을 칭찬해서 지은 시가 있다.

범의 굴에 몸을 붙여 구구히 사는 터에
영웅이라 설파하니 간이 다 스러진다.
수기응변(隨機應變)으로 우레 듣고 놀란 체
둘러대는 그 수단은 귀신도 곡을 하리.

비가 막 그쳤을 때 웬 사람 둘이 손에 각기 보검을 들고 후원으로 뛰어들어 황황히 정자 앞으로 오는데, 좌우에 모시는 무리들이 능히 막지를 못한다. 조조가 눈을 들어 보니 곧 관우·장비 두 사람이었다.

원래 그들은 이날 성 밖으로 나가서 활을 쏘다가 돌아온 길이었는데, 허저와 장료가 와서 현덕을 청해 갔다는 말을 듣고 황급히 상부로 와서 알아보았더니 후원에 계시다고 한다. 그들은 혹시 유비 신변에 무슨 변이나 있지 않은가 하여 좌우를 물리치고 그렇듯 황황히 뛰어 들어온 것이었다.

그러나 막상 들어와 보니 현덕은 조조와 마주 앉아서 술을 마시고 있다. 그래 두 사람은 칼을 얼른 칼집에 넣고 정자 아래에 시립하였다.

조조가

"두 사람은 어째서 왔노."

하고 물었다.

운장이 이에 대답하여

"들으매 승상께서 저의 형님과 약주를 잡수시고 계시다 하기에 검무라도 추어 주흥을 도와 드릴까 하여 특히 들어온 것입니다."

하니, 조조가

"이것이 홍문연(鴻門宴)³⁾이 아닌데 항장(項莊)·항백(項伯)을 왜 쓸고."

하고 웃어서 현덕도 따라서 웃었다.

조조가

"어서 술을 갖다가 저 두 번쾌(樊噲)를 주어 놀란 가슴을 진정하게 해 주어라."

---

3) 홍문은 지금의 섬서성 임동현(臨潼縣) 동편에 있다. 일찍이 항우가 이곳에 군사 사십만을 둔쳐 놓고 한 패공과 만나 술을 마셨는데, 이때 항우의 모사 범증(范增)이 패공을 죽이려 하여 항장(項莊)을 시켜서 검무를 추게 하였다. 이를 보고 항백(項伯)이 칼을 빼들고 나가서 함께 검무를 추며 자기 몸으로 패공을 엄호하였는데 패공의 모사 장량(張良)이 형세가 위태로운 것을 보고 용장 번쾌(樊噲)를 불러들여서 패공은 간신히 위기를 모면할 수 있었다. 이때의 잔치를 홍문연이라 한다.

하고 분부해서 관우와 장비는 그에게 절을 해서 사례하였다.

조금 지나 자리가 파해서 현덕은 조조에게 작별하고 돌아왔다.

"하마터면 저희 둘이 놀라서 죽을 뻔했습니다."

하고 운장이 말을 하여, 현덕이 수저 떨어뜨린 이야기를 그들에게 하니, 관우와 장비가

"그건 무슨 뜻입니까."

하고 묻는다.

"내가 채마밭을 가꾸기는 다름이 아니라 조조로 하여금 내게 큰 뜻이 없는 것을 알게 하기 위함인데, 뜻밖에도 조조가 나를 영웅이라고 하는 통에 그만 놀라서 그 사품에 수저를 떨어뜨리고 다시 조조가 의심할까 두려워서 그처럼 우레 소리를 무서워한다고 둘러대서 슬쩍 감추어 버린 것이라네."

하고 현덕이 일러 주니, 관우와 장비는

"참으로 고견이십니다."

하고 감복하였다.

그 이튿날 조조가 현덕을 또 청해다가 같이 술을 마시는데 사람이 들어와서 보하는 말이, 만총이 원소의 허실을 알아 가지고 돌아왔다 한다.

조조가 불러들여서 물으니 만총의 말이

"공손찬은 이미 원소에게 패하였습니다."

하는데, 현덕이 그 말에 놀라

"어디 자세히 좀 말씀을 하시오."

하고 청하니, 만총이 이야기를 시작한다.

曹操　조조

固一世之雄也　진실로 당대의 영웅이었는데
而今安在哉　지금은 어디에 있단 말인가?

"공손찬이 원소와 싸우다가 형세가 심히 불리해지자 성을 쌓고 보루를 만들고 보루 위에 다락을 세웠는데, 그 높이가 십 장으로 이름은 역경루(易京樓)라 했습니다. 여기다가 군량미 삼십만 곡을 쌓아 놓고서 공손찬이 친히 지키며 도시 싸울 염을 않았답니다. 한데 한 번은 수하 장수 중 원소에게 붙잡히게 된 자가 있어 수하 사람들이 그를 구해 주자고 하니, 공손찬은 '만일 그를 구해 주었다가는 뒷날 남이 구해 주려니 해서 죽기로써 싸우려 들지를 않을 것이다' 하면서 구원병을 내지 않았던 까닭에, 원소의 군사가 오면 항복하는 자가 많았답니다. 이래서 공손찬의 형세가 날로 고단해지자 그는 사람을 시켜서 글을 가지고 허도로 달려와 구원을 청하였던 것인데, 뜻밖에도 중로에서 그 사자가 원소 군사에게 사로잡혀 버렸고, 또 장연(張燕)에게 글을 보내서 불을 드는 것으로 군호를 삼아 이응외합하기로 비밀히 약속하자던 노릇이 글을 가지고 가던 사람이 이번에도 원소에게 사로잡히고 말았답니다. 그래 원소가 성 밖에 와서 짐짓 불을 놓고 유적(誘敵)하는 것을, 공손찬이 그만 계책에 떨어져 친히 나가서 싸우다가 복병이 사면에서 일어나는 통에 군사를 태반이나 잃어버리고 도로 성으로 들어가서 지키고 있는 중에, 원소가 가만히 땅을 파고 공손찬의 거처하고 있는 다락 아래까지 바로 들어가서 불을 지르니 공손찬은 도망할 길이 없어 먼저 처자들을 죽인 다음 자기도 목을 매고 죽어 마침내 온 집안식구가 다 불에 타서 죽고 말았답니다."

만총이 이야기를 마치자 조조가

"그예 원소가 공손찬을 깨쳤으니 지금 원소의 성세는 하늘을 찌르겠구먼."

하고 한마디 하니, 만총이 고개를 주억이며 숨을 고르고 다시 입을 연다.

"지금 원소는 공손찬의 군사를 얻어서 승상 말씀마따나 성세가 아주 대단한데, 한편 원소의 아우 원술은 회남에서 교사(驕奢)가 원체 과도한 데다가 군사와 백성을 조금도 사랑하고 아끼지 않는 까닭에 모두들 그를 배반하는 형편이라, 원술이 저의 형 원소에게 사람을 보내 제호(帝號)를 물려주겠노라고 했더니, 원소가 옥새를 받고 싶어 해서 원술은 제가 몸소 옥새를 가지고 가마고 언약을 하였다고 합니다. 그래서 지금 원술이 회남을 떠나 하북으로 돌아가려 하고 있는데, 만약에 이 두 사람이 서로 힘을 합하고 보면 졸연히 깨뜨리기가 어려울 것이니 승상께서는 속히 도모하시는 것이 좋을까 합니다."

현덕은 공손찬이 이미 죽었다는 말을 듣자 전일에 그가 자기를 천거하여 준 그 은혜를 생각해서 마음에 비감함을 이기지 못하였고 또한 조자룡이 어떻게 되었는지 그의 소식을 알 길이 없어서 종시 그는 마음이 놓이지 않았다.

현덕은 속으로 '내가 이때에 탈신(脫身)할 계책을 세우지 않고서 다시 어느 때를 기다리랴' 이렇듯이 생각하고, 마침내 자리에서 몸을 일으키며 조조를 보고

"원술이 만약에 원소에게로 간다면 반드시 서주를 지낼 것이니 군사를 빌려 주시면 제가 나가서 중로에서 막고 쳐서 원술을 사로잡겠습니다."

하고 말하였다. 조조는 웃으면서

"그러면 내일 천자께 상주하고 즉시 기병하도록 하시구려."

하고 응낙하였다.

이튿날 현덕이 헌제에게 상주하고 나자 조조는 현덕에게 오만 인마를 주어 통솔하게 하고, 또 주령(朱靈)·노소(路昭) 두 사람을 시켜서 동행하게 하였다. 현덕이 헌제에게 하직을 고하니 헌제는 울며 그를 보냈다.

현덕은 하처로 돌아오자 밤을 도와 군기와 안마(鞍馬)를 수습한 다음 장군인(將軍印)을 차고 군사를 재촉해서 떠났다.

동승이 십리장정(十里長亭)까지 따라 나와 그를 전송하는데, 현덕이 그를 보고

"국구께서는 아직 참고 계십시오. 내가 이번 길에 반드시 군명(君命)에 보답하는 바가 있으리다."

하니, 동승이

"공은 부디 유념하시어 천자의 마음을 저버리지 말도록 하시오."

하고 당부한다. 이리하여 두 사람은 서로 헤어졌다.

관우와 장비가 마상에서

"형님이 이번 출정에는 어찌하여 이렇듯 서두르십니까."

하고 물어서, 현덕은

"나는 바로 새장 속에 갇힌 새요 그물 속에 든 고기야. 이번에 이 길이 바로 고기가 바다로 들어가고 새가 하늘로 올라가서 조롱과 어망에서 벗어나는 것과 같다네."

하고 말한 다음, 관우와 장비에게 주령·노소 두 사람을 재촉해서 빨리 진병하게 하라고 영을 내렸다.

이때 곽가와 정욱이 지방에 나가 전량을 점검하고 막 돌아왔는데, 조조가 이미 현덕을 시켜서 서주로 진병하게 한 것을 알고 황

망히 들어와서

"승상은 무슨 까닭에 유비를 시켜서 군사를 거느리고 나가게 하셨습니까."

하고 묻는다. 조조가

"원술의 돌아갈 길을 끊으려고 한 게요."

하고 대답하니, 정욱이 곧

"전에 유비로 예주목을 삼으실 때에도 저희는 죽이시라고 청했던 것인데 승상께서는 듣지 않으셨습니다. 그런데 오늘은 또 군사까지 주어서 보내셨으니 이는 마치 용을 바다에다 넣어 주고 범을 산으로 돌려보내신 격이라 이 뒤에 다시 잡으려 하신다고 손에 들어올 줄 아십니까."

라고 할뿐더러, 곽가까지도

"승상께서 설사 유비를 죽이기까지는 아니 하신다 하더라도 제가 가게 버려두시는 것은 역시 옳지 않습니다. 옛 사람도 '하루 적을 놓아 보내는 것이 만대의 화근'이라 하였으니 승상께서는 이를 깊이 살피십시오."

하고 말해서, 조조는 그들의 말을 옳게 생각하고 드디어 허저로 하여금 오백군을 거느리고 가서 현덕을 도로 불러오게 하였다. 허저는 영을 받고 곧 떠났다.

한편 현덕은 군사를 거느리고 한창 길을 재촉해 가는 중에 문득 뒤에서 티끌이 자욱하게 일어나는 것을 보고 관우와 장비를 대하여

"저것은 필시 조조의 군사가 우리의 뒤를 쫓아오는 것일세."

하고, 드디어 그 자리에 군사를 세운 다음에 관우와 장비로 하여

금 각기 손에 병장기를 잡고 양편에 서 있게 하였다.

허저가 이르러 보니 현덕의 병갑(兵甲)이 심히 정제하다. 그는 곧 말에서 내려 영채 안으로 들어와서 현덕을 보았다.

현덕이

"공은 대체 무슨 일로 여기를 오셨소."

하고 물으니, 허저가

"승상께서 따로이 의논하실 일이 있다고 곧 장군을 도로 모셔 오라는 말씀이 있으셔서 이 사람이 이렇듯 승상의 분부를 받들고 온 길입니다."

하고 대답한다.

그러나 현덕은 그를 보고

"원래 '장수가 밖에 있으면 군명도 받지 않는 경우가 있다'고 하였소. 내가 친히 천자께 상주하였고 또한 승상의 균지(鈞旨)를 받은 터에 이제 새삼스럽게 다른 의논이 있을 턱이 없으니, 공은 이 길로 바로 돌아가서 나를 위해 승상께 이러한 뜻으로 복명(復命)을 해 주시오."

하고 말하였다.

허저는 속으로 '우리 승상께서 저와 교분이 여타자별하실뿐더러 이번에 또 나더러 가서 싸우라고 하시지도 않았으니, 제가 말한 대로 돌아가서 복명하고 다시 분부가 있기를 기다리는 것이 옳을까 보다' 하고 생각하고서 드디어 현덕을 하직한 다음에 군사를 거느리고 돌아갔다.

그가 조조에게 돌아가 현덕이 말하던 대로 고하자, 조조가 듣고 잠시 망설이자 정욱과 곽가가 있다가

"유비가 회군하려고 아니 하니 가히 그 마음이 변한 것을 알 수 있습니다."

하고 말한다.

그러나 조조는

"내가 주령과 노소 두 사람을 안동해 보냈으니 유비가 제 감히 변심은 못할 것이오. 더구나 내가 이미 저를 보낸 터에 다시 후회할 것이 있겠소."

하고 드디어 현덕의 뒤를 다시 쫓으려 하지 않았다.

후세 사람이 현덕을 탄식해서 지은 시가 있다.

　　　병마를 수습하여 허둥지둥 떠나간다.
　　　의대조 구절구절 마음속에 외면서
　　　마치 철롱(鐵籠)을 깨뜨리고 호표(虎豹)가 달아나는 듯
　　　마치 금쇄(金鎖)를 끊고 교룡(蛟龍)이 도망치듯.

이때 마등은 현덕이 이미 가 버린 것을 보자 한편으로 변보(邊報)도 또한 급한 것이 있고 해서 자기도 총총히 서량주로 돌아가 버렸다.

현덕이 군사를 거느리고 서주에 당도하자 조조의 영을 받아 서주를 지키고 있는 거기장군 차주가 성에서 나와 그를 영접해 들였다. 연석이 끝난 뒤에는 손건과 미축의 무리가 모두 와서 현덕에게 문안을 드렸다.

현덕은 집으로 돌아가서 잠깐 식구들을 만나보고, 한편으로 사람을 보내서 원술의 소식을 알아보게 하였더니, 탐자가 돌아와서

보하는데

"원술이 사치가 너무 지나치고 백성의 원망을 크게 산 데다가 근자에 뇌박과 진란이 모두 숭산(崇山)으로 가 버려서 형세가 아주 쇠했으므로 원소에게 제호(帝號)를 물려주려고 글을 보냈던 것인데, 원소가 옥새를 탐내 사람을 보내 원술을 불러서 마침내 원술은 인마와 궁금어용지물(宮禁御用之物)을 수습해 가지고 먼저 서주를 바라고 온다고 합니다."

한다.

현덕은 원술이 곧 오는 것을 알자 관우·장비·주령·노소와 함께 오만 군을 거느리고 나가서 바로 적의 선봉 기령과 만났다.

장비가 잡담을 제하고 바로 기령에게 달려들었다. 서로 싸우기 십 합이 못 되어 장비는 한 소리 크게 외치며 기령을 찔러 말 아래 거꾸러뜨렸다.

패군이 어지러이 달아나자 이번에는 원술이 몸소 군사를 거느리고 싸우러 왔다.

현덕은 군사를 세 길로 나누어 주령과 노소는 좌편에 있게 하고 관우·장비는 우편에 있게 하며 자기는 몸소 군사를 거느리고 가운데 있어 원술과 서로 보는데, 문기 아래 나서서

"이 반역부도한 놈아. 내 이제 명조를 받들고 너를 치러 온 길이다. 네 어서 손을 묶고 항복을 드려서 죽을죄를 면하도록 하라."

하고 꾸짖으니, 원술이

"자리나 치고 신이나 삼던 천한 놈이 어딜 감히 나를 우습게 아느냐."

하고 욕을 하며 군사를 휘몰고 쫓아 들어왔다.

현덕이 잠시 뒤로 군사를 물리자 원술의 군사가 내닫는다. 그때 북소리 한 번 크게 울리자 좌편의 주령·노소와 우편의 관우·장비가 각기 군사를 몰아 일시에 나오고, 현덕이 다시 군사를 돌이켜 삼면으로 에워싸고 무섭게 친다. 원술의 군사가 대패해서 시체는 쌓여 들을 덮고 피는 흘러 내를 이루었다.

이 한 번 싸움에 도망한 군사들이 또한 이루 수효를 셀 수 없게 많은 데다가 숭산의 뇌박과 진란이 전량과 마초를 겁략해 가서 원술은 도로 수춘으로 돌아가려 하였다.

그러나 이때 또 그는 도적 떼에게 엄습을 받으니 그들은 전일에 원술의 수하 장수들로서 지금은 숭산에 산채를 튼 뇌박 진단의 무리라, 원술은 이들에게 무수한 군량과 초료를 빼앗기고 남은 군사의 태반을 잃었다. 원술은 하는 수 없이 강정(江亭)으로 가서 머물렀다.

남은 군사라고 도무지 천여 명인데 그나마 모두 늙고 병약한 무리들뿐이다. 때마침 복중(伏中)에 양식마저 떨어져 남아 있는 것이라곤 보리 삼십 곡뿐이라, 이것을 군사들에게 나누어 주고 나니 수하에 남은 사람들은 먹을 것이 없어 굶어 죽는 자가 많았다.

원술은 본디 귀한 집안에 태어나 이제껏 어려움을 모르고 자랐으며, 더욱이 지금에 이르러선 제호까지 참칭하던 위인이니 험한 보리밥이 어찌 목에 넘어가랴.

허기에 지친 원술은 생각 끝에 목이나 축이려고 포인(庖人)을 불러 밀수(蜜水)를 들이라고 하였다.

그러나 포인은 이 지경에 이른 원술이 두려울 리 없어

"있는 것은 핏물뿐이오. 꿀물이 어디 있겠소."

하고 퉁명스럽게 뇌까릴 뿐이다.

원술은 평상 위에 앉아 있다가 이 말에 외마디 소리를 지르고 땅에 쓰러지자 피를 한 말 넘게나 토하고 죽어 버렸다. 때는 건안 사년 유월이다.

후세 사람의 시가 있다.

> 한말 영웅들이 사방에서 일어날 제
> 가소롭다 원술이가 제 분수를 몰랐구나.
> 사세삼공 지낸 가문 국은이 망극하거늘
> 갚을 생각 아니 하고 제왕의 꿈꾼단 말가.

> 강포(強暴)할사 부질없이 전국새를 자랑하고
> 교사할사 망령되이 천수(天數)를 떠들더니
> 밀수 한 그릇을 얻어먹지 못하고서
> 평상에 거꾸러져 피 토하고 죽단 말가.

원술이 죽자 그 조카 원윤(袁胤)은 원술의 영구(靈柩)와 그 처자를 거두어 여강으로 달아나다, 중로에서 서구(徐璆)의 손에 모두 죽고 말았다.

서구는 그들의 행장을 뒤지다 옥새를 얻으니, 그 길로 허도로 올라와서 조조에게 바쳤다. 조조는 크게 기뻐하여 한낱 파락호에 지나지 않는 서구에게 고릉태수(高陵太守)를 제수하였다. 이리하여 이때 옥새가 조조의 수중으로 들어갔던 것이다.

한편 현덕은 원술이 이미 죽은 것을 알자 곧 표문을 닦아서 조정에 올리고 글을 써서 조조에게 보낸 다음, 주령과 노소에게 허도로 돌아가라 이르고 자신은 조조에게서 빌려 온 군사 오만을 그대로 거느리고 서주를 지키기로 하였다.

그리고 그는 일변 몸소 성 밖으로 나가서 이산한 백성을 불러 모아 다시들 생업에 종사하도록 하는 데 심혈을 기울였다.

한편 주령과 노소가 허도로 돌아가서 조조를 보고 현덕이 군사를 서주에 머물러 둔 채 보내지 않더라고 말하자 조조는 크게 노해서 곧 두 사람을 죽이려 하였다.

그러나 순욱이 있다가

"병권(兵權)이 유비에게 있는 터에 두 사람이 무얼 어떻게 하겠습니까."

하고 말해 주어서 조조는 두 사람을 용서하였다.

순욱은 다시 조조를 보고

"차주에게 글을 보내시어 안에서 유비를 도모하라고 이르시는 것이 좋겠습니다."

하고 권하였다.

조조는 그 계책을 좇아 가만히 사람을 차주에게 보내서 승상의 균지를 전하게 하였다.

차주가 즉시 진등을 청해다가 이 일을 의논하자 진등이

"이는 극히 용이한 일이외다. 지금 유비가 성 밖에 나가서 백성을 초유(招諭)하고 있으니 수일 내로 돌아올 것이라, 장군은 군사들을 옹성(甕城)⁴⁾ 가에 매복하여 두었다가 그가 돌아오기를 기다

---

4) 성문 옆에 독처럼 굽게 쌓아 놓은 성벽으로, 성문을 보호하는 역할을 한다.

려서 영접하는 체하고 나가서 한 칼에 베어 버리고, 나는 성 위에 있다가 활을 쏘아서 후군을 막으면 대사를 쉬 이룰 수 있으리다."

하고 계책을 일러 주었다. 차주는 그렇게 하기로 작정하였다.

그러나 진등이 돌아가서 자기 부친 진규를 보고서 이 이야기를 하자 진규는 아들더러 현덕에게로 즉시 가서 이 일을 알려 주라고 명하였다.

진등이 부친의 명을 받고 말을 달려가는 길에 마침 중로에서 관우와 장비를 만나 일이 약차약차하다고 일러 주었다. 원래 관우와 장비가 한 걸음 앞서 돌아오고 현덕은 뒤에 처져 있었던 것이다.

진등의 말을 듣고 장비는 그 길로 가서 들이치려고 하였다. 그러나 운장이 있다가

"저편에서 옹성 가에다가 군사를 매복하여 놓고 우리를 기다리고 있다 하니 우리가 이대로 갔다가는 반드시 이롭지 않은 일을 당할 것일세. 내게 차주를 죽일 계책이 하나 있어. 이제 밤들기를 기다려서 조조 군사로 꾸며 가지고 서주로 가면 차주가 마중을 하러 성 밖으로 나올 것이니 그때에 엄습해서 죽이도록 하세 그려."

하고 계책을 말하여, 장비는 그의 말을 옳게 들었다.

원래 그들 수하의 군사들이 조조의 기호(旗號)를 가지고 있었고 그 의갑(衣甲)도 모두 같았다.

이날 밤 삼경에 성 가에 가서 문을 열라고 소리를 지르니, 성 위에서 누구냐고 묻는다. 군사들은

"조 승상께서 보내신 장문원(張文遠, 장료)의 인마요."

하고 대답하였다.

군사가 이대로 차주에게 보하자 차주는 급히 진등을 청해다가 의논하며

"만약에 나가서 영접하지 않았다가는 의심을 받을 것이오, 그렇다고 하여 나가서 맞았다가 간계가 있기라도 하면 또한 큰일이 아니겠소."

하고, 즉시 성 위로 올라가서

"어두운 밤에 분간하기가 어려우니 날이 밝거든 다시 봅시다."

하고 말했다.

그러나 성 아래서는

"유비가 알면 아니 되니 문을 빨리 열어 주오."

하고 외친다.

차주가 마음에 그래도 미심쩍어 얼른 결단을 못 내리고 있는데 성 밖에서는 그대로 어서 문을 열라고 난리를 친다. 차주는 하는 수 없이 마침내 갑옷 입고 투구 쓰고 말에 올라 일천 군을 거느리고 성에서 나갔다.

그는 말을 달려 조교를 건너서면서

"문원은 어디 있소."

하고 큰 소리로 불러 보았다.

이때 화광 중에서 운장이 칼을 들고 말을 놓아서 바로 차주에게로 달려 들어오며

"되지 못한 놈이 어딜 감히 우리 형님을 모살하려 드느냐."

하고 큰 소리로 외쳤다.

차주는 깜짝 놀라 곧 그를 맞아서 싸웠으나 두어 합이 못 되어 당해 낼 길이 없어 말머리를 돌려 달아났다.

그러나 도망해서 조교 가에 이르자 성 위에서 진등이 어지러이 활을 쏘아 차주는 그대로 성을 끼고 달아났다.

　운장은 그 뒤를 쫓아서 한 칼에 차주를 찍어 말 아래 떨어뜨린 다음 그 수급을 베어 손에 들고 돌아와서, 성 위를 향하여

　"반적 차주는 내 이미 죽었고 너희들은 죄가 없으니 항복을 하면 죽기를 면하리라."

하고 외쳤다.

　모든 군사들이 창 자루를 거꾸로 잡고 항복을 드린다.

　운장이 차주의 수급을 들고 현덕에게 가서 차주가 모해하려던 일이며, 이미 자기가 참수한 전후수말을 이야기하니 현덕은 깜짝 놀라서

　"조조가 만약에 오면 어떻게 한단 말인가."

하고 근심하였다.

　"제가 장비하고 나가서 싸우지요."

하고 운장은 대답하였으나, 현덕은 오회(懊悔)하기를 마지않으며 운장과 더불어 서주로 돌아갔다.

　현덕이 부중에 돌아가 장비를 찾으니 장비는 이때 이미 차주의 온 집안식구들을 모조리 죽여 버린 뒤였다. 현덕이

　"조조의 심복지인을 죽였으니 어떻게 무사하기를 바라노."

하고 말하는데, 진등이 있다가

　"내게 조조를 물리칠 계책이 있소이다."

하고 나선다.

　　이미 범의 굴을 벗어 나왔거니

어이 이리 떼를 칠 계교가 없을쏘냐.

대체 진등이 어떤 계책을 내놓으려 하는고.

원소와 조조가 각기 삼군을 일으키고
관우와 장비는 함께 두 장수를 사로잡다

| *22* |

이때 진등이 현덕을 보고

"조조가 두려워하는 것은 원소입니다. 원소가 기주·청주·유주·병주 등 여러 고을을 범처럼 웅거하고 앉아 군사가 백만이요 문관과 무장이 극히 많은데 어찌하여 그에게 사람을 보내서 구원을 청하려 아니 하십니까."

하고 계책을 드리니, 현덕은

"원소가 본래 나하고 왕래가 없을뿐더러 이번에 내가 또 저의 아우를 쳐 깨뜨렸으니 나를 도와주려고 할 리가 있겠소."

하고 말하였다.

그러나 진등이 다시 말하였다.

"여기 원소와 삼대에 걸쳐 세교(世交)가 있는 사람이 있으니 만약 그의 글월을 얻어서 원소에게 보내기만 하면 반드시 와서 도울 것이외다."

"그 사람이 대체 누구요."

"공이 바로 평일에 예를 극진히 해서 공경해 오는 분인데 어째
서 잊으셨단 말입니까."

현덕이 문득 깨닫고

"아니 정강성(鄭康成) 선생 말씀이오."

하고 물으니, 진등이 웃으며

"그렇소이다."

하고 대답한다.

원래 정강성의 이름은 현(玄)이니 학문을 좋아하고 재주가 많았
다. 그가 일찍이 마융(馬融) 문하에서 글을 배우는데, 마융은 매양
강서(講書)를 할 때면 반드시 붉은 휘장을 쳐 놓고서 앞에 생도들
을 모아 놓고 뒤에 가기(歌妓)들을 벌려 앉히고 또 좌우에는 시녀
들을 늘어 세웠다.

그러나 정현은 선생의 강의를 삼 년 동안 들어오는 사이 단 한
번이라도 곁눈질을 한 적이 없었으므로 마융은 이것을 대단히 기
이하게 여겼다.

그래서 정현이 학업을 성취하고 돌아가자, 마융은

"내 학문의 오의(奧義)를 다 얻은 것은 오직 정현이 한 사람뿐
이야."

하고 탄식하였다 한다.

정현의 집에서는 시비(侍婢)들까지도 다 모시(毛詩)에 통했다. 일
찍이 한 시비가 정현의 뜻을 거슬러서 정현이 그를 섬돌 아래 꿇
려 둔 일이 있었다. 이때 다른 시비가 그를 놀리느라

"호위호니중(胡爲乎泥中).[1]"

하자, 그 시비는 응구첩대(應口輒對)로

"박언왕소(薄言往愬) 봉피지노(逢彼之怒).[2]"

하였다 하니 그 풍류가 대개 이와 같았다.

환제 때 정현은 벼슬이 상서에 이르렀는데 뒤에 십상시의 난리를 만나 벼슬을 버리고 서주로 낙향을 해 온 것이다.

현덕은 탁군에 있을 때 일찍이 정현을 스승으로 섬겼고 그 뒤에 서주목이 되자 때때로 그를 집으로 찾아가서 가르침을 청하며 예를 극진히 해서 공경했던 터이다.

이날 현덕은 이 사람을 생각해 내고 크게 기뻐하여 곧 진등과 함께 친히 정현의 집을 찾아가서 글을 청하니 정현이 개연히 응낙하고 글 한 통을 써서 현덕에게 준다.

현덕은 그 길로 손건에게 편지를 주어 밤을 도와 원소에게로 가서 전하게 하였다.

원소는 보고 나서 속으로 생각하기를 '현덕이 내 아우를 쳐서 멸했으니 본래 저를 도와줄 일이 아니지만 다만 정 상서께서 모처럼 말씀을 보내셨으니 부득불 가서 구해 주어야겠다' 하고, 드디어 문무 관원들을 모아 놓고 군사를 일으켜 조조 칠 일을 의논하였다.

그러나 모사 전풍(田豊)은

"해마다 군사를 일으켜서 백성이 피폐한 데다 곳간에는 쌓인 것이 없으니 다시 대군을 일으킨다는 것은 옳지 않습니다. 이제

---

1) 『시경』의 글귀. 어찌하여 진흙 속에 들어 있느냐는 뜻.
2) 역시 『시경』에 있는 글귀. 가서 하소연하다가 그의 노여움을 샀다는 뜻.

우선 사람을 보내서 천자께 첩보를 올려 보아 만약에 소식이 통하지 않거든 곧 조조가 천자께 올라가는 우리 길을 막았다고 말한 다음에 군사를 여양에 둔치십시오. 그리고 다시 하내에 배들을 많이 모아 놓고 병장기들을 보수하며 정병을 나누어 변방 땅을 가서 지키게 하시면 삼 년 중으로 대사를 정하실 수 있을 것입니다.”

하고 말하고, 모사 심배(審配)는

“그렇지 않습니다. 명공의 뛰어나신 무용으로 하삭(河朔)의 강성한 무리를 거느리고 계시니 군사를 일으켜 조조를 치기가 손바닥을 뒤집는 것처럼 쉬운 일인데 구태여 시일을 천연(遷延)시킬 일이 없습니다.”

하고 말하고, 모사 저수(沮受)는

“적을 이기는 도리가 강성한 데 있지 않습니다. 조조는 법령이 이미 서고 군사들이 정예해서 공손찬처럼 앉아서 꼼짝 못하고 패망한 자와는 같지 않습니다. 이제 천자께 첩보를 올려 보자는 좋은 계책을 버리시고 명색 없는 군사를 일으키려 하시니 저는 명공을 위해서 찬동할 수 없습니다.”

하고, 또 모사 곽도(郭圖)는 있다가

“아니외다. 조조를 치는데 어찌 명색 없는 군사라고 한단 말이오. 주공께서는 바로 이때에 속히 대업을 정하도록 하시되, 정 상서의 말씀대로 유비와 함께 대의를 위해 일어서셔서 조적을 초멸하신다면 위로 천의(天意)에 맞고 아래로 민정(民情)에 맞을 것이니 실로 이만 다행이 없을까 합니다.”

하여, 네 사람이 서로 다투는 통에 의논이 정해지지 않아서 원소는 마음에 주저하여 결단을 내리지 못하고 있는데 홀연 허유(許攸)와 순심(荀諶)이 밖에서 들어왔다.

원소는

"두 사람이 매우 견식이 있으니 무어라고 주장하나 보아야겠군."

하고, 그들이 예를 베풀고 나기를 기다려서

"정 상서가 글을 보내시고 나더러 군사를 일으켜서 유비를 도와 조조를 치라고 하셨으니 군사를 일으키는 것이 옳소 아니면 일으키지 않는 것이 옳소."

하고 물으니, 두 사람이 이구동성으로

"명공께서 많은 군사로 적은 무리를 치시며 강한 형세로 약한 적을 치시며 한나라의 역적을 쳐서 왕실을 붙들어 세우려 하시는 터이니 군사를 일으키는 것이 옳소이다."

하고 대답한다.

원소는

"두 사람의 소견이 바로 내 마음과 같군."

하고 즉시 기병할 일을 의논하는데, 먼저 손건으로 하여금 돌아가서 정현에게 보하고 유비와 약속하여 접응하게 하는 한편, 심배와 봉기로는 통군(統軍)을 삼고, 전풍·순심·허유로는 모사를 삼고, 안량과 문추로 장군을 삼아 마군 십오만, 보군 십오만, 도합 정병 삼십만을 일으켜 여양을 바라고 나아가기로 하였다.

이렇게 분발하고 났을 때 곽도가 나서며

"명공께서 대의로써 조조를 치시는 터이니 반드시 조조의 죄명을 열거하셔서 각 군에 격문을 띄우시고 성죄토벌(聲罪討伐)하셔야만 명정언순(名正言順)할까 합니다."

하고 말한다. 원소는 그의 말을 좇아서 드디어 서기 진림(陳琳)으로 하여금 격문을 초하게 하였다.

진림의 자는 공장(孔璋)이니 본래 재명(才名)이 있었다. 환제 때 주부(主簿)가 되었는데 하진(何進)을 간하였으나 들어주지 않는 데다 다시 동탁의 난을 만나 기주로 피난해 와 있는 중에 원소가 등용해서 서기로 삼은 것이다.

이날 진림이 명을 받고 격문을 초하는데 일필휘지로 앉은 자리에서 써 내니 그 자수(字數)가 모두 일천사백 단팔(單八), 실로 대문장이니 곧 내용은 다음과 같다.

대개 들으매 밝은 임금은 위급함을 구하기 위하여 변을 제어하고, 충성된 신하는 난을 염려하여 권력을 세운다고 한다. 이러므로 비상한 사람이 있은 연후에 비상한 일이 있고 비상한 일이 있은 연후에 비상한 공을 세우는 것이니, 대저 비상한 것은 진실로 비상한 사람이 헤아려 하는 바라.

옛적에 강성한 진나라의 임금이 나이 어리매 조고(趙高)가 세도를 잡고 나라 권세를 제 뜻대로 다루며 위세 부리고 은혜 베풀기를 제 마음대로 하되, 당대 사람들이 그 위엄에 눌려 감히 바른말을 하는 자가 없었다. 이리하여 마침내는 망이궁(望夷宮)[3]에서 죽어 나라는 망하고 오욕은 이제 이르도록 남아서 길이 역대의 거울이 되었다. 여후(呂后) 말년[4]에는 여산(呂産)과 여록

---

3) 진나라의 궁전. 진나라 이세는 환관 조고를 총애하였는데 조고가 이로 말미암아 대권을 장악한 뒤 마침내는 임금을 핍박해서 이세는 망이궁에서 자살하고 말았다.

4) 한 고조가 세상을 떠난 뒤 그의 아내 여후가 정권을 잡고, 자기 조카 여산 · 여록

(呂祿)이 정사를 전제(專制)해서 안으로는 이군(二軍)을 겸령(兼領)하고 밖으로는 양(梁)·조(趙)를 통솔하며 천하 정사를 마음대로 재결하고 성금(省禁)의 대소사를 함부로 처분하여 신하로서 임금을 능멸하니 천자의 위신은 땅에 떨어지고 만백성은 모두 두려워 떨었다. 이에 강후(絳侯)와 주허후(朱虛侯)[5]가 군사를 거느리고 떨쳐 일어나 역당을 소탕하고 태종(太宗)을 존립하니 이로서 능히 왕도(王道)가 일어서고 광명이 드러났다. 이는 바로 대신(大臣)이 권력을 세운 뚜렷한 표증이다.

사공(司空) 조조를 놓고 보자. 그의 할아비 중상시(中常侍) 등(騰)은 좌관(左悺)·서황(徐璜)[6]과 더불어 온갖 요악한 짓을 다하며 탐람하기 그지없어 풍교(風敎)를 해치며 백성을 못살게 굴었고, 또 그 아비 숭(嵩)은 양자로 얻어다 길러 뇌물을 써서 지위를 빌린 자니 황금과 백옥을 수레로 날라다가 권문(權門)에 들여 놓아 삼공(三公)과 보상(輔相)의 현직(顯職)을 훔쳐 하고 막중 국가의 보기(寶器)를 엎어 놓았거니와, 조조는 바로 이 양자 들어간 환관이 끼쳐 놓은 추물로서 본래 덕이 없고 위인이 교활하고 표한하며 난리를 좋아하고 재앙을 즐기는 터이라.

막부(幕府, 원소)는 무리를 거느리고 용무(勇武)를 떨쳐 역당을 소탕하더니, 뒤에 동탁이 나라를 어지럽게 하자 몸소 칼을 들

등으로 군사를 거느리며 국정을 보좌하게 하여 장차는 천자의 위를 찬탈하려 하였다.

5) 강후(絳侯)는 주발(周勃), 주허후(朱虛侯)는 유장(劉章). 두 사람이 여후의 전횡을 보고 계책을 써서 여산의 무리를 죽인 다음에 한 고조의 아들 유항(劉恒)을 황제로 영립하니 그가 곧 한 문제(文帝)다. 태종(太宗)은 문제의 묘호이다.
6) 좌관과 서황은 조등과 더불어 동한 시절에 나라 권세를 희롱하던 환관들이다.

고 북을 치며 동하(東夏)에 영을 내려 영웅들을 망라함에 힘이 있음을 묻지 않고 취해서 썼다. 이 까닭에 조조와 한 가지로 의논하고 함께 계책을 정해서 그에게 군사를 주어 거느리게 하니 이는 그 매와 개 같은 재간이 가히 조아(爪牙)를 삼을 만하다 함이라. 그러나 제 본래 경망하고 꾀가 얕아 경솔하게 나아가고 쉽사리 물러나서 여러 번 싸움에 패하고 번번이 군사를 잃었다. 막부는 그때마다 다시 군사를 나누어 주며 용맹한 장수에게 명해서 그 대오를 보충하게 하였고, 또 저로 하여금 동군태수로서 연주자사를 거느리게 하여 호피(虎皮)를 씌워 위풍을 돕게 하였으니 이는 곧 진사 일극지보(秦師一刻之報)[7]가 있기를 바람이라. 그러나 조조는 드디어 이를 기화 삼아 발호해서 갖은 흉패(凶悖)를 자행하고 백성의 고혈을 긁으며 어질고 착한 이를 해쳤다.

고(故) 구강태수(九江太守) 변양(邊讓)은 영특한 재주가 남에 뛰어나서 천하에 그 이름이 알려졌고 직언정색(直言正色)하여 남에게 아첨하는 법이 없더니, 마침내 몸은 죽어 머리는 장대 끝에 매어 달리고 그의 처자도 다 도륙을 당하고 말았다. 이 일이 있은 뒤로 선비들은 통분하여 하기를 마지않고 백성의 원망하는 소리는 높을 대로 높아져서 한 지아비가 팔을 휘두르며 떨쳐 일어나자 온 고을이 이에 호응하니 조조는 마침내 몸은 서주에서 패하고 땅은 여포에 빼앗겨 동쪽 변방을 방황하며 몸 둘 곳

---

7) 춘추시대 진(秦)나라의 대부 맹명(孟明)이 군사를 거느리고 나가서 싸우다가 진(晉)나라에 패하고 말았다. 그러나 임금은 맹명을 죄 주지 않고 그가 장래 복수할 것을 바랐는데 그 뒤 과연 그는 다시 진나라와 싸워서 이겼다.

난세, 풍운의 영웅들

이 없어 하였다. 이때에 막부는 원 줄기를 강하게 하기 위해서는 가지를 약하게 할 도리를 생각하고, 또한 모반하는 무리의 편역을 들지 않으려 다시 기를 세우며 갑옷 입고 나서서 자리 말 듯 들이치니 징과 북이 울리는 곳에 여포의 무리는 여지없이 무너져 달아나고 말았다. 이리하여 그 죽을 환난을 구해 주고 그 방백의 지위를 회복하여 주었은즉 막부는 연주 백성에게는 아무 은혜를 끼친 것이 없으면서 오직 조조에게만 크게 베풀어 준 바가 있다고 하겠다.

뒤에 천자께서 환도하실 때 뭇 도적들이 나서서 거가를 범하였다. 때에 기주에는 마침 북쪽 변방의 경보가 있어서 그 자리를 떠날 겨를이 없었으므로 종사중랑(從事中郞) 사운(徐勛)으로 하여금 곧 조조를 보내서 교단(郊壇)과 종묘를 수보하며 유충하신 주상을 보좌해 모시게 하였다. 그러나 조조는 이에 마음이 방자해져서 천자를 겁박하여 도읍을 옮기시게 하며 성금(省禁)을 장악하여 왕실을 능모하고 국법을 깨뜨리며 기강을 어지럽게 하고 앉아서 삼대(三臺)[8]를 거느려 나라 정사를 전제하니, 벼슬을 봉하고 상을 주는 일이 그 마음에 달렸고 사람을 죄 주고 죽이는 일이 그 입에 있으며, 제가 사랑하는 자는 오종(五宗)을 빛나게 하고 제가 미워하는 사람은 삼족을 멸하며, 모여서 이야기하는 사람은 내놓고 처단하며 숨어서 공론하는 사람은 소문 없이 죽여 버린다. 이리하여 백관은 입을 봉해 버리고 거리에서는 마주볼 따름이며, 상서는 조회(朝會)를 기록하고 공경은

---

8) 한나라 때 관직. 상서(尙書)를 중대(中臺)라 하고, 어사(御史)를 헌대(憲臺)라 하고, 알자(謁者)를 외대(外臺)라 하였는데, 이를 통칭하여 삼대라 한다.

정액(定額)을 채울 뿐이라.

고(故) 태위 양표는 이사(二司)[9]를 역임하여 인신(人臣)으로서 가장 높은 지위를 누리고 있었건만 조조는 한갓 애자지원(睚眥之怨)[10]으로 해서 그를 죄로 얽어 온갖 악형을 가하여 제 사혐을 풀려 하고 도무지 국법과 기강을 돌아보려 아니 하였다. 또 의랑 조언(趙彦)은 충성된 마음에서 간하며 권세에 아부하지 않고 바른말을 하여 그 뜻이 들을 만한 것이 있으므로 금상께서도 가납(嘉納)하시어 낯빛을 고치시고 더욱 삼가시던 터에, 조조는 천하의 눈을 흐리게 하고 언로를 막으려 하여 함부로 그를 잡아다가 그 자리에서 죽이고 천자께는 주달조차 하지 않았다. 또 양효왕(梁孝王)은 선제(先帝)[11]의 친 아우님으로 그 능(陵)이 존엄하여 그 능의 상자송백(桑梓松柏)도 오히려 위하고 공경해야 할 터에, 조조는 이속과 군사들을 거느리고 제가 몸소 가서 능을 파헤치고 관을 깨뜨려 시신을 발가벗기며 그 안의 금은보화를 노략하여, 마침내는 금상으로 하여금 체읍(涕泣)하시기에 이르게 하니 천하의 선비와 백성이 다 비감해하였다.

조조는 또 발구중랑장(發丘中郎將)과 모금교위(模金校尉)를 특설하여 도처에서 분묘를 파헤쳐 해골이 안 드러난 것이 없으니, 몸은 삼공의 위에 있으며 행실은 걸왕의 종놈 같아서 나라를 더럽히고 백성을 해쳐 그 독이 귀신에까지 미치고 말았다. 거기

---

9) 양표는 사공(司空)·사도(司徒) 등의 벼슬을 지낸 까닭에 이사(二司)를 역임하였다고 이른다.
10) 남이 제게 눈 한번 흘긴 원한, 곧 하찮은 원한을 가리키는 말.
11) 돌아간 황제. 양효왕 유무(劉武)는 한 문제의 아들이요 경제(景帝)의 아우이므로, 여기서는 경제를 가리킨다.

다 세정(細政)은 가혹하고 과방(科防)은 다 갖추어, 삼태그물과 주살은 땅에 널리고 함정은 두루 길을 막으니 손을 들면 그물에 걸리고 발을 내디디면 덫에 걸리는 형편이라. 이러므로 연주와 예주에는 수심에 싸인 백성이 있고 서울 장안에는 원망에 찬 한숨소리가 들리는 것이다. 문헌을 두루 상고해 보매 무도한 신하로서 그 탐학하고 잔포함이 조조에게 있어 가장 심하다 하겠다. 막부는 바야흐로 외환(外患)을 다스리느라 미처 훈계하지 못하고 오히려 너그러이 용서하므로 일시 미봉하려 하였다. 그러나 조조의 이리 같은 마음은 가만히 흉계를 품고서 마침내는 국가의 동량을 꺾어 한실을 약하게 하고 충량정대한 사람들을 없애서 전혀 효웅(梟雄) 노릇을 하려 할 뿐이라. 전자에 막부가 북 치고 나아가 공손찬을 칠 때 사나운 도적이 완강히 버티어 이를 에워싸고 치기를 일 년을 하였는데 미처 이를 깨뜨리지 못하고 있을 즈음에 조조는 가만히 그와 서신을 교환하여 밖으로는 왕사(王師)를 돕는 체하며 안으로는 은근히 이를 엄습하려 하였다. 그러나 마침 글을 가지고 가던 사자가 붙잡히고 공손찬이 또한 죽음을 받고 만 까닭에 예봉이 꺾여 그 흉계도 좌절되고 말았다.

이제 조조가 오창(敖倉)에 군사를 둔치고 황하를 막아 진지를 견고히 하고 있으니 이는 마치 버마재비의 주둥이로 큰 수레의 나갈 길을 막는 격이라. 막부가 이제 한실의 위령(威靈)을 받들고 천하의 도적을 치려 하매, 장극(長戟)이 백만이요 호기(胡騎)가 천군(千羣)이라. 중황(中黃)·하육(河育)·오획(烏獲)[12]의 용맹을 떨치고 양궁경노(良弓勁弩)의 기세로 달려 나가니, 영주는 태행산(太行山)을 넘고 청주는 제수(濟水)와 탑하(漯河)를 건너며 대군이 황하를 덮어 앞에서 그 뿔을 잡고 형주는 완(宛)·섭(葉)으로 내려와 뒤에서 그 뒷다리를 채면 그 위무(威武)가 비할 바 없어서 마치 타오르는 불길에 마른 갈댓잎을 태우며 창해를 엎어서 이글이글한 숯불에 붓는 것 같으니 어찌 멸하지 않을 자가 있으랴. 또 조조 수하의 군사들 중에 가히 싸울 만한 자들은 다 유주·기주에서 나왔거나 혹은 전일의 본부병들이라, 모두 처자를 그려 돌아가기를 생각하고 눈물을 흘리며 북쪽 하늘을 돌아보는 형편이요, 그 밖의 연주·예주의 백성과 예전 여포·장양 수하의 남은 무리는 패망한 끝에 핍박을 받아 일시 굴종하고 있으나 저마다 상처를 입어 원수가 되었으니, 만약에 군사를 돌려서 높은 언덕에 올라 북 치고 나발 불며 흰 기를 들어 항복할 길을 열어 놓으면 반드시 토붕와해(土崩瓦解)해서 구태여 칼날에 피를 묻힐 것도 없으리라.

　방금 한실이 쇠잔하고 기강이 해이하여 금상께는 한 명의 보필이 없고 고굉지신에는 적을 쳐서 꺾을 기세가 없다. 경기 땅의 연달(練達)한 신하들은 모두 머리를 숙이고 날개를 접어 믿고 의지할 바가 없으며 비록 충의지사가 있다 해도 포학한 신하에게 핍박을 받으니 어찌 능히 그 절개를 펴 볼 수 있으랴. 또한 조조는 제 수하 정병 칠백 명으로 궁궐을 지키게 하니 명목은 숙위한다 일컬으나 실상인즉 천자를 구금하고 있는 것이라, 그 찬역하는 마음이 예서부터 싹틀까 두려우니 이는 곧 충

12) 중황·하육·오획 세 사람은 모두 고대의 용사들이다.

신들의 간뇌도지(肝腦塗地)할 때요 열사들의 공의 세울 기회라 어찌 힘쓰지 않을까 보냐.

조조는 또 교명칭제(矯命稱帝)[13]하여 사자를 보내며 군사를 내되, 변방 주군(州郡)을 두려워하여 그 구하는 바를 태과하게 들어주며, 모든 사람의 뜻을 어기어 군사를 일으키고는 명성을 잃어 천하의 웃음거리가 되니 이는 명철한 이들의 취하지 않는 바라.

즉일로 유·병·청·기 네 고을은 일시에 진병할 것이며, 격문이 이르는 대로 형주는 바로 국사를 수습하여 건충장군(建忠將軍)[14]과 더불어 성세를 한 가지로 하고 각 주, 각 군에서는 각각 의병을 정돈하여 지경 위에 나와서 무위를 빛내어 함께 사직을 바로잡는다면 비상한 공이 어시호 드러나리라.

그 조조의 수급을 얻는 자는 오천 호 후(侯)를 봉하고 오천만 전(錢)을 상 줄 것이며 수하의 편비장교(編裨將校)와 이속들로서 항복을 드리는 자는 일절 묻지 않을 것이라. 널리 은혜를 베풀고 일제히 상을 내리며 천하에 포고해서 누구나가 다 당대에 절박한 환난이 있음을 알게 할지어다. 여율령(如律令).[15]

원소는 격문을 보고 크게 기뻐하여 즉시 사자에게 명해서 이 격문을 각 주와 군에 두루 돌리게 하며 또한 각처 관진애구(關津

---

13) 교명은 천자의 칙지(勅旨)라고 사칭하는 것, 칭제는 천자를 대신해서 나라 정사를 맡아 보는 것.
14) 장수(張繡)를 가리키는 말.
15) 법률, 명령을 어기지 말라는 뜻.

隘口)에다 붙여 놓게 하였다.

격문은 마침내 허도에까지 전해졌다. 이때 조조는 마침 두풍(頭風)으로 해서 병상에 누워 있었는데 좌우가 이 격문을 갖다 올리자, 그만 모골이 송연하여 온 몸에 식은땀이 쭉 흐르며 저도 모를 결에 두풍이 씻은 듯 나아서 벌떡 병상에서 뛰어 일어난다.

조조는 조홍을 돌아보고 물었다.

"이 격문이 누가 지은 것이냐."

조홍이 대답한다.

"진림의 글이라나 봅니다."

이에 조조는

"문사(文事)가 있는 자는 모름지기 무략(武略)으로써 건져야 하는데 진림의 글은 비록 아름답다마는 원소의 무략이 부족한 데야 어쩌겠느냐."

하며 냉소하기를 마지않고 드디어 여러 모사들을 모아 적을 맞아서 싸울 일을 의논하였다.

공융이 이 소문을 듣자 조조를 와 보고

"원소의 형세가 크니 그와 싸워서는 아니 되고 오직 화친하는 것이 좋으리다."

하고 말하니, 순욱이 있다가

"원소는 하잘것없는 사람인데 구태여 화친할 일이 무엇입니까."

한다.

"원소는 지방이 광대하고 백성이 강성하오. 그 부하에 허유 · 곽도 · 심배 · 봉기 같은 사람은 다 지모지사(智謀之士)요 전풍과 저수는 다 충신이요 안량과 문추는 용맹이 삼군에 절등하며 그 밖에 고람(高覽)·장합(張郃)·순우경(淳于瓊) 등은 다 천하 명장인데 어찌하여 원소를 하잘것없는 인물이라고 말하오."

하고 공융은 말하였으나, 순욱이 웃으며

"원소가 군사는 많아도 정제하지 못합니다. 전풍은 성미가 강 팍해서 윗사람을 잘 거스르고 허유는 탐심만 많고 꾀는 없으며 심배는 혼자 난 체해도 꾀는 없고 봉기는 과단은 하나 쓸 데가 없으니 이 사람들은 각자 불화해서 서로 용납 못하는 터이라 반드시 내변(內變)이 생길 것이요, 안량과 문추는 한갓 필부의 용맹이라 한 번 싸워서 사로잡을 수 있을 것이니 그 밖의 녹녹한 무리들이야 설사 백만 명이 있다 하기로 족히 말할 거리가 되겠습니까."

하고 반박해서 공융은 다시 말을 못하였다.

조조는 크게 웃으며

"다 순문약(荀文若, 순욱)의 생각하는 바가 옳은 것 같구려."

하고 드디어 전군의 유대(劉岱)와 후군의 왕충(王忠)을 불러 군사 오만을 거느리고 승상의 기호(旗號)를 달고 서주로 가서 유비를 치게 하였다. 원래 유대는 전에 연주자사를 지낸 사람인데 조조가 연주를 취하자 항복을 드려서 조조가 그를 거두어 편장(偏將)을 삼았던 까닭에 이제 왕충과 함께 군사를 거느리고 나아가게 한 것이다. 그리고 조조는 스스로 대군 이십만을 거느리고 여양으로 나아가 원소를 막기로 하였다.

이때 정욱이 있다가

"유대와 왕충이 자기의 소임을 감당해 낼 것 같지가 않습니다."

하고 말해서, 조조는

"나도 역시 그들이 유비의 적수가 아닌 줄은 알고 있으나 우선 허장성세하는 것이오.”

하고, 두 장수에게

“경솔히 진병하지 말고 내가 원소 격파하기를 기다려서 다시 군사를 통어(統御)하여 유비를 치도록 하라.”

하고 분부하였다. 유대와 왕충은 군사를 거느리고 떠났다.

조조는 몸소 대군을 거느리고 여양에 이르렀다. 양군은 팔십 리를 격하여 각기 영채를 굳게 세우고 상지한 채로 팔월부터 시월까지 싸우지 않았다.

원래 허유는 심배가 군사를 통령하고 있는 데 불만이었고 저수는 또한 원소가 자기의 계책을 써 주지 않는 데 원망을 품고 있었으므로, 각자가 서로 불화해서 나아가서 취하기를 도모하지 않았고 원소는 마음에 의혹을 품어 역시 진병하려고 생각하지 않았던 것이다.

조조는 여포 수하에서 항복해 온 장수 장패를 불러 청주·서주를 지키게 하고 우금과 이전으로 군사를 황하 가에 둔치게 하고 조인으로 대군을 총독하여 관도에 둔치게 한 다음, 조조 자기는 일군을 거느리고 마침내 허도로 돌아가 버렸다.

한편 유대와 왕충은 군사 오만을 거느리고 가서 서주성 백 리 밖에 하채하였다. 그들은 중군에다 조 승상의 기호를 세워 놓고서 감히 진병하지는 못하고 오직 하북에서 소식이 있기만 기다리는데 이때 현덕도 조조의 허실을 알지 못해서 감히 함부로 동하지 못하고 또한 하북 소식을 알아보게 하였다.

그러자 홀연 조조가 사람을 보내서 유대와 왕충더러 나아가 싸우라고 재촉해서 두 사람이 영채 안에서 의논하는데 유대가

있다가

"승상이 성을 치라고 재촉하시니 자네가 먼저 가 보게."

하니, 왕충의 대답이

"승상이 자네를 먼저 보내시지 않았나."

한다.

"나는 주장(主將)인데 왜 내가 먼저 가나."

하고 유대가 말하자, 왕충이

"그럼 우리 둘이 같이 군사를 거느리고 나가세."

하여, 유대는

"그러지 말고 우리 둘이 제비를 뽑아서 걸린 사람이 가기로
하세."

하고 의견을 내었다.

왕충이 '선(先)'자를 뽑아서 하는 수 없이 군마 절반을 나누어 거
느리고 서주를 치러 나아갔다.

현덕은 군마가 당도하였다는 말을 듣자 곧 진등을 청해다 의논
하였다.

"원본초가 비록 여양에 군사를 둔치고 있기는 하나 모사들이
불화해서 아직도 나아가 싸우려 아니 하고 조조는 어디 있는지를
모르겠는데, 소문에 들으면 여양 군중에는 조조의 기호가 없다고
하던데 어떻게 이편에 도리어 그의 기호가 있단 말이오."

진등이 대답한다.

"조조는 궤계가 백출이라 반드시 하북을 중히 여겨 제가 친히
감독하는 까닭에 일부러 그곳에다가는 기호를 세우지 않고 도리
어 여기다가 기호를 세워 놓고 허장성세하는 것이니 내 생각에는

조조가 반드시 여기 없을 줄 압니다.”

그 말을 듣고 현덕이

“두 아우 중에 누가 가서 허실을 알아올꼬.”

하고 물으니, 장비가

“내가 가겠소.”

하고 나선다.

“너는 성미가 너무 조해서 보낼 수 없다.”

하니, 장비는

“만일 조조가 있으면 그를 잡아 오리다.”

하는데, 이때 운장이

“제가 가서 동정을 보고 오겠습니다.”

하고 말해서, 현덕은

“운장이 만약 간다면 내가 마음을 놓겠네.”

하였다. 이리하여 운장은 삼천 인마를 거느리고 서주성에서 나
갔다.

때는 마침 첫겨울이라 음운은 하늘을 덮고 백설은 분분히 내려
군마들이 모두 눈을 무릅쓰고 진을 벌렸다.

운장이 칼 들고 말을 달려 나가며 큰 소리로 왕충을 부르니 왕
충이 나오며

“승상께서 여기 오셨는데 네 어찌 항복하지 않느냐.”

한다.

“그럼 승상더러 이리 좀 나오시라고 해라. 내가 할 말이 있다.”

하니, 왕충이

“승상께서 어찌 너 같은 것을 만나려고 하시겠느냐.”

한다.

운장은 대로해서 말을 몰아 앞으로 나갔다. 왕충이 창을 꼬나 잡고 마주 나와 맞는다. 그러나 두 말이 서로 어우러지자 운장은 문득 말머리를 돌려서 달아났다. 왕충이 그 뒤를 쫓았다.

그러자 산언덕을 돌아나가는데 운장이 별안간 말을 돌려 세우더니 한 소리 크게 외치고 칼을 춤추며 와락 그에게로 달려들었다.

왕충이 당해 낼 길이 없어 막 말을 놓아 도망치려 할 때 운장은 왼손으로 보도를 거꾸로 잡고 오른손으로 왕충의 갑옷 끈을 움켜 안장에서 끌어내려 마상에서 옆에다 끼고 본진으로 돌아왔다. 왕충의 군사는 사방으로 흩어져 달아났다.

운장이 왕충을 묶어 가지고 서주로 돌아와 현덕에게 바치자, 현덕이 그를 보고

"네가 대체 어떤 사람이며 지금 무슨 벼슬로 있기에 감히 승상이라 사칭하는 것이냐."

하고 물으니, 왕충이

"어찌 감히 자의로 사칭하겠습니까. 승상이 나더러 허장성세하여 의병(疑兵)을 삼으라고 분부가 계셔서 한 일인데 승상은 실상 이곳에 계시지 않소이다."

하고 대답한다.

현덕은 그에게 의복과 주식을 주어 아직 가두어 두게 하고 앞으로 유대마저 잡은 다음 다시 의논을 하기로 하였다.

운장이

"제가 형님께 화해하실 뜻이 있으신 줄 짐작하는 까닭에 사로잡아 온 것입니다."

하고 말해서, 현덕이

"나는 익덕이 성미가 조해서 왕충을 죽이지나 않을까 염려가 되어 그래 보내지 않았던 걸세. 이런 사람들은 죽인대야 아무 유익함이 없고 살려 두면 화해할 밑절미가 되거든."

하니, 장비가 있다가

"둘째 형님이 왕충을 잡아 왔으니 나는 가서 유대를 생금해 오겠소."

하고 나선다.

"유대는 전에 연주자사를 지낸 사람으로 호로관에서 동탁을 칠 때에는 그도 한 진(鎭)의 제후였단다. 그가 오늘 전군이 되어 온 터이니 우습게 볼 사람이 아니다."

"그깟 놈이 뭐라고 그러시유. 나도 둘째 형님처럼 생금해 오면 되지 않소."

"그러나 다만 네가 그를 죽이기나 해서 나의 대사를 그르쳐 놓을까 염려다."

"만일 죽이는 일이 있으면 내 목숨을 대신 내놓겠소."

현덕은 마침내 그에게 삼천 군을 주어서 장비는 군사를 거느리고 앞으로 나아갔다.

이때 유대는 왕충이 사로잡힌 것을 알자 영채를 굳게 지키고 나오지 않았다. 장비는 매일 영채 앞에 가서 욕설을 퍼부었으나 유대는 그가 장비인 줄 알고는 더구나 나올 엄두를 못 냈다.

장비는 수일이 지나도 유대가 나오지 않는 것을 보고 마음에 한 계책을 생각해 내고 군중에 영을 전해서 그날 밤 이경에 겁채하러 가리라 하였다.

그리고 낮에는 장중에서 술을 마시며 거짓 취해 가지고 죄 있는 군사를 붙들어다가 한 차례 되게 친 다음에 영채 안에다 묶어 두고

"오늘밤 출병 시에 목을 베어 기(旗)를 제지내리라."

하고는 뒤로 몰래 좌우를 시켜 그를 놓아 보내게 하였다.

군사는 몸이 벗어나자 가만히 영채에서 빠져나와 그 길로 유대의 영채로 달려가서 겁채하러 온다는 것을 보하였다.

유대는 항복해 온 군사가 몸에 중상을 입고 있는 것을 보고 마침내 그 말을 곧이듣고서 영채를 비워 놓은 다음 밖에다 군사들을 깔아 놓았다.

이날 밤 장비는 군사를 세 길로 나누어, 중간의 삼십여 인은 적의 채 안으로 뛰어 들어가서 불을 놓게 하고 좌우의 양로군은 적의 영채 뒤에 가 있다가 불이 일어나는 것을 군호로 삼아 일시에 끼고 치게 하였다. 그리고 삼경 때쯤 해서 장비는 몸소 정병을 거느리고 나가서 먼저 유대의 물러갈 길을 끊어 놓았다.

중로의 삼십여 인이 영채 안으로 뛰어 들어가서 불을 지르자 유대의 복병이 바야흐로 짓쳐 들어가려 할 때 장비의 양로병이 일제히 내달았다. 유대의 군사는 제풀에 혼란에 빠져서 장비의 군사가 많은지 적은지도 모르고 뿔뿔이 흩어져서 달아난다.

유대는 남은 군사 한 대를 이끌고 길을 찾아서 달아나다가 바로 장비와 마주쳤다. 좁은 길에서 만나 갑자기 피할 데는 없고 마지못해 말을 어울려 보았으나 단지 한 합에 유대는 장비 손에 사로잡혀 버리고 수하 군사들은 다 항복하고 말았다.

장비는 사람을 서주로 들여보내서 먼저 첩보를 올리게 하였다.

현덕은 첩보를 받자 운장을 보고

"익덕이 본래 덜렁꾼인데 이제 꾀도 쓸 줄을 아니 내가 다시는 근심이 없겠네."

하고 친히 성에서 나가 영접하였다.

장비가 그를 보고

"형님은 나더러 성미가 조하다고 하셨지. 그래 오늘은 어떻소."

하고 말해서, 현덕이

"내가 말로 격동시키지 않았으면 네가 그처럼 꾀를 썼겠니."

하니, 장비는 껄껄 웃는다.

그러자 현덕은 군사들이 유대를 묶어서 끌고 오는 것을 보고 황망히 말에서 내려 그 결박한 것을 풀어 주고

"내 아우 장비가 그릇 장군의 위엄을 범했소이다. 부디 용서해 주시지요."

하고, 드디어 그를 서주로 영접해 들여서 왕충도 데려 내어다가 함께 대접을 하며

"전자에 차주가 나를 모해하려고 하기에 부득이 죽였던 것인데, 승상은 내가 혹시 배반하지나 않는가 의심하시고 죄를 물으러 두 분 장군을 보내신 것 같소. 그러나 내가 승상의 대은을 입어 바야흐로 보답할 일을 매양 생각하고 있는 터에 어찌 감히 배반할 리가 있으리까. 두 분 장군이 허도에 돌아가셔서 유비를 위해 잘 좀 말씀해 주신다면 그만 다행이 없겠소이다."

하니, 유대와 왕충이

"사군께서 죽이지 않으신 은혜를 우리가 입었으니 마땅히 승상께 말씀을 올리되 우리 두 집 가솔들의 목숨을 걸어서 사군의 보

를 서겠습니다."

하고 말한다.

　현덕은 칭사하고 그 이튿날 두 사람이 본래 거느리고 온 군마를 모조리 도로 주어 성 밖으로 내보냈다.

　그러나 유대와 왕충이 그로부터 십여 리를 못 다 가서 문득 북소리가 한 번 일어나더니 장비가 뛰어나와 길을 막으며

　"우리 형님은 도무지 사리도 몰라. 그래, 적장을 사로잡았다가 도로 놓아 주는 법이 어디 있단 말인가."

하고 큰 소리로 꾸짖는다. 유대와 왕충은 소스라쳐 놀라 마상에서 그대로 벌벌 떨 뿐이었다.

　장비가 고리눈 부릅뜨고 창을 꼬나 잡고 바로 쫓아 들어오는데 이때 그의 등 뒤에서 한 사람이 나는 듯 말을 달려오며

　"무례히 굴지 마라."

하고 크게 외친다. 보니 곧 운장이라 유대와 왕충은 그제야 겨우 마음들을 놓았다.

　운장이 장비를 보고

　"이미 형님께서 놓아 주셨는데 너는 어째 장령을 준수하지 않느냐."

하니, 장비는

　"이번에 놓아 주어도 다음에 또 올 게요."

하고 투덜거린다.

　"저희가 다시 오거든 그때 죽여도 늦지는 않을 게다."

　운장의 말이 떨어지자 유대와 왕충이 연방 용서를 빌며

　"승상이 우리 삼족을 멸하신대도 다시 오지 않을 테니 제발 장

군은 용서해 주십쇼."

하니, 장비가

"설사 조조가 온대도 내 모조리 죽이고 한 놈도 아니 돌려보낼 테다. 이번에 임시로 머리 두 개 치부해 두니 그리 알아라."

하고 소리를 지른다. 유대와 왕충은 목들을 움츠리고 허겁지겁 도망쳐 버렸다.

운장과 익덕이 돌아가 현덕을 보고

"조조가 필연 다시 올 겝니다."

하고 말하니, 손건이 현덕을 향하여

"서주는 적의 공격을 받기 쉬운 곳이라 오래 있을 수 없으니 군사를 나누어서 소패에 둔치고 하비성을 지켜 의각지세를 삼고 조조를 방비하는 것이 좋겠습니다."

하고 말한다.

현덕은 그의 말을 좇아서 운장으로는 하비성을 지키게 하되 감·미 두 부인도 또한 하비에 가 있게 하니, 감 부인은 본래 소패 사람이요 미 부인은 곧 미축의 누이이다. 손건·간옹·미축·미방으로는 서주를 지키게 하며 현덕은 장비와 더불어 소패에 군사를 둔쳤다.

한편 유대와 왕충이 돌아가서 조조를 보고 유비가 배반한 것이 아니란 말을 하자 조조는 노해서

"나라를 욕되게 하는 무리를 살려 두어 무엇에 쓰랴."

욕을 하며 좌우를 꾸짖어 끌어내다가 목을 베라 하였다.

개와 돼지가 어이 범과 겨뤄 보랴.

새우와 물고기는 용과 서로 못 싸우리.

과연 두 사람의 목숨이 어찌 될 것인고.

(3권에 계속)